CW01663676

पेंगुइन बुक्स

तीन रोज़ इश्क़

जन्म 1983 में पटना में कॉलेज तक की पढ़ाई बिहार में। आईआईएमसी, दिल्ली से पीजी डिप्लोमा और मास कम्युनिकेशन में स्नातकोत्तर डिग्री। हिंदुस्तानी संगीत में विशारद।

कम्युनिकेशन के कई आयामों में नौकरी का अनुभव रहा—ऐड एजेंसी में कॉपीराईटिंग, इवेंट मैनेजमेंट, कॉर्पोरेट कम्युनिकेशन, स्क्रिप्टिंग, कॉफी टेबल बुक का लेखन और संपादन। किसी एक नौकरी में टिक कर रहना कभी नहीं भाया।

2005 में पहली बार ब्लॉग्गिंग की शुरुआत और तब से नेट पर नियमित लेखन। लिखने और पढ़ने के अलावा घूमने, फोटोग्राफी और फिल्मों की शौकीन। पसंदीदा निर्देशक वोंग कार वाई और गुरुदत्त। संगीत में कर्ट कोबेन-निर्वाणा। बहिर्मुखी, बातूनी स्वभाव। बेहद खुश और बेहद उदास होने के बीच कहीं समन्वय बनाने की कोशिश में व्यस्त। छोटी-सीं ज़िंदगी में बहुत कुछ जी जाने की ख़्वाहिश। सब कुछ सकेर देने की कोशिश में लिखने की आदत बरकरार।

तीन रोज़ इश्क़

पूजा उपाध्याय

पेंगुइन बुक्स

पेंगुइन बुक्स
पेंगुइन बुक्स द्वारा प्रकाशित
पेंगुइन बुक्स इंडिया प्रा. लि., सातवीं मंज़िल, इनफिनिटी टावर सी, डीएलएफ साइबर सिटी,
गुड़गांव 122002, हरियाणा, भारत (ए पेंगुइन रैंडम हाउस कंपनी)
पेंगुइन ग्रुप (यू.एस.ए.) इंक., 375 हडसन स्ट्रीट, न्यूयॉर्क 10014, यू.एस.ए.
पेंगुइन ग्रुप (कनाडा), 90 एलिंगटन एवेन्यू, ईस्ट सूइट, 700 टोरोंटो, ओंटारियो एम4पी 2वाय3 कनाडा
पेंगुइन बुक्स लि., 80, स्ट्रैंड, लंदन डब्ल्यू.सी.2आर. 0आर.एल., इंग्लैंड
पेंगुइन आयरलैंड, 25 सेंट स्टीफ़ेंस ग्रीन, डबलिन 2, आयरलैंड (ए डिविज़न ऑफ़ पेंगुइन बुक्स लिमिटेड)
पेंगुइन ग्रुप (ऑस्ट्रेलिया), 707 कॉलिंस स्ट्रीट, मेलबर्न, विक्टोरिया 3008, ऑस्ट्रेलिया
पेंगुइन ग्रुप (एन.ज़ेड), 67 अपोलो ड्राइव, रोज़डेल ऑकलैंड 0632, न्यूज़ीलैंड
पेंगुइन बुक्स (साउथ अफ्रीका) (पीटीवाई) लि., ब्लॉक डी, रोज़बैंक ऑफ़िस पार्क, 181 यान स्मट्स एवेन्यू, पार्कटाउन नॉर्थ, जोहांसबर्ग 2193, साउथ अफ्रीका

पेंगुइन बुक्स लि., रजिस्टर्ड ऑफ़िसः 80 स्ट्रैंड, लंदन डब्ल्यू.सी2आर. 0आर.एल., इंग्लैंड

हिंदी का प्रथम संस्करणः पेंगुइन बुक्स इंडिया, 2015

10 9 8 7 6 5 4 3 2 1

यह एक काल्पनिक पुस्तक है। इसमें आए नाम, चरित्र और घटनाएं या तो लेखक की कल्पना हैं या गल्प हैं और इनका किसी जीवित या मृत व्यक्ति, किसी घटना या स्थान से कोई संबंध नहीं है।

ISBN 9780143424291

टाइपसेटः कम्प्यूटेक सिस्टम, दिल्ली
मुद्रकः रेप्लिका प्रेस प्रा. लि., इंडिया

A PENGUIN RANDOM HOUSE COMPANY

मम्मी के लिए।

तुम साथ हो। हमेशा।

अनुक्रम

1. दुआएं बुनने वाला उदास जुलाहा 1
2. रुखसतनामे पर तुम्हारे दस्तखत पेंडिंग हैं 4
3. आदमखोर इमारतों में बंद रूहों को आज़ाद कर दो 8
4. कटी उंगलियों पर गंगा मिट्टी का लेप 11
5. कैथारसिस 15
6. इश्क़ कयामत जानां – क़ुबूल? 18
7. बर्न्स लाइक टकीला 21
8. तुमसे सुकून से बात किए अरसा बीता 26
9. छिछली मुहब्बत का मुजरा 29
10. आइडेंटिकल वॉल्ट में दोस्ती का सेफ्टी डिपोज़िट 31
11. कुर्ते के थर्ड बटन से पॉज़ 34
12. मेरी उंगलियों में तुम्हारा लम्स न सही, तुम्हारे बदन की खुशबू तो है 38
13. मृत्युतीत 42
14. जो घर फूंके आपना... 44
15. जिस्म का काला जादू 47
16. कला हम सब में मौजूद उस आदिम प्यास का छूटा हुआ हिस्सा है 50
17. बहुत सी चांदनी में घुलने के बावजूद 54
18. सिगरेट के डब्बे की उस वार्निंग की तरह...स्मोकिंग किल्स 58
19. इश्क़ जब मुस्कुराता है तो उसके गालों के गहरे गड्ढे में सब गिर जाते हैं 61

20. तुम्हें मालूम है कि जिस साल तुम आते हो नागफनी पर फूल आता है? 64
21. द ब्लू बोगनविलिया सेड फौरगेट मी नॉट! 68
22. प्यास के नमक से दुनिया के हर किस्से का स्वाद था 71
23. उसके होंठों को छूते ही नदी ओक भर प्यास में विलीन हो गई 74
24. नीट व्हिस्की पीना कि उसने आज कहा है कि वो तुमसे प्यार करता है 77
25. मार्च 79
26. बीबी साहिबा की धानी चूनर 82
27. उसकी गर्दन का नीला आर्किड आंसुओं के इंतज़ार में प्यासा था 85
28. एक वल्नरेबल गल्प 87
29. स्मोकिंग। इश्क़ 94
30. नीले पांवों वाली लड़की 97
31. खुशबुओं का सौदागर 99
32. आत्मदाह के दिन 102
33. बट टाइम माय फ्रेंड, इज़ लीनियर 104
34. एक अम्ल का माफीनामा 106
35. टूटे हुए कलाईडोस्कोप से चुभते हैं चूड़ी के टूटे टुकड़े 109
36. उस लड़की में दो नदियां रहती थीं 112
37. उसकी याद में चांद भीगे फर्श पर तड़पना होगा 115
38. दिल के टाइपो एरर 117
39. दिल का डिफेन्स कमज़ोर है ज़रा और ज़रा सा खुदा बेईमान 119
40. दुख के बाज़ार में सट्टा 123
41. जिसने सफ्हों में जिलाए रक्खा है, उस तक हमारा सलाम पहुंचे 126
42. भारी राड़ है ई बादल 129
43. तुम रे हम्मर पोखर के चंदा 131
44. फाल्टलाइन पर बसा शहर कि जिसे दिल कहते हैं 134
45. तुम मेरा दर्द हो कि मॉरफीन? 136
46. तीन रोज़ इश्क़ 140

शुक्राने

सबसे पहले हिंदी के टीचर स्वर्गीय अमरनाथ सर का, जिन्होंने कहा था, 'डायरी लिखने की आदत डालो, रोज कुछ लिखो, इससे लिखने की आदत बनती है और चीजों को सूक्ष्मता से देखने और सहेजने में आसानी होती है।'

पापा के नाम। बचपन में अलाव तापते हुए कहानियां सुनने और सुनाने का शौक लगाने के लिए। घर में मौजूद अनगिनत किताबों के लिए।

छोटा भाई जो कभी कभी समझदारी में मुझसे बड़ा दिखता है। जिसने पहली बार मेरी कविताएं पढ़ कर कहा, 'सबको दिखता है कि तुम कितना सुंदर लिखती हो, हमको लगता है कि तुमको ऐसा कौन सा तकलीफ है जो कविता में लिखना पड़ता है।' मेरे लिखे का आलोचक और पाठक होने के लिए।

कुणाल। मेरी ज़िंदगी को दुनिया की किसी भी कहानी से ज़्यादा खूबसूरत बना देने के लिए।

अनुपम। मुझमें यकीन करने के लिए। हमेशा। सच कहने के लिए।

स्मृति। सबसे पुरानी, सबसे पक्की दोस्त। मुझे पागल हो जाने से बचा लेने के लिए।

मेरे ब्लॉग के सारे रीडर्स का जो पिछले नौ सालों से लगातार मुझे पढ़ रहे हैं। ढेरों कमेंट्स का जिनसे अपने जैसे कुछ लोगों से बात हुई और लगा कि दुनिया बहुत छोटी है। गूगल बज़ के उन दिनों हुई अनगिनत बातों का, शेयर किए हुए गानों, लेखकों और फिल्मों का।

आईआईएमसी के एलुमनाई सुशांत झा का, जिन्होंने पेंगुइन तक पहुंचने की

कड़ी जोड़ी।

मेरी संपादक रेणु आगाल का। प्रकाशन के हर पहलू पर उनके मार्गदर्शन के लिए।

रेयाज़ इतने सारे धैर्य से मेरी परेशानियों का हल तलाश लेने के लिए।

और स्पेशल मेंशन, स्टारबक्स इंदिरानगर के तरुण को, हर शाम मेरी पसंद की ब्लैक कॉफी विद आइस के साथ मिलती फ्री मुस्कान के लिए।

1

दुआएं बुनने वाला उदास जुलाहा

बहुत दिन हुए एक जुलाहों की बस्ती थी जिसमें अनगित कारीगर बेहतरीन करघे पर कच्चे सूत से रेशमी ख्वाब बुनते रहते थे। बस्ती से थोड़ा ही हट कर थी रंगरेज़ों की हौद, नदी से बस थोड़ी ही दूर। जगह सभ्यता के बसने के समय कहीं खोई हुई रह गई थी इसलिए यहां के लोग सामाजिकता नहीं सीख पाए थे। उन्होंने नहीं जाना था चुप रहने का दर्द। वे करघे पर ख्वाब बुनते हुए गुनगुनाते रहते थे एक सियाह आंखों वाली लड़की की कहानियां, लड़की जो उनके ख्वाबों में आ कर हर रेशमी दुपट्टे का रंग बताया करती थी...लड़की जो रेत में उंगलियों से बेल-बूटे बनाया करती थी।

कुछ लोग ऐसा भी कहते थे कि मां सरस्वती ही लड़की के रूप में उन्हें दिखती है। जिन रातों को लड़की उनके सपनों में नहीं आती वे रात के चौथे पहर नदी किनारे जाते थे और भोर का रंग चुनते थे। हर जुलाहे को अपने हिस्से का आसमान चुनने की आज़ादी थी, फिर वो इस आसमान के टुकड़े को बुनते थे। नदी से लौटते हुए वे अक्सर रंगरेज़ों के मोहल्ले से हो कर गुज़रते थे। कभी कभी रंगरेज़ों के साथ बैठ कर थोड़ी बातें कर लेते थे, कभी रंगरेज़ के घर का बना हुआ मट्ठा पी लेते थे। रंगरेज़ बड़े दिलफरेब लोग होते थे, अपने रंगों के सिलसिले में वे दूर देश तक भटकते रहते थे, कभी मोरपंखी हरा, कभी किसी की आंखों का नीलम रंग, कभी उगते सूरज का बैरागी सुनहला लिए लौटते थे। उनकी नादों से तिलिस्म का दरवाज़ा खुलता था। जुलाहे अक्सर इन्हीं दरवाज़ों में उतर कर रंगों से बातें करते थे।

रंगरेज़ों के पास अनगिनत किस्से होते थे- नमक पानी के, गर्म सोतों के, ठंडी झीलों के, बंजारों के। जुलाहे अक्सर बंजारों के किस्से सुनना पसंद करते थे क्यूंकि उन्हें बंजारों की तबियत समझ नहीं आती थी। जुलाहे ज़मीन से जुड़े हुए लोग थे, बंजारे हवाओं के साथी। कई बार जुलाहों को ख़ास तौर से रंगरेज़ों की बस्ती में बुलाया भी जाता। कुछ यूं कि बंजारे दिल तोड़ने की कला में भी माहिर थे। तो जब किसी रंगरेज़ का दिल टूटता था तो जुलाहे को एक ख़ास करघे पर दुआओं का धागा बुनना होता था। इस धागे से फिर दिल की तुरपाई करनी होती थी...दुआओं का धागा बुनने के लिए कच्चे सूत के साथ अपनी आत्मा का एक धागा भी मिलाना होता था। ज़ख्म की उम्र कितनी होगी ये इसपर निर्भर था कि जुलाहे की आत्मा का अंश कितना निर्मल, कितना सफेद है। यूं तो जुलाहे छल-कपट से दूर रहने वाले लोग थे तो उनकी आत्मा सफेद ही होती थी मगर सबसे कच्चा और सफेद होता था किसी जुलाहे की आत्मा का पहला धागा। उस धागे में किसी लड़की के दुपट्टे में बंधी दुआएं नहीं होती थीं।

तुरपाई करने के लिए उंगलियां बहुत सधी हुई होनी ज़रूरी होती थीं। कई बार दिल में धंसी हुए नुकीली चीज़ें मिलती थीं, खनखनाती मुस्कुराहटों की कीलें, बेसब्र आंसुओं के खंजर, ख़ामोशी के आधे टूटे हुए सिक्के। कारीगर अगर नया है तो उंगलियां लहूलुहान हो जाया करती थीं, फिर वो कई दिनों तक कुछ बुन नहीं सकता था। एक बार की बात है एक रंगरेज़ की आखिरी सांसें चल रहीं थीं जब जुलाहों की बस्ती में बुलावा पहुंचा। मुखिया का बेटा सुंदर, गठीला नौजवान था। उससे सबको बहुत उम्मीदें थीं। सबसे तेज़ी से भाग कर बस्ती वही पहुंच सकता था और इतनी कम उम्र में उसकी आत्मा का अंश एकदम सफेद था। ये उसकी पहली तुरपाई भी थी। मुखिया ने बेटे को समझाया कि बेहद सावधानी से काम करे, बहुत खतरा है, मगर लड़का जिस उम्र में था उसने दर्द नहीं जाना था। थोड़ी असावधानी उसकी अदा थी।

लड़के की उंगलियों में जादू था। उसने जख्म को गौर से देखा, कोई नीली चमकती चीज़ बहुत गहरे अंदर धंसी हुई थी। उसने हौले हौले उस धंसी हुई चीज़ को बाहर निकाला। वो एक आईने का टुकड़ा था जिसमें किसी की नीली आंखें नज़र आ रही थीं। लड़के की एकाग्रता के बावजूद उन आंखों की धार ऐसी थी कि उसकी उंगलियां गहरे कट गईं। कटी उंगलियों से धागा बुनने में तकलीफ हुई लेकिन वो सख्तजान दुआओं का धागा बुनता गया, सिलता गया जब तक कि रंगरेज़ के दिल की तुरपाई पूरी न हो गई। रंगरेज़ मौत के मुंह से वापस लौट तो आया लेकिन उसकी तुरपाई में लड़के को अपनी आत्मा का इतना अंश

खोना पड़ा कि रंगरेज़ के किस्से उसके जीवन का सच हो गए।

लड़का उस धारदार शीशे को अपने साथ बांध कर ले आया। उसे पूरी बस्ती ने बहुत समझाया कि सबके हित में यही होगा कि वो शीशे को सुबह जा कर नदी में बहा आए लेकिन लड़के ने किसी की बात नहीं सुनी। उसकी उंगलियों से खून बहना नहीं रुकता था और वो सारे सारे दिन करघे पर बैठा नीले दुपट्टे बुनता रहता था। उसकी तकलीफ से पूरी बस्ती के करघों में जंग लगने लग गई। उसके आंसुओं का नमक हर जख्म के दर्द को सौ गुना बढ़ा देता था। जुलाहे अब दिलों की तुरपाई नहीं कर पाते थे। रंगरेज़ों ने बंजारों की बस्ती का रुख करना बंद किया। जुलाहों ने रंगरेज़ों से किस्से सुनने बंद किए। लड़के ने सुबह को सूरज का मंज़र देखना बंद किया।

उस साल नदी में पहली बार उफान आया। किनारे बसे सारे बंजारे बह गए। रंगरेज़ों की हौद में इतना पानी भर गया कि सारे रंग धुल गए। रंगरेज़ एक लंबे सफर पर निकल पड़े, दुनिया के हर कोने से रंग तलाशने के लिए। जुलाहों ने सालों साल सिर्फ एक रंग के दुपट्टे बनाए कि उनकी ज़िंदगी से सारे रंग चले गए थे। लड़का अब भी करघे पर नीली आंखों वाली लड़की के लिए दुपट्टे बुनता है। नीली आंखों वाली एक बंजारन नीले समंदर किनारे सिसकयों में घुला एक गीत गाती है लेकिन नदी उसका गीत धार के विपरीत जा कर लड़के को सुना नहीं सकती।

बंजारन का दुपट्टा तार-तार हो गया है। वो नदी का किनारा पकड़ कर पैदल चलना शुरू करती है। उसे मालूम है कि इसी नदी के किसी किनारे एक जुलाहों का गांव है जहां नीले दुपट्टे बुने जाते हैं। जुलाहों की बस्ती इस आने वाले तूफान से अनजान दुपट्टे बुनती रहती है। लड़का हर कुछ दिन में जा कर नदी में एक नीला दुपट्टा छोड़ आता है।

मैं कहानी के शुरू होने का इंतज़ार करती हूं...

2

रुखसतनामे पर तुम्हारे दस्तखत पेंडिंग हैं

रात मैंने सपने में देखा मंटो की किताब पर तुमने उसका नाम काट कर अपना नाम लिख दिया है और मंटो तुम्हें गालियां बक रहा है। उसने तुम्हें आलसी और निकम्मा कहा है। तुम उसे जल्दी मर जाने का दोषी मानते हुए गैर ज़िम्मेदार करार देते हो। लड़ते हो उससे कि उसे कोई हक नहीं था इतनी जल्दी मर जाने का। मैं तुम दोनों की चिख चिख से परेशान होकर ओल्ड मौंक खरीदने चली गई हूं। मुझे लगता है कि शायद जब तुम दोनों नशे में होगे तो कुछ ढंग की बात कर सकोगे...एक दूसरे को गालियां बकने के अलावा।

मंटो के पास नरक के बहुत सारे किस्से हैं, कुछ सच, कुछ गॉसिप। चूंकि उसकी जान पहचान के बहुत सारे कमीने वहीं रहते हैं तो वहां बेहद रौनक है। रोज़ किसी न किसी से मिलना जुलना लगा रहता है, नर्क में रहकर मंटो बेहद सोशल हो गया है। मालूम, स्वर्ग में लोगों को वेश्याएं भेजने के लिए एक बैक डोर है। यूं तो स्वर्ग की अप्सराएं डांस वगैरह बहुत अच्छा करती हैं मगर बड़ी हाई मेंटेनेस हैं, उनके हज़ार नखरे हैं। भले ही इंसान स्वर्ग पहुंच जाए, उसकी चाहत हमेशा उसे वर्जित चीज़ों की तरफ खींचती है। जलते हुए नरक की औरतें बेहद डिमांड में है। एक तो उन्हें बुलाने के खतरे, उसपर उनका कुछ भी कर गुज़र जाने को तैयार रहना। तुम कुछ ऐसा समझ लो जैसे गांव में गरीब की जोरू। जिनका भी स्वर्ग जाने का नंबर आता है वे अपनी एक सीट बुक करने के लिए कुछ भी करने के लिए तैयार रहती हैं। किसी बड़े रईस इंसान की पैरवी और थोड़ी सी हेरा फेरी से कुछ औरतों की स्वर्ग के क्लीनिंग डिपार्टमेंट में नौकरी

लग गई थी। बस, तब से स्वर्ग के ख्याली पुलाव के चक्कर में ये आना जाना लगा रहता है। स्वर्ग में और कुछ न भी मिले तो कम से कम एसी तो काम करता ही है। नरक की प्रचंड गर्मी से रिलीफ ही सही। कुछ नहीं से कुछ बेहतर।

स्वर्ग का सिस्टम तो तुम जानते ही हो...बेईमानी की दीमक उधर भी लगी हुई है। लोग घूस वगैरह देकर सीट बुक करा लेते हैं। अब ऐसे लोग वहां पहुंचेंगे तो धरती की तरह ही जीना चाहेंगे। इन्हें इनकी मर्ज़ी की चीज़ें न मिलें तो कहीं भी धरने पर बैठ जाते हैं और स्वर्ग में असंतोष फैलाते हैं। इससे स्वर्ग की रेप्युटेशन खराब होने का खतरा रहता है। जिस ऑफिसर के मातहत ऐसी कोई हरकत हो जाती है, उसका प्रमोशन अटक जाता है। इसलिए हायर अथॉरिटी के लोग सब जानते-बूझते हुए भी नज़र फेरे रहते हैं। स्वर्ग में अच्छाई की सांद्रता बहुत ज़्यादा है और ऐसे मुट्ठी भर लोगों से कोई फर्क नहीं पड़ता। इन अटेंशन केसेज़ को ज़्यादा फुटेज नहीं दिया जाता। इग्नोर करना ही बेस्ट उपाय होता है।

स्वर्ग में हर इंसान के रहने के लिए शीशे के घर हैं। एक इस तबके के अलावा वहां सारे अच्छे लोग हैं जिनके पास छिपाने के लिए कुछ भी नहीं है। स्वर्ग के लाइव कैमरा का सीधा प्रसारण नरक में होता है। इस फीड की शुरुआत का मकसद नर्क के लोगों की तकलीफ को बढ़ाना था कि नर्क के लोग हमेशा उनसे अपनी तुलना करें और जले भुनें। स्वर्ग की ढेर सारी सुविधाएं जैसे कि तापमान कंट्रोल, बहुत सारे गैजेट्स, अप्सराएं और सुख के अनगित साधन आम लोगों में सिर्फ ईर्ष्या का कारण बनते। उस वक्त किसी ने कहां सोचा था कि वे नर्क के लोगों से डील कर रहे हैं, जहां दुनिया भर के खुराफाती कमीने भरे पड़े हैं। उन्होंने लाइव फीड में अपना इकलौता मनोरंजन ढूंढ़ लिया, स्वर्ग के प्रमुख लोगों की ज़िंदगी को ये रियलिटी शो के किरदारों की तरह बरतते थे। स्वर्ग के लोगों को जब बात पता चली कि नरक में उनके लाइव फीड को एंटरटेनमेंट की तरह इस्तेमाल किया जा रहा है तो उन्होंने सारे हथकंडे अपनाए कि फीड को बंद किया जा सके। नरक में जितनी ही अराजकता थी, स्वर्ग उतना ही ज़्यादा नियम कानूनों से बंधा हुआ था। स्वर्ग में छोटे से छोटे बदलाव को लाने के लिए दो तिहाई बहुमत की आवश्यकता थी। स्वर्ग में सबकी व्यक्तिगत विचारधारा अलग अलग दिशाओं में बहती थी। वे कभी एकमत होकर इस लाइव फीड को बंद नहीं करा पाए।

कहानियां सुनाते सुनाते मंटो का हलक सूखने लगा और तुम्हारे भी ड्रामे शुरू हो गए कि किंगफिशर ला दो। मेरे पास ब्लू लेबल की बोतल पड़ी है मगर दाम सुन कर तुम ऐसे हड़कते हो कि इतनी महंगी शराब से तो मैं गरारे भी

न करूं। बेशरमी की हद है कि दो मर्द बैठे दारू पीते रहे और इंतज़ाम करने के लिए मुझे भेज दिया। माना कि मेरा शहर है मगर जो इंसान एक कोठे वाली से किस्से कहानियां निकलवा सकता है उसके लिए रात के दो बजे दारू की बोतल जुगाड़ना ज़्यादा आसान न होता? या कहो इतनी बड़ी गाड़ी है, सब साथ बैठ कर चल देते मगर तुम दोनों को जाने कौन सी और कितनी बातें करनी हैं कि ख़त्म ही नहीं होतीं। तुम्हें तो नरक के कड़ाह का हलवाई होना था, आग लगाने में सबसे आगे रहते हो। मंटो को तुमसे प्राइवेट बात करनी है। हुंह, बड़े आए मंटो के फेवरिट। मुझे जाने क्या सूझी थी कि अपना गरीबखाना तुम दो निकम्मों के लिए खोल दिया।

याद नहीं सपना कहां ख़त्म हुआ और तुम्हारी याद के सिरे कहां जुड़ने शुरू हुए। मंटो को पढ़े हुए कितने साल गुज़र गए। कुछ उतने ही जितना तुम्हारे गुज़रे हुए शायद। तुम्हारा जनाज़ा उठा था तो तुम्हारे चाहने वालों का काफिला बन गया था। तुम्हारे जीते जी शायद इतने लोग तुमसे मिलने पहुंच जाते या तुमसे अपनी मुहब्बत का इज़हार कर देते तो तुम सदमे से मर जाते। तुम्हारा लेखन कितना अद्भुत है इसपर तुम्हें खुद कभी यकीन नहीं हुआ। मैं तुम्हें ऐसे विदा नहीं कह सकती थी। तुमने मुझे धोखा दिया था। तुम्हारी कब्र मेरे हाथ की मिट्टी को तरसती रहे, मेरी बला से! मुझसे इज़ाज़त लेकर ज़िंदगी से रुखसत तो नहीं हुए थे न तुम। हां मैं तुम्हारी मौत से भी नाराज़ हूं, तुम्हें कोई हक नहीं था इस उम्र में मुझे यूं अकेले छोड़ कर चले जाने का। अभी तो शुरुआत हुई थी, अभी तो तुम्हें कितना कुछ लिखना था, अभी मुझे कितना सारा मीन-मेख निकालना था। मुझे ज़िद करके तुमसे उपन्यास लिखवाना था। तुम्हारी सारी असल-नकल वाली प्रेमिकाओं के खत चोरी से छपवाने थे। अभी मुझे तुम्हारी वर्तनी की गलतियां सुधारनी थीं, अभी मुझे तुम्हारी किताब के पीछे के पन्ने पर छपने वाली तुम्हारी तस्वीर खींचनी थी। अभी मुझे तुम्हारे लिए अपने दुश्मनों के पास तुम्हारे लेखन को रिव्यू करने के लिए चाशनी में डूबे खत लिखने थे। कुछ भी तो नहीं हुआ। तुम मेरे सारे प्लान्स को जहन्नुम में झोंक कर अपने सिरफिरे मंटो के पास जहन्नुम चले गए।

वादे सिर्फ प्रेमिकाओं से तो नहीं किए जाते। तुम तो कमबख्त विस्की की बोतल से किया वादा भी नहीं निभाते थे। रम मिल गई तो उसमें ही रम गए। मुझसे तो तुमने कोई वादा भी नहीं किया था फिर तुम्हारे जाने से ऐसी तकलीफ क्यूं है? ज़िंदगी की बेवफाई से ऐसा शिकवा क्यूं? तुम तमीज़ से मर भी नहीं सकते थे। कोई गंभीर लंग कैंसर जैसी बीमारी से मरते तो मुझे ताज़िंदगी

सुकून रहता कि बोलते बोलते मर गई सिगरेट नहीं छोड़ी, कुछ नहीं तो कमसे कम सिरोसिस ऑफ लिवर तो होती तुम्हें, मैं चैन से बड़बड़ाती कि तुम्हारी खुद की गलती से मरे हो। तुम्हारे जाने के बाद भी तुम्हें गालियां बकती। तुम्हारी कब्र पर आ कर तुम्हें घटिया साहित्य सुनाती। मगर तुम तो ऐसी वाहियात मौत मरे हो कि कोफ्त होती है। तुम इतनी मासूमियत से नींद में कैसे मर सकते हो। तुम्हें कोई हक नहीं था। किसने लिखी तुम्हारे हिस्से में इतनी कम उम्र? चित्रगुप्त मेरे हत्थे चढ़ जाए तो उसकी हड्डी पसली एक कर दूं।

तुम किस जहन्नुम में डेरा जमाए बैठे हो मेरी जान, मेरी जिगर के टुकड़े? तुमसे बात किए बिना सुकून नहीं आता। अगली बार जब बीएसएनएल वाले खुदाई करेंगे नया तार बिछाने के लिए, तो उसमें एक कट्टा मार देना, कभी कभी जहन्नुम का रॉन्ग नंबर लग जाए और तुम्हें जी भर कर गलियां दे सकूं। इतना तो कर सकते हो न मेरे लिए?

दिल जल मरता है कि तुम खुश हो। मैं तुम्हारी याद में मरी जा रही हूं और तुम कमबख्त मंटो के साथ बैठ कर ऐय्याशियां कर रहे हो। इस बोरिंग सी ज़िंदगी में तुम्हारे जैसे हसीन हादसे बार बार नहीं होते। कभी कभी इतना ही सोच कर सुकून होता है कि कभी थे तुम। यहीं कहीं। इसी आसमां के नीचे। बहरहाल यही सोच कर खुश होती हूं कि मेरे बगैर तुम्हारा भी बहुत जी तो नहीं लगता होगा। जल्दी ही मिलते हैं। समां बनाए रखना।

3

आदमखोर इमारतों में बंद रूहों को आज़ाद कर दो

'तुम ताज़िंदगी मेरे रहोगे!' पटना के उस गुमशुदा वार्ड से छन कर आ रही उस लड़की की खौफनाक चीख अंतरात्मा में सुराख करते भीतर उतर रही थी। आसमान में बादल छाए थे, जुलाई के बाद का मौसम था और तीन दिन लगातार पागलों की तरह बरस कर थमी थी बारिश। हवा में इतनी नमी थी कि हर सांस में आंसुओं का स्वाद आता था। विरक्त पड़ी टूटी कुर्सियों के इर्द गिर्द बासी खाने की गंध ठहरी हुई थी। नालियों से अगाध बहता काला पानी सड़कों के सामने धरने पर बैठा था। कौन सा वार्ड था, कैसा हॉस्पिटल था, किसी के घर का कमरा था या कि मेरे मन के किसी अकाल-काला-पानी को सज़ायाफ्ता कैदी के दिमाग की खिड़की से मैं अंदर उतर गई थी?

बहुत सीलन थी वहां। दीवारें शायद एक समय में पीले रंग की रही होंगी। बहुत सालों के हर तरह के मौसम की मार से वहां भयावह काले निशान बन गए थे। उन दीवारों में अजीब किस्म की प्यास थी, हाथ लगाओ तो जैसे उंगलियां चिपक जाती थीं। पूरी ईमारत आदमखोर नज़र आती थी। सबके चेहरे कैलेंडर में तब्दील हो चुके थे, लोगों के पास एक्सपायरी डेट के सिवा कुछ नहीं था। कोई महीने भर का मरीज़ था, कोई छह महीने तो कोई एक साल की तारीख के पन्ने लिए घूम रहा था। मैं वहां क्या कर रही थी? हां...मैं उस चीख के पीछे की शक्ल ढूंढ़ने गई थी। 'गुलाम हो तुम मेरे, मैंने खरीद लिया है तुम्हें, तुम ताज़िंदगी मेरे रहोगे। मेरे। सिर्फ मेरे'। उस इमारत में न पन्नों की जगह थी, न शब्दों की। मुझे उसके कमरे की दीवारों पर सियाही के निशान नहीं मिलते तो मुझे यकीन

भी नहीं होता कि वो उसका कमरा है। कमरे में अजीब हिंसा के निशान थे। रहमदिल इंसानों को कभी यकीन नहीं होगा कि लिखना एक अमानवीय क्रूरता का काम है। लिखने के लिए खुद को नहीं उस हर इंसान को तकलीफ देनी होती है जो आपकी ज़िंदगी का हिस्सा है।

कमरे की काली दीवारों पर फेंके गए सियाही की बोतलों के निशान थे। जैसे किसी का सर दीवार पर दे मारो तो खून की तीखी धार जाती है, वैसी ही सियाहियों की कई तीखी धारें थीं। मैं जानती थी कि कभी न कभी लड़की ने दीवार से सर मारने की कोशिश भी की होगी। कमरे की दीवारों को सफेद कागज़ के कफन में हर कुछ दिन में लपेट दिया जाता था कि लड़की को उसके सिवा कैसी भी दीवारों से डर लगता था। एक कोने में बांस की दो खपच्चियों वाली लंबी सीढ़ी थी। वो सारा दिन कमरे में ऊपर से नीचे लिखती हुई बिताती थी। कई कई बार तो उसमें इतनी भी हिम्मत नहीं बचती कि वो कलम से लिख सके, तब वो सियाही की बोतलों में उंगलियां डुबो कर किरदारों के नाम लिखती थी। फर्श की हालत देख कर लगता था कि वो अक्सर सीढ़ियों से आधी बेहोशी में गिर जाती होगी इसलिए कुछ दयालु लोगों ने वहां गद्दे बिछवा दिए होंगे। दीवारों पर कई जगह एक ही अक्षर देख कर लगा कि ये शायद उसके 'तुम' के लिए होंगे। वो कभी एक अक्षर के आगे लिख ही नहीं पाई, किसी पागलपन वाली बेहोशी में लिखती होगी शायद।

दीवारों पर क्या कुछ लिखा हुआ था। 'तुम...मेरे...हो...कहीं भी चले जाओ, तुम दुनिया के किसी छोर में बस जाओ, तुम दुनिया की किसी औरत के हो जाओ, तुम मेरे रहोगे। तुम मेरे हिस्से की धूप पियोगे, तुम मेरे हिस्से का आसमान जियोगे। तुम मेरे हिस्से की प्यास में जलोगे। तुम्हारी उंगलियों का रेशा रेशा मेरा है। तुम किसी नाम को लिखोगे उसमें मेरी खुशबू आएगी। तुम ताज़िंदगी किसी और को रच नहीं पाओगे। तुम किसी और को सोच नहीं पाओगे। तुम्हें मैंने अपनी जिजीविषा से जलाया है। कवि। ओ कवि। मैंने तुम्हें खुद को बेच कर ख़रीदा है। मेरा जिस्म, मेरे सारे जख्म तुम्हारे नाम के हैं, तुम में तुम्हारा कुछ भी नहीं है। मेरे बिना तुम क्या हो कवि? मैं जली हूं, मिटी हूं, तुम्हारे लिए मैंने कितने किरदार जिए कि मुझे याद नहीं मेरा खुद का किरदार कौन सा था। तुम ने मुझे छला है। मैं तुम्हारे किरदारों से प्राण ले कर जाउंगी। अहंकार। ओह तुम्हारा रचने का अहंकार! मैंने तुम्हारे अहंकार को अपने समर्पण से पोषित किया है। तुम कुछ नहीं हो मेरे सिवा। मेरे सिवा।'

कमरे की दीवारें अठारह फीट ऊंचाई की थी। एक बेरहम दुनिया से वो

अपने हिस्से का आसमान मांग रही थी। लेकिन उसके हिस्से सिर्फ छत का एक छोटा सा टुकड़ा आया। कमरे से गिरती धूप की बारीक छड़ों ने उसके बदन को झुलसा दिया था। बेसुध पड़ी उस आकृति को देख कर यकीन नहीं आता था कि इसकी चीख की ऊर्जा से ये पागलखाना जीवित है। उसका तापमान कोई एक सौ चार डिग्री तो ज़रूर रहा होगा। धूप में पड़ी हुई काली कलम को छूने से एक बार फफोले पड़ गए थे मेरी उंगलियों में। उस लड़की को छू कर फिर लग रहा था कि मैं कई दिनों तक कुछ लिख नहीं पाऊंगी। मगर उसकी चीखों ने मुझे कई रातों तक सोने नहीं दिया था। मुझे आज भी मालूम नहीं था कि मैं उसके लिए आई थी या अपने लिए। वो नशे में उठी और सीढ़ियां चढ़ती गई। वो मुझसे बात नहीं करना चाहती थी। वो तुम्हें तलाश रही थी। उसे तुम्हारा नाम लिखना था। वो अधूरे अधूरे अक्षर लिख रही थी।

मुझे वो दिन याद आया जब मैंने उसका बिरवा तुम्हारे पहले कागज़ पर रोपा था। काली टिमटिमाती आंखों वाली लड़की। तुम्हारी प्रेरणा। तुम्हारी जिजीविषा। तुम कितनी तेज़ी से उगे थे लोगों के मानस पटल पर, उल्का की तरह। मगर जल्दी ही तुम्हारी कलम को प्रेरणा की नहीं पैसों की ज़रूरत पड़ने लगी और तुम उसे बिसारते गए। तुम्हारी बेवफाई तुम्हें उससे आंखें मिलाने नहीं देती। तुम इतने कायर निकले कि उसे अलविदा भी नहीं कह पाए। वो होने और नहीं होने के बीच कहीं ठहर गई। इन लिंबो। जहां आत्माएं ठहरती हैं, कि जाने के पहले की नदी पार करने के लिए उसे एक सिक्का चाहिए था। तुम्हारी दुआएं लिखा हुआ अलविदा का सिक्का जिसे नाविक को देकर वो उस पार जा सकती।

मुझे उस कमरे से बाहर आने की कोई याद नहीं है पर आईने के सामने जब भी खड़ी होती हूं, उन खिड़कियों की याद आती है और नींद में अक्सर चौंक जाती हूं कि उसकी चीख अब भी मेरे दो टुकड़े कर देती है। तुम एक बार उससे जा कर मिल आओ। इस बार गंगा का जलस्तर बढ़ने के पहले जाना। दलदली मिट्टी पर बना हुआ वो कमरा अंदर धंस गया है। लावारिसों का अंतिम संस्कार करने वाला एक फरिश्ता श्मशान के बाहर रहता है। उसे कुछ पैसे दे देना और उसका नाम बता देना। तुम्हें उसका चेहरा देखने की ज़रूरत भी नहीं पड़ेगी।

जाने क्यूं तुम्हारा अब भी ख्याल करती हूं मैं। सुनो, उसके मरने के पहले उससे मिलने मत जाना।

4

कटी उंगलियों पर गंगा मिट्टी का लेप

जैसे मां चावल में से बीनती थी कंकड़, वैसे ही कुछ आज तुम्हारे पूरे होने में खुद को खोजा है। कहीं जो ज़रा सा चुभने जैसा ही कुछ बाकी हो मेरा।

तुम दिकिया जाओ अंधार में खाना खाते हुए, बगल में पीढ़ा पर बैठी छोटी बहन को धकिया दो। भात में कंकड़ है, एक ठो काम ठीक से नै होता है तुमसे। बियाह क्या हुआ है आंख में मोतियाबिंद हो गया है, कुच्छो दिखईये नै पड़ता है आजकल तुमको। तब से भात में पचास ठो कंकड़ मिल गया है। वो भी कम थोड़े है, आखिर बहन किसकी है। झगड़ती है तुमसे, हमरा दूल्हा एतना बढ़िया चावल लाता है कि तनियो चुनने का ज़रूरत नै पड़ता है। तुम ई कहां से सड़िल्ला चावल लाते हो कि चुनते चुनते आंख फूट जाए, उसपर नखरा तुमरा दुनिया जहान का। अचानक से मन तीता हो आया है और तुम्हारा मन किया है कि एकदम से थाली से उठ जाओ लेकिन मां के डर से बैठ जाते हो। मां को उमर का कुछ बुझाएगा नहीं, वहीं बैठे दोनों को इतना गरियाएगी कि कलेजा ठंडा हो जाएगा। राशन की लंबी लाइन में लग कर अपने हिस्से का चावल नहीं लाओगे तो दस हज़ार रूपया महीना में दिल्ली जैसा शहर में दो जन का जीना कैसे होगा। यही ज़रा ज़रा पैसा बचा के तो बहन के लिए इतना बढ़िया बहनोई जुगाड़े हो कि चावल भी ऐसा लाए कि बहन को चुनने का ज़रूरत नहीं पड़े।

बहन को थोड़ी देर बाद महसूस होता है कि तुममें शायद ईगो जैसा कुछ होगा तो उसको ठेस पहुंची होगी। लाड़ से पास आके बैठेगी। बताएगी कि तुम जो पिछली होली पर साड़ी लेकर आए थे दिल्ली से, पूरे दरभंगा इस्टेट में किसी

के पास वैसी साड़ी नहीं होगी। कि जौध के घर के फंक्शन में उसे पहन कर खूब इतराती रही थी सब के पास। तुम्हें होली का वो चैप्टर याद आ जाता है जिसे तुम भुला देना चाहते हो। होली के कोई महीना भर पहले से एक साड़ी पसंद करके रखे थे उसके लिए, सैलरी आते ही खरीद लेते। दुकानदार को बोले भी था कि वो साड़ी अलग से रख दे। मगर दिल्ली कोई जामताड़ा थोड़े ही है कि बात का बात हो, यहां तो खाली पैसा बोलता है। उसने बोल दिया, रख तो देंगे सर लेकिन गारंटी नहीं है, कभी कस्टमर आ के मांग जाएगा तो हम कुछ नै कर सकते हैं। हम भी तो यहां मालिक के हिसाब से काम करते हैं, कोई अपना दूकान तो है नहीं। हां, कुछ अडवांस पैसा दे दीजिए तो साड़ी अभिये उठा के आपके नाम से धर देंगे। एडवांस पैसे देने के बाद महीने भर खर्चा पानी में दिक्कत होता। बस का किराया नहीं होता, दो किलोमीटर पैदल चलना होता, लेट जाने पर बॉस से डांट अलग से पड़ती। तुमने ऊपर वाले के यहां अर्ज़ी लगा दी, जब कुछ न हो भगवान होता ही है। साड़ी कुछ ख़ास नहीं थी मगर फिरोज़ी रंग की थी, ये बचपन से उसका सबसे पसंदीदा रंग था। रंगों की पहचान भी तो छुटकी ने ही कराई थी...तुम्हारी दुनिया में चार पांच रंग थे...काला, सफेद, लाल, पीला, नीला, हरा और फिरोज़ी।

रंग के भी कितने रंग होते हैं। तुम अंधेरे कमरे में दांत सहलाते हुए सोचते हो। तुम्हारी पुरानी गर्लफ्रेंड इसी रंग को टर्काईज बोलती हुई कितनी ज़हीन लगती थी। कैसा अजीब इत्तेफाक है कि इसके अलावा किसी और रंग से तुम्हारा परिचय तो हुआ पर गहरा रिश्ता नहीं बन पाया। मां को तो कुछ भी लाने को पूछो इतने बोलेगी कि बेसी चटख नै लाना, रंग तो बस कोइयो चलेगा। चार बहनों के इकलौते भाई होने पर इतना तो होता कि चार रंग के नाम याद हो जाते पर बाकी बहनों ने कभी तुमसे कोई फरमाइश नहीं की, बस ये छुटकी सबसे मुंहज़ोर है। एक इसी का जी है जैसे पूरे घर में। तुम्हारे कॉलेज के टाइम में भी तो छुटकी तुमसे अपनी पसंद की कॉमिक्स मंगवा लेती थी। ध्रुव की छुटंकी बहन श्वेता जैसी ही लगती थी तुम्हें तुम्हारी छुटकी भी। नंबरी बदमाश, हमेशा टांग खींचने के लिए तैयार। उस समय ध्रुव का पोस्टर वाला कोमिक्स चालीस रुपए में आता था। जब भी स्पेशल एडिशन आता था, छुटकी को खबर हो जाती थी, फिर जब तक कॉमिक्स आ ना जाए उसे चैन कहां पड़ता था। एक तुम ही थे कि घर में कोई हंगामा मचाए बगैर तुम ट्यूशन के पैसे बचा कर उसके लिए ला देते थे। तुम तो उसके साथ मिल कर कमरे में सारे पोस्टर भी टांगते थे। आटे का गोंद बनाना तभी तो सिखाया था छुटकी को तुमने।

अपनी मर्ज़ी से शादी करेगी ये फरमान भी छुटकी ने सबसे पहले तुम्हें ही बताया था। उसके हिसाब से मां-बाबा को तैयार करना, रिश्तेदारों में बात को सम्हालना, शादी की भाग-दौड़ सब तो अकेले किए तुम। फिर अचानक बहन कैसी पराई हो गई कि चावल में कंकड़ का ताना मार दिया। शादी के बाद सब बदल जाता है का जुमला बचपन से सुनने के बावजूद समझ नहीं आता जब तक कि छोटे, महीन धागे जैसा कुछ ऐसा टूटता नहीं है। राखी का बंधन इतना मज़बूत नहीं होता। तुम छत ताकते रहते हो जब कि दिखता कुछ नहीं है।

तुम सपने बुनते हो, तांत की साड़ी लपेटे उस लड़की के जो तुम्हारे खाना खाते वक्त आंचल से पंखा करेगी। चावल में एक कंकड़ भी चले जाने से उसके चेहरे पर ऐसा अपराधबोध उगेगा जैसे छिपकली मिली हो और ज़हर से तुम्हारे जान जाने का अंदेशा है। दांत के नीचे जीभ दबा कर परेशान होएगी। उसके चेहरे पर अपने लिए इतनी फिकर देख कर तुम संतोष से भर जाओगे। भूल जाओगे कि डेढ़ सौ रुपए किलो चावल भी मिलता है और लोग खरीदते हैं। भूल जाओगे कि दाल में नमक कम पड़ा है। ये सारे सपने बुनते हुए अचानक कहीं से मेरा नाम उगेगा, बिलकुल वैसे जैसे खाने में कंकड़ आ जाता है। इस बार एक दर्द उभरेगा तुम्हारे चेहरे पर जिसका तुम्हारी बहन या तुम्हारी होने वाली बीवी या तुम्हारी माली हालत से कोई संबंध नहीं है। ये ऐसा दर्द है जिसका कोई इलाज नहीं है। बिना कारण हुए इस दर्द को तुम दांत पीसते पी जाओगे मगर कोई चुभन होगी जो तुम्हारी नींद बर्बाद कर देगी।

करवट बदलते हुए देखोगे कि चांद गांव की खिड़की पर अटक गया है। मेज़ पर से घड़ी उठाओगे तो घड़ी में 120 डिग्री दिखता है। ना ना। दिखता नहीं है। तुम अजीब चीज़ों में भटक गए हो। घड़ी समय दिखाती है, डिग्री नहीं। तुम मेरा नाम लेते हो। नहीं नहीं। सोचते हो।

तुम कुछ लिखने के लिए कलम उठाते हो। पूरी रात जाग कर जाने क्या क्या लिखते हो। सुबह नींद खुलती है तो बहन दुपट्टा मुंह में दबाए हंसी रोक रही है कि मुझे कहते हो चावल में से कंकड़ निकालने नहीं आता। तुम देखो न तुम्हारी कहानी में उसका नाम कितनी बार मिलता है। तुम्हें इतना गुस्सा आता है कि चाय का कप उठा कर फेंक देना चाहते हो। कागज़ देखते हो तो अचानक पूरी दुनिया पर बहुत प्यार आता है छुटकी ने पूरे कागज़ में मेरे नाम को अंडरलाइन कर रखा है। तुम उसके साथ मिल कर हंसने लगते हो। हम अनसुधरेबल हैं रे। दोनों के दोनों।

वायलिन बजाते हुए मेरा हाथ फिसलता है, उंगलियां कट जाती हैं। तीखी धार ऐसी ही है जैसे तुम्हारी हंसी। मैं आज भी वायलिन बजाते हुए सोचती हूं कि तुम सामने दर्शकों की कतार में बैठे हो। कहीं दूर गंगा का पानी गहरा लाल होने लगता है। इश्क़ परवान पर है। बारिशों के मौसम हैं।

5

कैथारसिस

ये कहानी थोड़ी वायलेंट और डिस्टर्बिंग है।

वे एक दूसरे को अधिक से अधिक तकलीफ देने के तरीके और मौके इजाद करते रहते थे। सीली सिगरेट पीने वाले ये प्रेमी वाकई दुनिया में अनोखे थे। उनका इश्वर भी उनकी तरह दर्द के कारोबार में लिप्त था। उनकी दुआएं खून से सनी उंगलियों से ही लिखी जाती थीं।

वे नित नए गोदने खुदवाते थे कि प्रेम उनके शरीर पर भी दर्द के निशान छोड़ जाए। जीवन की अनुभूति दर्द से ही होती है ऐसा मानने वाले वे दोनों पागल एक नया धर्म बनाने की दिशा में निकल पड़े थे। दर्द की वजहें चाहे छोटी हों, वे उन जख्मों को खोद कर नासूर कर देने की कला में पारंगत थे। अगर एक किसी का जन्मदिन भूल जाता था तो दूसरा ज़िद करके या झगड़ कर याद नहीं दिलाता था बल्कि आग में पूरे साल जलता रहता था और अगले साल जन्मदिन से एक दिन पहले बताता था कि पिछले साल तुम मेरा जन्मदिन भूल गए थे, इस साल ऐसा फिर से न हो इसलिए मैं आज की रात आत्महत्या के ये तरीके शॉर्टलिस्ट करके रख चुका हूं।

वे अक्सर एक दूसरे के चेहरे पर ट्रांसपेरेंट प्लास्टिक लपेट देते थे। अपने प्रेमी को सांस सांस के लिए तड़पता देखना उनके लिए चरम सुख की अनुभूति लेकर आता था। तकलीफ देने की शुरुआत किसने की ये उन्हें बिलकुल याद नहीं है। प्रेम ऐसा ही तो होता है। किस मोड़ से दो लोग एक दूसरे की ज़िंदगी में ज़हर घोलने की शुरुआत कर दें कोई जान नहीं सकता है।

पहला आघात शारीरक था या मानसिक ये भी उन्हें याद नहीं है। पीठ पर निशान देखती है तो लड़की सोचती है कि शायद सबसे पहले चोट यहीं लगी होगी, कि ये निशान उसे बिलकुल भी याद नहीं हैं। जिस्म उतारते हुए देखती है कि रूह जिस खूंटी पर टांगा करती थी वहां से खून रिस रहा है। रूह में टांके सिलते हुए लड़की ने फिर कोशिश की कि रूह को जिस्म से सिल सके, मगर रूह खोए हुए प्रेमी की तरह उसे हमेशा के लिए छोड़ कर जाना चाहती थी। उसने रूह के इर्द गिर्द आंसुओं की एक चादर लपेट दी, आंसुओं का नमक रूह को तकलीफ पहुंचाता रहता और लड़की को यकीन बना रहता कि उसका प्रेमी कहीं इर्द गिर्द ही होगा।

रात के जख्म टीसते तो लड़की उनपर सस्ती शराब छिड़क कर आग लगा देती। धू धू करती रात उनके प्रेम का बेहद खौफनाक बैकड्रॉप तैयार करती। दंगे में जले घर जैसा दिन बीतता कि रात की राख उड़ती रहती और लड़का खून लिए हाथों से उसके बालों में उसके प्रियजनों के कटे हुए अंग गूंथता। उनका प्रेम अब घातक स्थिति में पहुंच गया था कि अब उन्हें एक दूसरे के किसी कृत्य से तकलीफ ही नहीं होती। ऐसे में एक ही चारा बचा था। उन्हें चोट पहुंचाने का जो इन्हें प्रिय थे।

किसी दिन लड़का लड़की की दुधमुंही बच्ची की बोतल में मिर्चियां उड़ेल आता तो कभी लड़की लड़के की बूढ़ी मां की लाठी ऐसे काट के रख देती कि वो औंधे मुंह गिरती और उनकी कमर की पसली टूट जाती। प्रेम का ईश्वर अपने भक्तों के कांड देखता और अट्टहास करता जिससे आसमान से आग बरसने लगती और दुनिया के अच्छे प्रेमियों के सपने झुलस जाते। लोग दबे स्वरों में मांग उठाने लगे थे कि प्रेम के देवता को हमेशा के लिए नर्क में निष्काषित कर दिया जाए। कुछ मूर्ख प्रेमी हर रोज़ उसकी सत्ता पर सवाल उठाते और नफरत के ईश्वर के पास जा कर एक दूसरे के लिए जन्म जन्मांतर की नफरत मांग लाते। उन्हें लगता था नफरत भी प्रेम का ही एक स्वरुप है क्यूंकि प्रेम की तरह नफरत भी किसी से ताउम्र जोड़े रखती है।

लोगों ने बहुत कोशिश की उन्हें अलग करने की, मगर उन्हें चाहे दुनिया के दो कोनों पर ले जा कर छोड़ दिया जाता वे एक दूसरे के खून की गंध सूंघते पहुंच जाते। इसके अलावा इस बात का खतरा भी था कि वे जितने लोगों को जानेंगे उतने लोग इन्फेक्ट होंगे कि उनके अंदर प्रेम अजीब किस्म से म्यूटेट हो चुका था। ऐसे खतरनाक प्रेम से डरने के सिवाए कोई चारा भी नहीं था। प्रेम लाइलाज तो हमेशा से रहा था मगर जब प्रेम को लेकर भावनाएं जिहादी

किस्म की दीवानगी लिए हों तो उनका माइंडवाश करना नामुमकिन था।

उनकी हत्या करने की कोशिश भी की गई मगर वे दोनों साथ मरने के लिए अभिशप्त थे। उनकी जान एक दूसरे में बसती थी। किसी एक को मार दिया जाता तो दूसरा उसे खोज कर ज़िंदा कर देता। कितनी भी गहरी कब्र में ज़िंदा दफना दिया जाए वे मरते नहीं। ये खतरनाक जादू था और उनमें अद्‌भुत शक्तियों का जन्म होने लगा था। उनकी भक्ति से प्रेम का ईश्वर भी दिनों दिन और ताकतवर होने लगा था। दुनिया में हर किस्म के लोगों की जगह होती है, उनकी तरह और भी प्रेमी इस ईश्वर को पूजने लगे थे और नए कर्मकांडों का लिखना और जीना शुरू हो चुका था।

मगर किसी भी ईश्वर को स्थापित करने के लिए बलि चाहिए होती है। ये तो आदिम ईश्वर था। इसे तो मानवबलि ही चाहिए थी। आखिरकार वो दिन आ ही गया जिसका कि प्रेम के ईश्वर को इंतज़ार था। लड़का और लड़की एक दूसरे के जिस्म के भूखे हो गए, खून के प्यासे हो गए और प्रेम के मंदिर में एक दूसरे को भोथरे तलवार से काटते हुए प्यासी ज़बान से एक दूसरे को पीते गए। रात बुझते बुझते दोनों प्रेमी एक दूसरे के जिस्म में घुला ज़हर पीने के कारण मर गए। उनका बलिदान अमरत्व को प्राप्त हो गया।

दुनिया के हर प्रेम में उस जोड़े का कुछ अंश मौजूद रहता है। जिसने भी कभी प्रेम किया हो वह जानता है कि प्रेम प्रमाण सिर्फ और सिर्फ तकलीफ को मानता है। प्रेम के कारोबार में खुशियां खोटे सिक्के की तरह उठा कर फेंक दी जाती हैं। सबसे बड़ी करेंसी है आंसू, आहें, सिसकी, चीखें और चेकबुक में लिखाता है बेआवाज़ रोना। प्रेम के इश्वर और नफरत के इश्वर के बीच अब भी महायुद्ध चलता रहता है। कभी कभी तो लगता है नफरत का इश्वर प्रेम के इश्वर से ज़्यादा दयालु है। मर जाने की इजाज़त लेकिन इनमें से कोई भी धर्म नहीं देता।

इस मुश्किल कहानी को लिखते हुए लेखिका आपके नाम मन्नत का धागा बांधती है कि इन ईश्वरों के सामने आपका सर कभी न झुके।

6

इश्क़ कयामत जानां – क़ुबूल?

उसके चारों ओर निर्वात बन रहा था। खुद को महसूस करने के लिए उसने गहरी सांस ली। मगर जाने क्या था कि सांस लेने का भाव था मगर सांस जैसी कोई चीज़ उसे खुद के अंदर महसूस नहीं हुई...खुद के होने की जांच के लिए और बढ़ते निर्वात को रोकने के लिए उसे तीन सिगरेटें लगातार पीनी पड़ीं। खुले में होने के बावजूद उसे ऐसा महसूस हो रहा था जैसे उसके इर्द गिर्द दबाव बढ़ता जा रहा है। क्या वो किसी ब्लैक होल में आ गई थी? ब्लैक होल ग्रेविटी का सघन रूप होता है...उसने एक नाम पुकारने की कोशिश की...कहीं से कोई आवाज़ नहीं आई...धुएं में आवाज़ की तरंगें दिख रही थीं मगर उसका नाम लौट कर नहीं आया।

उसने याद करने की कोशिश की मगर कहीं कोई तस्वीरें नहीं उभरीं। हाथ में थमी हुई चौथी सिगरेट थी मगर उसे ऐसा लगा जैसे संख्याएं लुप्त हो रही हैं। उसके होने के सारे निशान मिट रहे थे। टाइमलाइन नहीं थी वहां। अतीत, वर्तमान और भविष्य की परिभाषाएं ख़त्म हो गईं थी। उसे अचानक याद आया कि साल की आखिरी इकाई जब उसने गिनी थी वो मर चुकी थी। एक पल को उसे ये सोच कर अच्छा लगा कि मरने के बाद भी उसे सिगरेट मिल सकती है।

सिर्फ सिगरेट से कैसा ताना-बाना बुना जा सकता है? उसने उंगलियों में पकड़ी सिगरेट को गौर से देखना शुरू किया। आंखों के सामने धुआं था, क्या धुएं के मौलीक्यूल सॉलिड होकर उसकी आंखों पर तीखा वार कर सकते हैं? ये

उसकी जानी हुई दुनिया नहीं थी तो यहां कुछ भी हो सकता था। उसे सब कुछ धुएं से ही बनाना था। उसने धुएं को अपनी साइड में रखने का निर्णय लिया। हाथ बढ़ा कर धुएं में एक लकीर बनाई जिसने धुंए को दो तरफ विभाजित कर दिया, इस तरफ उसकी दुनिया थी और दूसरी तरफ धुआं इस अनजान जगह का था और अपनी मर्ज़ी से बिहेव कर सकता था।

उसने सिगरेट की डिब्बी पर किसी और की उंगलियों का स्पर्श तलाशा। सिगरेट की डिब्बी पर प्लास्टिक का बेहद पतला कवर होता है। दाईं ओर कवर के पास ज़रा सा किन्हीं होंठों की मुस्कराहट मिली। एक हाथ में लाईटर पकड़े हुए उसने दांतों से कवर के कोने को खींच कर निकाला था। लड़की ने एक गहरा कश लिया और धुएं को सधी हुई उंगलियों में लपेट लिया। धीरे धीरे कश मारते हुई वो धुएं की डोरियां बनाती गई। जब दाएं हाथ की सारी उंगलियों में बहुत सी डोरियां इकट्ठी हो गईं तो उसने धुएं की डोरी के मुहाने को अंगूठे और तर्जनी के बीच में पकड़ा और इससे पहले कि किसी का भी ध्यान जाए, एक समुराई योद्धा की सी चपलता से उसने एक वार में उसके नाम का पहला अक्षर लिख दिया।

उसके नाम का पहला अक्षर बहुत उर्वर था। निर्वात में उस अक्षर की रोपनी होने से ज़मीन उगनी शुरू हो गई। लड़की ने धुएं की लकीरों से कॉपी के दो लाइन वाले पन्ने बनाने शुरू किए। तभी धुएं के दूसरे हिस्से को लड़की के इरादों की भनक लग गई। उसे लड़की की क्षमताओं का अंदाज़ा था। जैसे ही लड़की को लिखने भर का कागज़ मिलता वो उसपर एक नई दुनिया बना कर खुद को उसका ईश्वर घोषित कर देती। इश्वर के खिलाफ़ गुरुत्वाकर्षण बल भी काम नहीं करता, भले ही वो एक छोटी दुनिया की ईश्वर हो। धुआं लड़की की बनाई लकीरों के परपेंडिकुलर लकीरें बनाने लगा। धुएं को पता था लड़की को मैथ से डर लगता है। उसे ये भी पता था कि संख्याएं विभाजित करती हैं, शब्द जोड़ते हैं।

धुएं के चौकोर खानों में लड़की के बनाए शब्द अलग अलग होने लगे। लड़की ने बुझी हुई सिगरेट के टुकड़े तलाशने शुरू किए। उसे मालूम था यहीं कहीं वो सिगरेट पड़ी होगी जिसपर इब्लीस की उंगलियों के निशान होंगे। उसने धुएं के छल्ले बना कर फेंके जिससे जल्दी ही एक सियाह सिगरेट मिली। इस सिगरेट से हर लकीर को मिटाया जा सकता था। लड़की कमाल थी। इब्लीस की उंगलियों के लम्स का सही इस्तेमाल जानती थी। इब्लीस उसकी फितरत पहचानता तो हरगिज़ उसके साथ बैठ कर सिगरेट नहीं पीता। वो तो बस उसके मन के अंधेरे से खिंचा आया था। उसे लगा था लड़की की दुनिया में उसे पनाह

मिल सकती है। उसने कभी लड़की की आंखों में नहीं देखा वरना अपने पीछे इस सियाह दुनिया में उसके होने की दुआ नहीं करता।

लड़की को इब्लीस और अंधेरों से बहुत प्यार था। उसकी आंखों में बहुत सी रोशनी थी और इसी रोशनी के बीच काली पुतलियां थीं। वो रोशनी में अंधेरा और अंधेरे में रोशनी देख लेती थी। वो ऐसी आफत थी कि खुदा और शैतान दोनों की आंखों का तारा थी। धुएं की दो लकीरों वाले अनगिनत पन्ने सामने थे। सिगरेट की कभी न ख़त्म होने वाली डिब्बी। ऐशट्रे भर मुस्कानें। जलती माचिस की तीलियां। धुएं की दुनिया। फानी। भंगुर। तिलिस्मी। नशीली। सम्मोहक। ज़िंदगी।

इश्क़ कयामत जानां...कुबूल?

7

बर्न्स लाइक टकीला

बाय गॉड दी कसम मैंने वैसी डेंजर लड़की दुबारा नहीं देखी। ऐसे पास आती थी जैसे टकीला शॉट मारने के बाद नीम्बू नमक रखना है होंठों पर। कितनी आग थी उसमें। कैसी असहनीय जला देने वाली प्यास। एकदम किलर। उससे बचना किसी भी हाल में पॉसिबल ही नहीं होता था। खेलती थी वो, अपने मनमाफिक जैसे ये दुनिया उसके बाप का बनाया प्लेग्राउंड हो। सारी शर्तें उसकी। सारे नियम उसके। कभी कभी तो सच में बड़ी घुटन होती थी उसके साथ, लगता था कहीं भाग जाऊं। लेकिन वो थी ऐसी अक्खड़ कि कभी रोकती तक नहीं थी। हर बार के बाद उल्टा खुद ही सिगरेट फूंकती बोलती थी। जाना है तो जा ना, तुझे किसने रोका है, मुझे तो तेरे जैसे हज़ार मिल जाएंगे, लेकिन मेरी जूठन कौन लड़की छुएगी?

मुझपर जैसे उसका ठप्पा लगा हुआ था। मैं सारी दुनिया से कट गया था, कुछ यूं कि सिर्फ उसके ही इर्द गिर्द होके रह गया था। यार दोस्त हंसते थे और लड़कियां ऐसे भागती थीं मुझे देख कर जैसे भूत देख लिया हो। वो मेरे बारे में इतनी पज़ेसिव थी कि किसी और लड़की ने मुझसे बात भी की, चाहे किसी प्रोजेक्ट से रिलेटेड कोई ज़रूरी इंफोर्मेशन ही क्यूं न हो, उसे कहीं से पता चल जाता था और फिर उस लड़की का चरित्र वहीं मय डिटोल सर्फ के धो के रख देती थी। कोई भली लड़की उसके हत्थे चढ़ गई तो ऐसी सदमे में आ जाती थी कि उससे उबरने में उसे कई दिन लग जाते थे। हिंदी और अंग्रेज़ी की ठेठ गालियां ऐसे ताव से देती थीं कि ट्रक ड्राइवर उसके सामने पानी भरने लगें।

अब तू पूछेगा कि मैं उसे छोड़ क्यों नहीं देता था। तो बात ये है दोस्त कि उसकी आदत लगी हुई थी कुछ ऐसे कि जैसे ड्रग्स की लगती है। कभी कभी लगता है मुझ जैसा आत्महंता कहीं नहीं मिलेगा। वो मेरे वजूद का चूरा बनाती जा रही थी मगर मैं अपने ही बुरादे की सफेद महीन लकीरें बना खुद भी स्नौर्ट करता था और उसे तो इसके बिना नींद ही नहीं आती थी। उसे भी मुझे तोड़ने की लत थी, मैं जैसा भी था, कमज़ोर, टूटा हुआ, हारा हुआ मगर मैं उसकी कमज़ोरी था। इतना मुझे अहसास हो गया था। हालत कुछ वैसी थी जैसे गांव में कहा करते थे कि बाघ के मुंह में एक बार इंसान का खून लग गया तो वो आदमखोर हो जाता है। मेरी हालत गांव के किसी किसान की थी जो रात भर फसल की रखवाली करते हुए थरथर कांपता है। कोई पागल ही होगा जो इस बात में गर्व महसूस करे कि बाघ ने उसे अपना शिकार निर्धारित किया है।

एक तन्हाई के अलावा उसके होने के सुख बहुत थे। अमीर बाप की बेटी थी तो पैसा पानी की तरह फेंकती थी। मैंने अपनी ज़िंदगी में उतनी अच्छी शराब फिर कभी नहीं पी। उसे हमेशा कुछ नया चाहिए होता था। अच्छी से अच्छी और महंगी से महंगी शराब से वह बोर हो जाती थी। ऑक्शन में जाती थी और सालों पुरानी शराब खरीदती थी, मिस्र की शराब, किसी डूबे हुए जहाज़ के मलबे में मिली दुर्लभ वाइन। लाखों करोड़ों में खरीदी गई शराब मेरे तो हलक से नहीं उतरती थी। वो अपनेआप को किसी विंटेज वाइन सी समझती थी। उसे इंतज़ार था कि एक दिन कोई उसकी सबसे ऊंची बोली लगा कर उसे खरीद ले जाएगा।

यूं तो वो एकदम पत्थर थी। तुनकमिजाज़, बदतमीज़ और इमोशंस को अपने पांव की जूती समझने वाली मगर कभी कभार उसमें दरारें पड़ जातीं थीं और कैसा तो अवसाद रिसने लगता था। वो खालीपन से पूरी भरी हुई थी। उसपर किसी का हक नहीं था, उसके पिता भी उससे इतने फॉर्मल थे कि कुछ नया करने के पहले बेहद तमीज़ और तरतीब से उससे पूछते थे। कभी कभार वो नशे में होती थी तो बताती थी कि वो पापा को गुस्सा करने के लिए जान बूझ कर ऐसे कारनामे करती थी कि वो नाराज़ हो जाएं, कि वो पूरे बचपन कभी उनके हाथ से एक थप्पड़ खाने के लिए तरसती रही। मगर उसके पिता तटस्थ थे। आज भी तटस्थ हैं।

उसकी मां बचपन में ही चल बसी थी तो किसी का स्नेहभरा स्पर्श उसने माथे पर कभी महसूस नहीं किया। आप दूसरों को वही दे सकते हैं जो आपको मिला हो। उसे मालूम ही नहीं था निस्वार्थ प्यार क्या होता है, कि किसी को बिना कुछ मांगे भी चाहा जा सकता है। उसके बचपन के दोस्त उसके खिलौनों

के लिए उसके घर आते थे कॉलेज की सहेलियां उसके साथ पब्स और महंगे रेस्टोरेंट में जाने के लिए। उसे लगता था हर चीज़ खरीदी जा सकती है। बदकिस्मती भी ऐसी रही कि उसके आवरण के कारण उसे आज तक कोई सच्चा दोस्त नहीं मिला। एक रोज़ उसकी गाड़ी मेरे घर के पास खराब हो गई थी और उसे समझ नहीं आ रहा था कि बस स्टॉप पर जा कर बस कैसे पकड़े। वो कभी बस पर नहीं चढ़ी थी। कौलेज में सब भले लोग उससे बच के चलने की एक दूसरे को हिदायत देते थे। मैं भी खुद को समझा पाता उस दिन तो इस मुसीबत में नहीं पड़ता। उस वक्त मगर वो बेहद असहाय, मासूम और बिलकुल खोई खोई सी लग रही थी। मैंने ही बात शुरू की, पहले तो घबराहट के मारे उसे समझ नहीं आ रहा था कि क्या जवाब दे। उसका घर मेरे घर से काफी आगे पड़ता था। कायदे से मुझे अपने बसस्टॉप पर उतर जाना चाहिए था। मगर बचपन से कंडीशनिंग ऐसी होती है कि अबला नारी को वैसे मुसीबत में आधी दूर में नहीं छोड़ सकता था। उसका घर छतरपुर के रईसों के इलाके में था जहां अनगिनत फार्महॉउस बने हुए थे। बस स्टॉप से कोई आधा किलोमीटर आगे पैदल रास्ता था। पता नहीं शहर से दूर इतने बड़े फार्महाउस में लोग अकेले अकेले कैसे रहते हैं। पार्टियों में भी लोग सिर्फ टाइमपास के लिए ही आते हैं। कोई आपका दुःख दर्द बांटने तो नहीं आता।

फिर कभी कभार वो मुझे गाड़ी से मेरे घर छोड़ देती थी। बातें करते करते हम दोस्त बन गए, और जैसा कि होता है, हमें प्यार भी हो गया एक दूसरे से। वो धीरे धीरे मुझपर निर्भर होने लगी थी। कुछ दिन तो मुझे अच्छा लगा। मगर फिर उसका पुराना स्वभाव वापस आ रहा था। वो मुझे किसी अर्दली की तरह ट्रीट करने लगी। मेरे आत्मसम्मान को कितना भी झटका लगता मैं खुद को उससे अलग करने के लिए समझा ही नहीं पाता था। ये सच था कि मैंने कभी भी उसके जैसी कोई लड़की नहीं देखी थी। उसके सामने बाकी सारी फीकी लगती थीं। जैसे किसी में ज़िंदगी ही नहीं हो। वो एकदम खालिस औरत थी। बिलकुल ओरिजिनल। किसी की कॉपी नहीं। एकदम अपने जैसी। कभी कभार स्वाद बदलने के लिए कुछ लड़कियों से दिल्लगी भी की, मगर उसकी प्यास भंवर की तरह मुझे अपने में डुबोने को खींचने लगती और मैं कोई न कोई बहाने से उसके पास लौट आता।

ये एक सेल्फ-डिस्ट्रक्टिव साइक्लिक प्रोसेस थी। उसमें खोते हुए और उससे उबरने की कोशिश करते हुए एक दिन मुझे बर्बाद हो जाना था। फिर। फिर क्या होना था। एक दिन उसने खुद ही मुझसे कह दिया। अब तू चला

जा और फिर कभी मत आना। मैं तुमसे बोर हो गई हूं। आई हेट टू सी यू अराउंड। बस चले जाओ। कभी कभी मुझे लगता है उसे मुझसे सच में प्यार हो गया था और उसने मेरी बेहतरी के लिए मुझे खुद से दूर भेज दिया। वो मुझे तकलीफ़ में नहीं देख पा रही थी। ठीक ठीक मालूम नहीं कैसे, मगर मैंने उसके जख्म बहुत हद तक भर दिए थे। शायद मैंने कभी उससे कुछ नहीं चाहा इसलिए। अनजाने ही मैं उसके अंदर के खालीपान को भरता गया था। मेरे साथ रहते हुए उसे खुद से प्यार करना आ गया था। सेल्फिश होने का एक ये भी पहलू होता है। उसकी ज़िंदगी में बाकी सारे लोग किसी न किसी मकसद से आए थे। बस मैं ही था कि बेमकसद, बेवजह आया था। एक अर्ध-विराम, सेमी-कौलन, जिसके न होने से भी बहुत फर्क नहीं पड़ता मगर कई बार अगर सही जगह लम्हे भर को ठहर जाओ तो वाक्य विन्यास बेहद खूबसूरत हो जाता है। ज़िंदगी भी ऐसी ही है। कभी ठहरनी भी चाहिए।

उस दिन के बाद उसने मुड़ कर पीछे नहीं देखा। उसकी थीसिस कम्प्लीट हो गई थी। वो फिल्मों और आर्ट के बारे में आगे पढ़ने के लिए पेरिस चली गई। दस साल यूरोप के कई शहर घूमती रही। उसकी डॉक्यूमेंट्री की अपनी अलहदा शैली थी। एक चक्रव्यूह बनता जाता था और दर्शक उसमें अंततः खो ही जाता था। उसके प्रभाव से निकलना नामुमकिन था। ये खासियत उसके व्यक्तित्व की थी जो पर्दे पर साकार हो जाती थी। उससे मिल कर लोग बड़ी जल्दी इम्प्रेस हो जाते थे। कॉनफिडेंस तो उसमें हमेशा से कमाल का था बस अंतर ये था कि अब उसमें नेगेटिव नहीं पॉज़िटिव उर्जा थी। लोग उसके साथ काम करने को, उससे बात करने को लालायित रहते थे। उसका जादू सर चढ़ कर बोलता था। आज उसका एक सेमिनार था यहां। खचाखच भरा हुआ हॉल और पिन-ड्रॉप साइलेंस में सुनने वाले लोग। इतने सालों बाद उसे देख कर बेहद अच्छा लगा।

शाम को डिनर पार्टी में वो अपनी आभा से अलग ही नज़र आ रही थी। बेहद खूबसूरत और सौम्य। क्या ये वाकई वही खतरनाक, कटखनी लड़की थी? मुझे देख कर उसके चेहरे पर एक स्निग्ध सी मुस्कान उतर आई थी और अब वो उतनी ही मासूम लग रही थी जैसे पहले दिन लगी थी। हां उस घबराहट की जगह आज आत्मविश्वास था। फाइनली। शी वाज़ एट पीस विद हरसेल्फ। पार्टी में हर शख्स की निगाह उसपर ही रह रह के लौट जाती थी। उसने बेहद गर्मजोशी से मुझे गले लगाया, जैसे मैं वाकई उसका कोई बेहद अपना हूं। हज़ारों जलती निगाहों ने मन ही मन मेरे टुकड़े कर डाले होंगे। मुझे विदा करते हुए उसने एक ही वाक्य कहा था, 'थैंक यू। फॉर एवरीथिंग...तुम्हें पता है...फरिश्ते सच

में होते हैं'।

मुझे आज भी मालूम नहीं हमारे बीच क्या था। प्यार जैसा कुछ सही नहीं लगता। शायद ज़रूरत, उसे मेरी ज़रूरत थी ज़िंदगी के उस मोड़ पर। लेकिन मैं? वो मेरी ज़िंदगी में क्या थी ये मैं आज भी नहीं समझ पाया। अब लगने लगा है कि समझने से ज़्यादा ज़रूरी है उसे भूलना। मन के कैनवास से उसके रंग उतारना, मगर जाने कैसे वो लड़की वजूद पर चस्पां हो गई है। शायद उसकी छुपी हुई वल्नरेबिलिटी कि मुझे आज भी लगता है कि उसका ख्याल रखना मेरी ज़िम्मेदारी है। मैं आज भी उसके बारे में सोच कर परेशान होता रहता हूं। कभी कभी लगता है कि मेरा मेल इगो है। मैं उसे एक दिन तोड़ देना चाहता हूं। उसे तकलीफ देना चाहता हूं। उसे रुलाना चाहता हूं। शायद सिर्फ तब ही मुझे सुकून मिले। बराबरी पर कहीं पहुंचू फिर आगे बढ़ पाऊंगा। तब ही उसे भूल भी पाऊंगा।

कील की तरह दिल में धंसी हुई है लड़की, हर धड़कन पर तकलीफ देती है। फिलहाल तो कहीं कोई राहत नहीं दिखती। एक दिन उससे पूछा कि तुम पुनर्जन्म पर यकीन करती हो तो पहले ठठा कर हंसी थी फिर बोली, आप कतार में है। कृपया लाइन पर बने रहें। खैर माफ करना, जाने ये सब तुम्हें क्यूं सुना गया, तुम उससे शादी कर रहे हो इससे खुशी की बात और क्या होगी मेरे लिए। मैं तो वाकई चाहता हूं कि कुछ हो और उससे मेरी जान छूटे।

हम जिस पब में बैठे थे वहां नीम अंधेरा पसरा हुआ था इसलिए मैं देख नहीं पाया था कि उसका चेहरा सफेद होते होते रंगहीन हो गया है। जैसे सारा खून निचुड़ गया हो। पब बंद होने का वक्त हुआ था और बत्तियां जल गईं थीं। जैसे ज़िंदगी की फिल्म खत्म हुई हो। एक्ज़िट की हरी बत्ती दिख रही थी। जिसे मैंने दोस्त कहा था, वो उसका होने वाला पति था। मैं क्या था? फरिश्ता? मैं?

'लाइफ इज़ नॉट फेयर माय फ्रेंड'...मैं एक क्रूर हंसी हंसता गया जिसमें हर तेज़ होती सांस के साथ कील गहरी और गहरी धंसती जा रही थी।

8

तुमसे सुकून से बात किए अरसा बीता

पीतल के पुराने संदूक में एक अलार्म घड़ी है। ये वही संदूक है जिस पर मैंने दो दो ताले जड़ दिए थे कि कोई खोल न पाए, आज दोनों चाभियां खो गई हैं और मैं सोचती हूं कि ताले तोड़ने का कोई आसान उपाय निकालना होगा। बाहर के किसी व्यक्ति को बुला कर अपने पर्सनल संदूक का ताला तुड़वाऊं ये अच्छा नहीं लगेगा।

संदूक में अंदर लाल वेलवेट की लाइनिंग है। जब मैंने पहली बार देखा था दिल हुमक के दस साल का बच्चा बन गया था। उस वक़्त मेरे पास एक अलुमिनम का बक्सा हुआ करता था जिसमें मैं दुनिया जहान की कीमती चीज़ें रखा करती थी। मैंने सोचा था कि इस संदूक में तुम्हारी आई सारी चिट्ठियां रखूंगी, तुम्हारे दिए झुमके, मुस्कुराहटें और चांदी की पायलें रखूंगी। मुझे क्या मालूम था कि इसमें बहुत सी तन्हाई और आंसू रखने होंगे, तकलीफें रखनी होंगी, टूटी हुई निब वाली कलमें और चिट्ठी लिखने का गुलाबी कागज़ रखना होगा। इसी संदूक में बेहद करीने से लगाई हुई तहों की आखिरी तह पर तुम्हारा उलाहना रखा हुआ है 'तुमसे सुकून से बात किए अरसा बीता'।

मैं इस उलाहने को देख लेती हूं और सुकून की तलाश में चल देती हूं। तुमसे वादा किया है कि हर शहर से तुम्हें पोस्टकार्ड भेजूंगी। मेरे हाथ की लकीरों का मौसम बहुत अच्छा है, मैं जिस शहर जाती वहां सुकून के मौसम आ जाते। लोगों का उठता दर्द खत्म हो जाता, बिछड़े हुए लोग वापस घर आ जाते, दिलों में इतनी मुहब्बत भर जाती की सारी शिकायतें ख़त्म हो जातीं। मैं जाती तो रेगिस्तान

में बादलों की परछाई पड़ती और बादल अचानक बरस जाते, गांव के लोग मुझे घेर कर पानी के किस्से सुनाते। मेरी ओक से कई नदियां निकलती थीं। कभी कभी मेरा दिल करता था कि सूखे गांवों के बाहर अपने हाथ रोप दूं। मगर मुझे तुम्हारे लिए चिट्ठियां लिखने वाला कौन मिलता? दुनिया बहुत सी भाषाओं में बात करती है लेकिन मेरे मन की भाषा कोई नहीं जानता एक तुम्हारे सिवा।

एक बार मैं एक लू से झुलसते गांव गई थी। गर्म हवा के थपेड़ों ने मंदिर के शिवाले में घर कर रखा था। वे दिन भर शिवाले का घंटा बजाते रहते। इस गर्मी के शोर में उसकी आवाज़ इतनी तेज़ लगती जैसे हुंकार भरता कोई मायावी योद्धा हो। मैंने बहुत कोशिश की मगर मैं छोटी सी हूं न, मेरा हाथ ही वहां तक नहीं पहुंचा। तब तक आसपास पीली धूल का तूफान उठ गया था, गोल गोल घूमता हुआ। वो मेरी आंखों के सामने से सारे लोग मिटाता जा रहा था। मैंने अपनी उंगलियों के पोर चूम कर एक दुआ तुम्हारे नाम भेजी। दुआ ने जाने के पहले मंदिर में सर झुकाया तो भगवान भी मुस्कुराने लगे। लू के शैतान बच्चे फिर वहां से फौरन भागे वरना मैं मूड में आ गई थी और बड़े इनारे की जगत पर खड़ी थी, आज तो बाल्टी बाल्टी पानी भर के इन सब को नहला देती।

तुम देखना उस पोस्टकार्ड में, वासंती पीले रंग में जो लड़की है न, जिसके माथे का घूंघट आधी ही धूप रोक पाया है। वही मैं हूं। ये उसी दिन की तस्वीर है जब लू के जाने की ख़ुशी में सबने पानी से ही होली खेल ली थी। कैसा उल्लासोत्सव था वो, गांव की औरतों ने मुझे साड़ी पहनाई थी मानो मैं मौसम हूं कोई, वसंत रंग में। तस्वीर में सब भीगी हुई हैं। तुम जान नहीं पाओगे कि कैसा उल्लास था, कैसा उत्सव था ओह! कच्ची पगडंडियों पर दौड़ना। कमर पर छोटे घड़े में पानी रखना और ठुमक कर चलना। उस गांव में किवाड़ नहीं लगे होते थे, मनुहार करके सबको बुलाना। जाने कौन से गीत गाना।

एक गांव था जहां से सूरज रूठा पड़ा था। जिस दिन गांव में बिजली आई थी, लोग देर रात ताड़ी पी कर नृत्य में मगन थे। अगली सुबह वे सूर्य को अर्घ्य देना भूल गए। किसी की नींद नहीं खुली, कुछ नशा था, कुछ थकान थी। मुखिया की बेटी भी बिजली बाबू के सपने देखती सोई थी। शहर से आए बांके नौजवान थे बिजली बाबू, कलफ लगा कुर्ता और पतलून पहनते थे। नदी पर नहाने से पहले वर्जिश करते थे। लड़की ने उन्हें पहली बार देखा था और वे उसकी आंखों में बस गए थे। सुबह सूरज बहुत देर आस तकता रहा कि कोई तो उठ कर उसे बुलावा भेजेगा। प्यास भी लगी थी मगर कोई अर्घ्य न दे तो बहती नदी का पानी भी सूरज के लिए अपवित्र था। पूरा टोला जाने कैसी धुत्त नींद सोया

था। दिन भर किसी को ख्याल भी नहीं आया कि सूर्य को अर्घ्य नहीं पड़ा है। सब रात को बिजली आने का इंतज़ार कर रहे थे। पूरे दिन का प्यासा सूरज जब देहरी से उठा तो कह गया कि मैं वापस नहीं आऊंगा।

उस दिन से वहां सूरज नहीं उगता था। रोशनी होती थी, लेकिन सूरज दिखता नहीं था। वहां की चीज़ों से रंग उतरने शुरू हो गए। सबसे पहले उतरा वहां की औरतों का ताम्बई रंग, उनकी त्वचा से एक उजास फूटती थी। एक एक दिन करके रंग धुंधला पड़ता गया। अब सिर्फ उदास शाम के बाद का रंग बचा था। पेड़ भी चटख हरे रंग के हुआ करते थे मगर अब उनका रंग डर से सफेद पड़े चेहरे जैसा फीका पड़ गया था। ताड़ी का स्वाद भी पनियल हो गया था। नृत्य की थाप भी हलकी हो गई। जंगल में जज़्ब हो जाने वाला था पूरा कबीला।

तुम पोस्टकार्ड देखोगे तो उसमें मैं रूठे हुए सूरज को गीत सुना रही हूं। तुम्हारे बिना मेरा मन नहीं लगता ना, वैसा कोई गीत। गांव की सारी लड़कियां मेरे साथ सुर में गा रही हैं। उनकी अंजुली से सूरज की प्यास बुझ रही है। गौर से देखो तो नदी के पानी में भीगी लड़कियों की त्वचा का रंग ताम्बई है। सूरज की धूप में चमकता। तुम्हें जो नहीं दिखेगा वो है जंगल की खुशबू। असंख्य पेड़ों पर एक साथ वसंत के खिलने की महक, चिटकती कोपलों का गान, तितलियों के नृत्य की थाप।

जो पोस्टकार्ड मैं नहीं भेजूंगी तुम्हें उसमें मैं अकेली बैठी हूं, दो शहरों, गांवों, देशों के बीच कहीं...वक़्त की दो ईकाइयों में बंटी हुई। एकदम तनहा। एकदम उदास। मैं याद करती हूं उस घर को जहां मैं और तुम रहते थे। जो एक बारामासी नदी के किनारे था। मुझे याद आती है घर की छत पर चढ़ी मालती की बेल। खिड़की पर लगे फूलों वाले पर्दे की। दरवाज़े पर वो कौड़ियों वाली झालर जो हम कन्याकुमारी से लाए थे। मुझे वो सारे झगड़े याद आते हैं जो मैंने तुमसे किए थे। सबसे ज़ियादा याद आता है सुबह उठ कर तुम्हारा चेहरा देखना और सोचना कि तुम कितने सुन्दर हो। सांवले चेहरे पर नीलकमल सी दो आंखें। सुकून से सोते हुए। मैं सोचती हूं कि अब लौट आऊं। ज़िंदगी में सुकून से ज़्यादा तुम्हारी ज़रूरत है मुझे।

सुनो, ज़रा उस संदूक को खुलवा कर घर का पता भेज देना मुझे। दुनिया के किस शहर आई हूं मुझे याद नहीं। यहां से सीधे घर आने का मन है मेरा। इस बार सुकून की तलाश में दोनों साथ निकलेंगे। चिट्ठियों से दिल भर गया मेरा। तुमसे बहुत सी बातें करूंगी। जानां। तुमसे सुकून से बात किए अरसा बीता!

9

छिछली मुहब्बत का मुजरा

आज उसकी तस्वीर देखी। एक नंबर का काइयां लगा। विद्रूप चेहरा। अभद्र हंसी। कुल मिला कुछ ऐसा रिपल्सिव कि क्षण भर भी ठहर नहीं सकी उस पन्ने पर। आंखों में कैसी ठंड थी। कसाई ठंडे गोश्त को ऐसे ही देखता होगा, कि आंखें कंचों जैसी दिखती हैं। सीरियल किलर अपने शिकार को इसी तरह घात लगा कर पकड़ता होगा। पागल कुत्ता ऐसा ही दिखता है। लार टपकाता हुआ। खूंखार, मगर मृत्यु की छाया में ढंका कातर और घबराया हुआ। ऐसा जिस पर दया नहीं आए। बस लात मारने को जी चाहे, वो भी मनोरंजन के लिए, किसी उद्देश्य के लिए नहीं। उसी किकियाहट पर हंस दें सभी। वो पिछली टांगों में दुम दबाए भाग खड़ा हो।

यकीन नहीं आया कि ये वही चेहरा है जिसे देखते सुबह होती थी और देखते दिन ढलता था। ये वही चेहरा था जिसे हज़ार बार, हज़ार एंगल से देख कर भी जी नहीं भरता था। इस चेहरे से कई अफसाने उभरते थे, इस चेहरे को देख गुनगुनाने को जी करता था, मुस्कुराने को जी करता था। आज वाकई लगता है कि चेहरा कुछ नहीं होता सिवाए हमारे ख्यालों के प्रोजेक्शन के। हम किसी में वही देखना चाहते हैं जो हम देखते हैं। मगर वाकई? आज मैंने उस चेहरे पर कोई लेबल आरोपित नहीं किए। ऐसी वितृष्णा मैं आरोपित कर भी नहीं सकती। मेरे लिए मुहब्बत कोई एक जन्म में रिस कर चुक जाने वाली चीज़ नहीं है। ये तो वैसे जन्म लेती है जैसे घर के आंगन में कलम लगाया हुआ आम का पौधा। सालों साल इसपर बच्चे खेलते कूदते हैं। गिलहरियां घर बनाती हैं। पंछी

अपने खाली घोसलों के दर्द से उबर कर चहचहाना सीखते हैं। तो फिर कहां क्या हुआ था मुझे? क्या पहले ही मेरी आंखों पर कोई और चश्मा चढ़ा हुआ था?

खूंखार सी ज़िद है कि उससे नफरत नहीं करूंगी। ऐसा करना उसे बाकी सभी लोगों से खास बना देगा। मैं उसे कुछ ऐसे बरतना चाहती हूं जैसे एक्सप्रेस ट्रेन छोटे गांवों वाले हाल्ट को। रफ्तार ज़रा सी भी कम नहीं होती। ये सोच कर भी नहीं कि गलती से कोई पटरी पार करते हुए मर सकता है। जैसे सिरफिरा ट्रेन ड्राइवर कोहरे वाली सुबहों में चलाता है सुपरफास्ट एक्सप्रेस। जैसे बाई कचरा फेंकती है, घर के पीछे बहते नाले में, निर्विकार होकर। टेम्पटेशन से मुक्त होने के लिए उससे गुज़र जाना ज़रूरी होता है। सड़कछाप लफंगों की ओर देख भी लो तो उनका उद्धार हो जाएगा, ये जानते हुए कोई भी लड़की उनकी ओर नहीं देखती। वे इस लायक नहीं होते कि उनपर दया की भी एक नज़र की जाए, भीख में भी नहीं।

किसी दूसरे देश में एक भिखमंगा मिला था, उसने कहा खाना खाने के लिए उसे दो यूरो चाहिए। मेरे पास गिने हुए दुपहर के खाने और बस के किराए के पैसे थे। होटल वहां से 4 किलोमीटर दूर था। मैंने उसे दो यूरो दे दिए। बदले में उसने मेरा हाथ पकड़ कर शुक्रिया अदा करना चाहा। उसके हाथ की लिजलिजी पकड़ बहुत देर तक अपने हाथों से चिपकी हुई लगी। मेरा खाना खाने को दिल ही नहीं किया। आधे रास्ते में एक फाउंटेन था। मैंने पैसे उसी में गिरा दिए। किसके लिए कौन सी दुआ मांगी थी मालूम नहीं। खुद के लिए तो कुछ मांगा नहीं होगा, इतना आज भी यकीन है। खुदा और मेरी ईगो टसल चलती है। उसके सामने सर नहीं झुका सकती।

घृणा के कुछ ऐसे ही क्षण सामने आ रहे हैं। कच्ची उम्र में जब पहली बार सामना किया था प्रौढ़ पुरुषों की पीठ पर दी थपकी में मिली वासना का, वैसे ही ठगा हुआ निर्दोष समझना चाहता है मन खुद को। मगर नहीं। कटघरे में खुद भी खड़ी होती हूं। किसी बेहद पुराने घर से उठती सड़ांध है, सांस घुटी जाती है। कोई नज़र है कि गले में फंदा कसती जाती है। छटपटाहट में दीवार का सहारा खोजती हूं तो पाती हूं कि दीवार से विशालकाय हाथ निकल आए हैं जो मुझे लील जाना चाहते हैं। दहशत का तमाशा देखने के लिए सामने के टूटे फर्नीचर पर कुछ आवारा लोग बैठे हैं। प्लास्टिक के गिलास में सस्ती शराब पी रहे हैं। वितृष्णा रिसती नहीं है, धधकने लगती है। मैं अपने हाथों, अपना ही गला घोंट कर किसी और को मार डालना चाहती हूं।

10

आइडेंटिकल वॉल्ट में दोस्ती का सेफ्टी डिपोज़िट

उनके शहर एक ही हार्टलाइन के दो छोरों पर बसे हुए थे। वो जब भी उसे फोन करती, दोनों शहरों का मौसम एक जैसा होने लगता। ज़रा ज़रा बादल हुमक कर लड़के के शहर चल देते, फुहारों में उसे भिगा भिगा छेड़ते। ज़रा सी लड़के के शहर की धूप लड़की के शहर पहुंच जाती, उसके गालों पर सूरजमुखी खिलाती, सुनहले रंग से उसकी आंखों के ऊपर आईशैडो लगाती।

ज़रा ज़रा सरफिरे ही थे ये दोनों बाशिंदे। अक्सर पागलपन में एक दूसरे से ही कम्पटीशन कर बैठते थे। फिर पूरी कायनात परेशान हो जाती थी इनके झगड़े सुलझाते सुलझाते। कभी सूरज दूसरे हेमिस्फेयर में देर से उगता तो कभी औरोरा बोरियालिस वोल्गा किनारे वोडका की बोतल मांगता नज़र आता। कभी गंगा का मटमैला पानी बांध तोड़ कर दौड़ता तो पेरिस में आशिकों को एफिल टावर पर चढ़ कर अपनी जान बचानी पड़ती।

बड़े खतरनाक थे दोनों। दुनिया के कुछ शायर टाइप के लोग इनपर पीएचडी भी कर रहे थे कि आखिर दोनों के बीच चलता क्या है। दोस्त से बहुत ज़्यादा, आशिक से ज़रा कम। मंटो के दीवाने, गालिब पर फिदा। फैज़ से इश्क़ को लेकर तो दोनों में रकीबों का हिसाब चलता था और ऐसा ही कुछ मेहंदी हसन को लेकर भी था। वो कभी उमराव की अदाओं पर जान देकर उर्दू सीखने लगता तो लड़की कर्ट कोबेन की आवाज़ में इतना गहरा डूब जाती कि अगले कई रोज़ तक हलक से आवाज़ नहीं निकलती, फिर लड़का ही गरारे करने को नमक पानी का इन्तज़ाम करता। ब्लैक मार्केट से उसके लिए विस्की लेकर आता और बिना

आइस के उसे पीने को देता। लड़की मुंह बनाती तो धमकाता, समंदर में फेंक आने के किस्से सुनाता। लड़की कागज़ में रोल हुई चिट्ठी बन जाती। विस्की की खाली बोतल में डूबती उतराती।

लड़की हंसती तो लड़का उसकी हंसी को रिकॉर्ड कर के रखने की कोशिश करता। हर बार रिप्ले करने पर भी वो खनक मिसिंग सी लगती जो उसकी ज़िंदा आवाज़ में घुली होती थी। उसके हंसने से लड़के के शहर का बैलेंस गड़बड़ा जाता था, फिर वहां की इमारतें भी डगमग डगमग चलती थीं। लड़की की आवाज़ जैसे इत्र थी। मोबाइल में होती तो उसके होने की खुशबू आती। लड़की बेसुध सी हुआ करती थी, खुद को जहां तहां भूल आती। लड़का उसके पीछे उसकी छूटी चीज़ें सकेरता चलता। कभी दुपट्टा, कभी कलम, कभी नोटबुक, कभी मुस्कुराहटें, कभी जख्म, कभी बारिश, कभी गुस्सा। लड़की भी कुछ ऐसी ही थी लड़के के लिए, उसकी सनक, उसका आलस, उसकी दारू की बोतलें, उसके टूटे हुए ऐशट्रे, बीड़ी का पैकेट, लाइटर, उसके बचपन के दोस्त, उसकी जवानी के रकीब, उसकी वीकेंड की प्रेमिकाएं, सब सकेरती रहती। दोनों एक दूसरे का डिपाज़िट बॉक्स हुआ करते, जैसे बैंक में होता है न, लॉकर जैसा कुछ। पहला जहां से बिखरता, दूसरा वहां से उसे सहेजता। एक दूसरे के होने से उन्हें खुद के खोने का डर कभी नहीं लगता। वे उन्मुक्त होकर ज़िंदगी के हर लम्हे को जिया करते थे।

वे एक दूसरे के बिना अधूरे थे, खुदा की लिखी एक कहानी का आधा आधा हिस्सा। जब साथ होते थे तो सारे डायलाग सही लगते थे। हर बेसिरपैर के पैराग्राफ का मतलब होता था। हर गीत की सही जगह होती थी। उनकी ज़िंदगी के कट्स भी सही जगह पर आते थे। उन्हें यकीन था कि एक दूसरे की ज़िंदगी में उनकी जो जगह है वो कोई और नहीं ले सकता, तो वे निश्चिंत होकर एक दूसरे की प्रेमकहानियों का ज़ायका लेते। दिल टूटने पर एक दूसरे को सम्हालते भी। खुदा उनपर ख़ास नज़र रखता था। यूं कि इतनी बड़ी दुनिया को चलाए रखना बेहद मुश्किल काम था। खुदा बोर होने पर उनकी गप्पें सुनता था। उनके पास करने को कितनी बातें थीं। खुदा को कभी कभी रश्क होता था कि उसने ऐसे लोग बनाए हैं जो उसकी दुनिया में ऐसे डूब के जीते हैं, महसूसते हैं। दोनों खुराफाती जानते थे कि खुदा उनकी बातें छुप छुप के सुनता है। वे ऐसे किसी दिन मंटो का किस्सा छेड़ देते। वे जानते थे कि खुदा मंटो से अच्छा ख़ासा चिढ़ता है। मंटो की अफसानानिगारी के किस्से निकल गए तो वे खुदा और उसकी बनाई दुनिया तक भूल जाते थे। खुदा ऐसे में मौसम खराब कर देता, तूफानों को उनके शहर भेजने की धमकी देता। मगर दोनों नाशुक्रे मंटो की किसी कहानी में छुप

जाते और खुदा परेशान होकर तूफान को किसी और देश भेज देता। यूं भी उनके शहर एक ही हार्टलाइन के दो छोर पर थे। उनके शहरों में तूफान लाने के लिए पूरी हार्टलाइन को डुबाना पड़ता, फिर तो दुनिया भर के आशिक खुदा को इतना गरियाते कि उसे बुखार हो आता। ऐसे में फिर लड़की के सिवा कौन था जो चांद की पतली महीन पट्टियां रख सके खुदा के माथे पर। इस सब आफत से बेहतर खुदा किसी नए प्लैनेट पर नई दुनिया बनाने चला जाता।

फिर दोनों खुराफाती मिल कर खुदा के दफ्तर में सेंधमारी करने का प्लान बनाते। चित्रगुप्त को अपनी साइड मिलाते, उसे झांसा देते कि खुदा को बताए बिना एक सुपरकंप्यूटर स्मगल कर देंगे स्वर्ग में। बेचारा चित्रगुप्त इतने दिन से उंगलियों पे गिन गिन के परेशान हो गया होता तो झट हां कर देता। इन फैक्ट शकुंतला देवी को इतनी जल्दी ऊपर भेजने में भी इन्ही खुराफातियों का हाथ रहा है। चित्रगुप्त तक पर इन्होने अहसानों का कर्ज़ा चढ़ा रखा है।

खुदा भी लेकिन खुदा है। जब इनसे बहुत परेशान हो जाता तो इश्क़ को भेज देता। कुछ दिन दोनों कंफ्यूज़ रहते और दुनिया में शांति रहती। सुबह शाम हरारत कि आखिर एक दूसरे से प्यार तो नहीं हो गया। कभी हां कभी ना के चक्कर में एक दूसरे से मिलते ही नहीं। फिर खुदा इंतज़ार करते करते बोर हो जाता और इश्क़ को वापस बुला लेता, उसका डिमोशन कर देता कि 'बेटा, तुमसे न हो पाएगा'। लड़का और लड़की फिर दोस्तों जैसे हो जाते और इश्क़ की भर भर खिंचाई करते। इश्क़ बेचारा बोरिया बिस्तर बांध कर किसी 'दिलवाले दुल्हनिया ले जाएंगे' जैसे निर्देशक के पास शरण मांगने भाग उठता। दुनिया में फिर से त्राहिमाम मचा रहता। नारद जी खुश रहते। खुदा खुश रहता। देश में जैसे अंग्रेज़ों भारत छोड़ो का आंदोलन हुआ था वैसे ही इन दोनों से प्रेरित होकर देश भर में लड़के लड़कियां नारेबाज़ी करते 'एक लड़का और एक लड़की दोस्त हो सकते हैं'। फ्रेंडशिप डे चाहे राखी के दिन पड़ जाए कोई घबराए बिना अपना फ्रेंडशिप बैंड लेकर लड़की के पास चला जाता। इस तरह दुनिया को ठोकरों में रखते हुए, खुदा की एंटरटेनमेंट का पूरा इंतज़ाम करने वाले वो लड़का और लड़की उम्र भर दोस्तों की तरह खुशी खुशी हार्टलाइन के दो तरफ बने शहर में बेस्ट फ्रेंड बन के रहे।

11

कुर्ते के थर्ड बटन से पॉज़

तुम्हें पहली मुलाकात में उतना खूबसूरत कुर्ता नहीं पहनना चाहिए था। अब इतने अच्छे तो कभी नहीं लगोगे तुम मुझे। लखनवी कुरता, चिकन की कढ़ाई और पतली सी जंज़ीर से बंधे नफासत वाले बटन। एक...दो...मेरे ख्याल तुम्हारे कुर्ते के तीसरे बटन पर अटक गए हैं।

कोई लफंगा भी पहली बार किसी दोस्त से मिलने आएगा और वो दोस्त लड़की होगी तो किसी भी हाल में कुर्ते के तीन बटन खोल कर नहीं आएगा। तुम्हें तो मैं कितना भला लड़का समझती थी। एकदम लुच्चे लग रहे थे, जैसे पटना में गोलंबर के पास कॉलेज आते-जाते लड़कियों को घूरते लड़के खड़े रहते थे। प्लीज़ गर्मियों की दुहाई मत दो, ऐसी गर्मी में कोई काले कपड़े पहनता भी है? तुम जानते हो काला रंग मेरी कमज़ोरी है तो बस। तुम आज फ्लर्ट मारने के मूड में आए थे न?

कह लो, हम ही कौन से भली लड़की की कैटेगरी में आते हैं। अब ये न कहना कि हमारी उम्र के हिसाब से हम आंटी की कैटेगरी में आते हैं। कसम से यार, शिद्दत से लड़के छेड़े हुए ज़माना गुज़र गया था। आखिरी बार कौलेज में एक लड़के को इसी तरह चिढ़ा मारे थे। रोआंसा हो गया था बेचारा तब जा के उसकी जान बक्शे थे। गुस्सा हो लेना बाद में, पर कसम से मेरी जान, लजाते हुए क्या कातिलाना लग रहे थे, कितने मासूम और प्यारे। मैंने वाकई नहीं सोचा था कि शर्म से लाल टमाटर हुए तुम्हारे गाल दिखेंगे। दुनिया पागल हो जाए फेमिनिज़्म के पीछे पर लड़के ब्लश करते हुए कमाल लगते हैं। एकदम हार्मलेस,

एकदम वल्नरेबल। देखो न कितना हंसे हम तुमको चिढ़ा के, गाल अभी तक दर्द कर रहे हैं।

मालूम है, भीड़ में गुम होते नज़र आते जब तुम्हें पहली बार देखा था तो यकीन नहीं हो रहा था कि तुम इतने अट्रैक्टिव होगे। सबमें अलग नज़र आते हो तुम। तुम में कुछ तो है कि अच्छे अच्छों का ईमान खराब हो जाए। कुर्ते का पहला बटन है कि छूते ही सब पॉज़ हो जाता है। हमने कहां जाना था। मैंने तो बस उस सीपी के चमकते बटन की तराश देखने को छुआ था, गलती से उंगलियां छू गई थीं तुम्हें, कि स्टैटिक से झनझनाहट सी हुई थी, क्या लगता है, कितने वोल्ट का था वो झटका? आइडियली उस वक्त हम दोनों के दिमागों को वापस ट्रैक पर आ जाना था। लेकिन।

तुम्हारी आंखें देखीं तो कोई शब्द नहीं कौंधा। वो एक आह थी, गहरी सांसों में उलझती, दिल की धड़कनों का डिसिप्लिन तोड़ती, इनवाईटिंग। तुम्हारी आंखें दूर दूर तक खेतों की पगडंडियों का रास्ता खोलतीं थीं। बुलाती थीं, बांधती थीं, फिर जाने देती थीं जैसे कि उन्हें गहरा यकीन हो कि जितना दूर जाउंगी उतनी ही तेज़ रफ्तार से तुम्हारी ओर खिंचूंगी। पता है जिन लोगों की आंखें हलके रंग की होती हैं वे कपड़ों के साथ रंग बदलती हैं, जैसे हरा पहनो तो हरी, पलाश के चिकने पत्तों सी लगेंगी। तुमने तो न्यूट्रल कलर पहन रखा था, तो फिर तुम्हारी आंखों का नीला रंग क्या मेरे दुपट्टे से परावर्तित हो कर आ रहा था?

तुम्हारे हाथ एक कामगार के हाथ थे। ऐसी उंगलियां कि जैसे शब्दों से भी वर्जिश करवा लेती हों। कलम को कुदाल की तरह पकड़ती हों। बेहद मज़बूती से और इस विश्वास के साथ कि मिट्टी में मेहनत का लहू गिरता है तो फसल अच्छी होकर ही रहती है। मैं एक बार तुम्हारा हाथ छू के देखना चाहती थी। क्या वाकई, सिर्फ इतना? तो फिर नज़र रह रह कर उस तीसरे बटन पर स्टैचू क्यूं हो जाती थी?

तुम ठीक कहते थे कि हमें नहीं मिलना चाहिए था। अच्छा होता नहीं मिलते। कौम्प्लिकेशन नहीं होती। काफी होना चाहिए था तुम्हारी आवाज़ से रिश्ता। तुम्हें देख कर ऐसे ऐसे ख्याल सर उठाने लगे हैं जो पिछले कई कई सालों से मन का दरवाज़ा खटखटाने नहीं आए थे। हम अकेले हैं। ऐसा ख्याल सिर्फ तब आता है जब हम उस अकेलेपन तक किसी को पहुंच जाने देते हैं। मेरी ज़िंदगी में मेरा कैरियर ही सब कुछ था। पूरी दिनचर्या ऑफिस के इर्द गिर्द और बाकी बची ज़िंदगी हर लड़ाई में हर जगह ये प्रूव करने में चली जाती थी कि औरत होने के कारण मैं औरों से कमज़ोर नहीं हूं। मैं भी उतनी ही मेहनत कर सकती

हूं जितना साथ का कोई और वर्कर, चाहे लेट नाईट शिफ्ट्स हों, दूर दराज़ एरिया में रिपोर्टिंग या कि फिर चौबीसों घंटे लगातार जाग कर फीचर एडिट करवा के डेडलाइन पर डिलीवर करना। ज़िंदगी में काम के अलावा कभी किसी चीज़ की जगह कहां रखी थी मैंने।

सिंगल रहने का फैसला मेरा खुद का था। नौकरी के पांच साल बाद ही गुड़गांव में अपना फ्लैट खरीद लिया था मैंने। तेरहवें महले पर रहते हुए दूर की लाइट्स देखते हुए मुझे अपनी ज़िंदगी में काफी सुकून महसूस होता था। किसी की मज़ाल नहीं होती थी कि एक बार पूछ सके कि मुझे अकेलापन महसूस नहीं होता। ऑफिस में काम के प्रति मेरी दीवानगी को देखते हुए मेरी काफी इज़्ज़त थी और लोग हमेशा मेरे काम से बेहद खुश रहते थे। मेरे इस पूरे सफर में तुम हमेशा से मेरे फेवरिट रेडियो जॉकी रहे थे। किसी को याद भी नहीं होगा पर वो देर रात के तुम्हारे लव-गुरु वाले एपिसोड्स भी मेरे पास रिकौर्डेड हैं जो वाकई इतने खराब थे कि चैनल ने कॉपीज़ भी नष्ट कर दीं। तुमसे पहले मेरे पास सब कुछ था जो जीने के लिए चाहिए।

आज चालीसवां जन्मदिन है मेरा। उम्र के इस पड़ाव पर खड़े होकर महसूस किया कि ज़िंदगी अफ्सोसों के लिए बहुत छोटी है। बकेट लिस्ट में सबसे ऊपर था तुमसे कभी एक बार मिलना। सो आज टिकमार्क लगा रही हूं। हमने जाने कितनी तरह की बातें कीं, हमेशा की तरह हमारी बातें खत्म ही नहीं होती थीं। जाने कितनी कप कॉफी पी गए थे हम। जाने नींद कितने दिनों तक उड़ी रहेगी। पर क्या कैफीन के कारण? हम अपनी अपनी व्यस्त ज़िंदगी को होल्ड पर रख कर एक दूसरे से मिलने आए थे। यहां से कहां जाना चाहिए बड़ा उलझा हुआ सवाल था। तुम्हारा 'जाने दो' ऐसा था कि बार बार रोक लेने को कहता था और मेरा 'चले जाओ' तुम्हें पास आने को ही उकसाता था। विरोधाभास। हमारे बीच कुछ तो था जिसे केमिस्ट्री कहा जाता है। लेकिन दोस्ती इतनी अच्छी थी कि ज़िंदगी में पहली बार खुद से वादा किया कि कभी तुमसे प्यार हो भी गया तो पूरी दुनिया को भले बता दूं, तुम मेरे जीते जी तो नहीं जानोगे। ये प्यार-मुहब्बत कमबख्त रिश्तों में जंग की तरह लग जाती है। तुम्हें रेज़िस्ट करना बेहद तकलीफदेह होगा ये भी पता था। मुझे थोड़ा आश्चर्य हुआ कि तुम्हारी उंगलियों से ओल्ड स्पाईस की खुशबू आती थी। क्लास्सिक। जब तक हम अपनी अपनी सिगरेट पी रहे थे ख़ामोशी हमारे दरमियां अपनी जगह बना चुकी थी। ख़ामोशी एक ज़िद्दी किराएदार है, घर खाली ही नहीं करती। सिगरेट के छल्ले, कॉफी, शाम और तुम्हारा कॉम्बिनेशन डेडली था।

मुझे लगता है हमारा दिमाग एक ही ट्रैक पर चल रहा था। हम और तुम 'आई लव यू' जैसी टुच्ची चीज़ के पीछे समय बर्बाद करें इससे बड़ा दुर्भाग्य क्या होगा। घुमा फिर कर कहना मुझे भी तो नहीं आता। किसी न किसी को तो कहना ही पड़ेगा...

'सो, योर प्लेस ऑर माईन?'

12

मेरी उंगलियों में तुम्हारा लम्स न सही तुम्हारे बदन की खुशबू तो है

ये कहानी है एक गुमशुदा सी साबुन के बट्टे की, जी वही जो आमतौर पर गुसलखाने के नामालूम से कोने में उपेक्षित पाया जाता है। चौकोर टुकड़ा कि जिससे किसी रूमानी, जिस्मानी, रूहानी चीज़ की उम्मीद करनी बेकार है। मगर कई बार एक अदना सा साबुन कहानी में नए मोड़ ले आता है, फिसलन का बायस बनता है। तो मैं बताती हूं कि क्या किया इस कुलच्छनी साबुन के बट्टे ने।

हरकारा भागता हुआ आया था। तीन महले सीढ़ियां चढ़ने से अब भी उसकी सांसें फूल रही थीं। उसके हाथ में एक गुमनाम सा भूरा लिफाफा था, साधारण ऑफिशियल डाक जैसा। मगर कुछ खास बात थी कि कोई खुशबू उसका पीछा करती आई थी, उसके कमरे में घुसते ही सबकी निगाहें उसकी तरफ घूम गईं। 'साहिल', उसने मेरा नाम पुकारा तो सहकर्मियों की नज़रों में लपकती इर्ष्या इतनी मुखर थी कि लिफाफा ख़ाक हो जाता और अंदर का सारा कंटेंट नुमाया। कुरियर बॉय के हाथ से लिफाफा लेते हुए हैंडराइटिंग देखी। उसकी हैंडराइटिंग में लिखा हुआ अपना नाम कितना खूबसूरत लग रहा था। लिफाफे के पीछे भेजने वाले का नाम लिखा था। सिर्फ नाम लिखने भर से लगा कि वो मेरी कोई एकदम खास है। दिल कर रहा था कि कुरियर बॉय के हाथ से वो खुशबू खुरच कर उतार दूं, अभी वाशबेसिन में अपने सामने हाथ धुलवा दूं। मगर किसी खुशबू पर हक कभी किसी एक का नहीं होता। दूर पहाड़ियों में कोई गड़रिया जब बांसुरी की धुन छेड़ता है

तो नीचे घाटियों में रहने वाले लोगों को भी वो धुन सपनों में आती है।

डाक इतने लोगों के सामने खोलना यानी सवालों के बरछत्ते पर पत्थर मारना, किन सवालों के डंक अंतर्मन पर कितने दिनों तक सूजन दे देंगे मालूम करना नामुमकिन था। जाने क्यूं लगता था कि मेरे और उसके बीच कुछ ऐसा रिश्ता है कि समझाया नहीं जा सकता। मुझे मालूम था कि खत में अनगिनत बातें हो सकती हैं मगर ये भी मालूम था कि खत कोरा भी हो सकता है। वो किसी पहेली से कम नहीं थी और आज पहली बार उसका भेजा कुछ मिला तो महसूस हो रहा था कि मैं सच में उसका कुछ हूं और उसने किसी शाम अपनी फेवरिट कलम से मेरे नाम कुछ लिख के भेजा है।

'गंगामिट्टी में थोड़ी भांग कूट के मिला दो, पुलिया के नीचे पोलिथिन में मिलनी वाली देसी दारू से मिट्टी को गूंथो और श्मशान में जलती किसी अधबुझी चिता की आग में विरक्त होकर उसे पत्थर होने को छोड़ दो। जब मूरत बन जाए तो किसी अबोध बच्चे की मासूमियत और किसी जोगी के बैराग से उसमें प्राण फूंको। हां उस वक्त ध्यान रहे कि उगते सूरज की धूप सा दग्ध हो उसका मन और उतना ही निर्मल, तब शायद तुम्हारे जैसा कोई बन सके। तुम्हारे जैसा। तुम्हें ईश्वर ने नहीं बनाया है। तुममें इतनी दरारें हैं। तुम्हें मेरे जैसी किसी पागल लड़की ने बनाया है, किसी दिन मूड में आकर कुछ अप्रतिम रचने की चाह में। तुम हो नहीं। तुम कल्पना हो। तुम चाहना हो। तुम एक अजर, अमर प्यास हो। जैसे साल भर गंगा पीछे भागती जाती है और किनारे की रेत दलदल होने लगती है, फिर उसके हिस्से पूरे साल का इंतज़ार बदा होता है। धूप में जलती, चांद में टूटती। रेत। काली रेत। जैसी तुम्हारी आंखें'।

कोई संबोधन नहीं, खत के आखिर में कोई नाम नहीं, फिर भी एक एक शब्द जैसे उसे पुर्ज़ा पुर्ज़ा खोलता था। उसे लगा कि ये वाक्य अगर कहीं भीड़ में गुम किसी बिसरे हुए पर्चे पर भी लिखे होते तो उसे मालूम होता कि उसने लिखा है और उसी के लिए लिखा है। वो दोनों एक ही मिट्टी के बने थे ऐसा उसे कई बार लगा था। दूर होते हुए भी लड़की इतनी अपनी, इतनी पास लगती थी कि वजूद का हिस्सा ही लगने लगी थी। कोई कैसे किसी का हो जाता है। पूरा का पूरा। बिना किसी रिश्ते के।

कमरे में एक हल्का बल्ब जल रहा था। शहर सो गया था और उसकी सांसें रिदम में आ चुकी थीं। कभी कभी दूर जाती किसी गाड़ी की हेडलाईट कमरे की खिड़की पर चमक उठती थी, दो बजे वाली मालगाड़ी भी गुज़रना शुरू कर चुकी थी। छत पर एस्बेस्टस की शीट्स थरथराने लगी थीं और पास के पीपल

के पेड़ के कुछ पत्ते स्ट्रीट लैंप की रोशनी में उन्मुक्त नाच रहे थे। रोज़ की तरह उसे आज भी अंदेशा हुआ कि कोई पायल पहने रेलवे ट्रैक पर मरने के लिए भागी जा रही है।

उसने लिफाफे को फिर खोला। उसमें प्लास्टिक के ज़िपलॉक में बंद कुछ था। ज़िप खोलते ही खस की एक मायावी गंध कमरे में घुलने लगी, पुरानी यादें कमरे में उतरने लगीं जब कि बेइंतहा गर्मियों के लू चलने वाले दिन थे। एक पुराने गिरते हवेलीनुमा मकान में उसका दफ्तर था। लगभग दो फुट चौड़ी, लोड बेयरिंग दीवारें। बिना बीम के बने उस घर में छत कम से कम पंद्रह फीट ऊंची होगी। उसे उन दीवारों से हमेशा डर लगता था। जैसे कि हर तरफ अनगिन लोग चिन दिए गए हों और किसी खामोश दोपहर दीवार तोड़ कर उनके कंकाल हुए हाथ उसका गला दबा देंगे।

दफ्तर के सारे दरवाज़े खिड़कियों पर खस की पट्टियां लटकाई गईं थीं जिन्हें दिन में तीन बार पानी से भिगोना होता था। ये काम बॉस की बेटी किया करती थी, पतला सा पाईप था जिससे वो बारी बारी से सारी पट्टियों को भिगाती चलती थी। कभी कभार बीच की दरार से वो दिख जाती। सूती दुपट्टा आंचल की तरह सर पर, पसीने में तरबतर और गर्मी से दहकता लाल हुआ चेहरा। उन खुशबूदार सीलन भरी दोपहरों की याद के साथ दिल के बिना दर्द धड़कने वाले दिन भी साकार हो गए जब दुनिया में सब कुछ सरल और सच्चा था। उसपर एयरकंडीशनर की आर्टिफिशियल परत नहीं चढ़ी थी।

मद्रास आए उसे बहुत साल बीत गए पर यहां की उमस के साथ उसे तारतम्य बिठाना नहीं आया। एक छोटी सी डॉक्यूमेंट्री के सिलसिले में आना हुआ और फिर यहां ऐसा अटका कि यहीं बस जाना पड़ा। आमतौर पर इतने सालों में किसी भी शहर में जड़ें उग आती हैं मगर यहां की भाषा का बेगानापन उसे हमेशा विस्थापित होने की पीड़ा देता। इस सारे सिलसिले में सुकून का बायस सिर्फ एक आवाज़ थी। उस लड़की की आवाज़ जो उस टूटते-गिरते खंडहर से ऑफिस से उस तक पहुंचती थी। दफ्तर के कामों के लिए फोन करता तो अक्सर फोन वही उठाती। छोटा सा दस लोगों का दफ्तर था जिसमें लोगों के काम आपस में मिल-बांट कर किए जाते थे और जो किसी के हिस्से नहीं जाता वो उस लड़की के हिस्से चला जाता। ऐसे में ही कुरियर करने, फोन रिसीव करने जैसे काम उसने अपने हाथ लिए थे।

वक्त बीतते साहिल का उस पुराने शहर से बस एक ही संबंध रह गया। उस लड़की की आवाज़ के महीन और मज़बूत तार से बंधा हुआ। सालों का रिश्ता, अनगिन बातों से गुंथा हुआ। ऐसा रिश्ता जैसे अतीत का वर्तमान से होता है।

वो आपस में हर तरह की बातें करते। दोनों बेहद जिज्ञासु प्रवित्ति के थे और सवाल करने में कहीं कोई पर्दा नहीं रहता। समाज की पेचीदगियों से लेकर रिश्तों के दोगलेपन तक। मंटो के कचोटने वाले किस्सों से लेकर फिल्मों की सतही भावुकता तक। ऐसा कुछ नहीं था जो वो एक दूसरे से नहीं कह सकते थे। अपने निजी अनुभव बांटते हुए बस इतना मालूम होता था कि दोनों एक दूसरे की ज़रूरत हैं, उन्हें हर बात एक दूसरे को बतानी होती थी। उसके बिना न खुशियां पूरी पड़ती थीं, न दर्द कम होते थे। हां, इसके सिवा दोनों ने कभी समझने की कोशिश नहीं की कि उनके बीच क्या चल रहा है। इसको स्वीकारते हुए कि दोनों को एक दूसरे की ज़रूरत है उन्हें इस बात पर एक अलहदा किस्म का फक्र था कि प्यार जैसी कोई वाहियात सेंटीमेंटल चीज़ से उनका कोई वास्ता नहीं है। साहिल हर साल घर जाते हुए सोचता कि इस बार उससे ज़रूर मिल आएगा मगर हर बार मां की कोई न कोई तिकड़म होती और वो उलझ के रह जाता। हफ्ते भर में लड़की पसंद कर के शादी कर लेना कोई मज़ाक तो नहीं था। इस बार मां ने बड़े उदास लहजे में कहा था, 'पोते पोतियां तो छोड़ो, लगता है जीते जी तुम्हारी शादी भी नहीं देख सकूंगी'।

जिपलॉक यादों के उस अंधड़ में उसका हाथ थामे खड़ा था। पहला अहसास किसी के भीगे बदन पर हाथ रख देने का सा था कि जब उसकी उंगलियों ने भीगे रेशम को छुआ। मक्खन के रंग का रेशमी स्कार्फ अब भी हल्का भीगा हुआ था। जैसे किसी ने तौलिए से बदन पोंछ कर खूंटी पर टांगा हो। स्कार्फ की चार परतों के अंदर एक चौकोर साबुन की बट्टी रखी थी जो थोड़े इस्तेमाल से एक ओर को घिस गई थी, उसपर लड़की का लम्स फिंगरप्रिंट सा मौजूद था और उसने करीब से महसूस किया कि खस के गहरे हरे ग्लिसरीन के साबुन में से लड़की के बदन की खुशबू आती है।

हर शहर में लड़की की याद उसकी रातों का हिस्सा थी। आज लड़की के कांधे पर भीगे बाल बिखरे हुए थे और खुली बांहों पर पानी की बूंदें ठहरी हुए थीं। भीगा, धुला सा चेहरा उस चेहरे से बहुत अलग नहीं था जो गर्मियों की उमस भरी दोपहर पसीने से तरबतर होने के बावजूद, तीखी धूप में खस की पट्टियों को भिगोता था। रिश्ते की अनेक पेचीदगियां थी, मन में अनेक सवाल। फिर भी सब जाने कैसे सहज होता गया। उसकी उंगलियां खस की खुशबू में लिपटी थीं और आंखें लड़की के निर्वसन कांधे से नीचे और नीचे उतरती गईं। इतने सालों में पहली बार उसने अपने आप को उस लड़की को 'उस तरह' से देखने के अपराधबोध से मुक्त पाया।

13

मृत्युतीत

लड़की ने इज़ल पर कैनवास फिक्स किया है। ठीक उसके सामने खड़ी होकर ब्लेड से एक धमनी काटी है, जैसे पिचकारी से गहरा लाल रंग छूटा हो। कैनवास पर अर्ध वृत्ताकार गोला बन गया है, खून पेंट से गाढ़ा होता है, खून में दर्द की मिलावट हो तो और भी। हर ख़ास पूजा के पहले बलि दी जाती है। इष्टदेव का रक्तस्नान होता है। जंग में जाने से पहले विजयी भवः करके जो टीका लगाया जाता है वो भी अंगूठे से निकले रक्त का ही होता है।

उसने बांएं हाथ पर सफेद पट्टी बंधी है, रक्त का बहाव रोकने के लिए, वो अपनी इस मास्टरपीस को पेंट किए बिना मरना नहीं चाहती। तो मरना कुछ देर के लिए टालना ज़रूरी है। खून फिर भी हल्का हल्का बह रहा है। उसने पढ़ा था कि धमनियों में रक्त का प्रेशर 120 मिली मीटर पारा की इकाई में होता है, इसे एक हलके से सफेद पट्टी के बांध से पूरी तरह रोका नहीं जा सकता। थोड़ा थोड़ा खून रिसता रहता है और जल्दी ही पट्टी गहरी लाल हो जाती है। रक्षा सूत्र। वो खुद पर ही हंसती है। विजयादशमी को पंडित जी पूजा खत्म होने के बाद रक्षासूत्र बांधते थे। लाल रंग का कच्चे सूत का धागा अभिमंत्रित होकर उसका बॉडीगार्ड हो जाता था और हर परेशानी से उसकी रक्षा करने का वचन देता था।

वो एक चेहरा बनाना शुरू करती है। खून की लकीर के इर्द गिर्द जैसे जैसे रंग बिखरते जाते हैं एक बेहद हसीन चेहरा कैनवास के आईने से झांकने लगता है। उसकी आंखें बिलकुल पारदर्शी और मासूम हैं। उसे देखते हुए कुछ

वैसा महसूस होता है जैसे कि मृत शरीर के सामने खून में डूबा हुआ चाकू लिए एक शख्स है लेकिन उसके चेहरे पर के भाव से आप जानते हैं कि वो कातिल नहीं चारागर है। कोई डॉक्टर है जिसने शायद जान बचाने की कोशिश की थी। उसके चेहरे पर दर्द उतर आया है। बुझती आंखों का दर्द, जान न बचा सकने का दर्द। वो कितना भी पत्थर होने की कोशिश कर लें। डॉक्टर अपने मरे हुए मरीजों की आंखें नहीं भूल पाते।

चेहरा पेंट करते हुए लड़की को उस चेहरे से मोह होने लगा है। उसने पहली बार इतना खूबसूरत कोई चेहरा बनाया है। वो डीटेल पर काम करने लगती है। उन आंखों में अपना अक्स पेंट करती है, मिनिएचर में। एक हाथ में ब्रश लिए दूसरे हाथ में खून की पतली सी धार रिसती हुई। अपने पीछे पूरा नीला आसमान भी पेंट करती है। आज उसका छत पर पेंट करने का मन था तो उसने छत पर ही इज़ल लगाया था। हालांकि कॉमन छत है पर वो इतने दिनों के अनुभव से जानती है कि ऐसे मौसम में कोई छत पर नहीं आएगा। आसमान के एक कोने से गहरे काले बादल बिखरने शुरू हो गए हैं। पेंटिंग लगभग पूरी होने को चली है। कुछ आखिरी स्ट्रोक्स उसकी मुस्कराहट पर देने हैं। बस।

लड़की छत की दीवार से पीठ टिका कर बैठी है। बादल बेतरह ज़ोर से गरजने लगे हैं और बिजलियां चमकती हैं तो उस चेहरे की आंखों में भी रिफ्लेक्ट होती हैं। वो आत्ममुग्ध भाव से पेंटिंग में डूबने लगती है। खून के बहाव से सोच के पर्दे भी बंद होने लगे हैं और अंधेरा सा छाने लगा है। गहरे काले बादलों ने सूरज को पूरा ढक लिया है। अब कहीं रोशनी नहीं है। सब तरफ बहता, भिगोता अंधकार है। बारिश में कैनवास के रंग घुलने लगे हैं। लड़की पागल ही थी। कोई वाटर कलर से अपनी आखिरी पेंटिंग करता है भला। लम्हा लम्हा होते सारे रंग कैनवास से उतरने लगे। आखिरी बचा था खून का पहला कतरा, वो भी उतर गया। अब सिर्फ सफेद कैनवास था...कोई रंग नहीं...जैसे उधर सिर्फ सफेद रोशनी थी...ज़िंदगी के परे...कोई दर्द नहीं...कोई याद नहीं।

लड़की का चेहरा असीम शांति में डूबा हुआ था।

14

जो घर फूंके आपना...

'मैं जा रही हूं'...हालांकि उसने बात मुस्कुराते हुए कही थी पर लड़का जानता था की ये मुस्कराहट झूठी है। लड़की के किरच होते टुकड़े भी दिख रहे थे और उसकी फॉल्ट लाइंस भी।

ऐसा नहीं है कि वो पहले गई नहीं है, जाना और लौटना, दोनों उसकी फितरत में शामिल है। इस बार उसका मन कह रहा है कि ये अंतिम विदा है। वो लौट कर नहीं आएगी। मगर वो क्या करता, लड़की के साथ रहते हुए उसे दुनियादारी की समझ नहीं रहती। वो किसी और लोक का कोई और प्राणी होने लगता है। उसके लिए ज़रूरी है कि नौकरी करे, घरवालों के लिए हर महीने नियत दरमाहा उठाए। लड़की के साथ बैठ कर कबीर पर बहस करने से घर तो नहीं चलेगा। इतनी मेहनत के बाद जा कर रेलवे में नौकरी लगी थी। हां, घर से बहुत दूर जाना पड़ता और शुरुआत में छुट्टियों की भी दिक्कत होती मगर इसके अलावा उपाय भी क्या था। ज़रा सी खेती में चार जनों के परिवार का पेट नहीं पलता। उसने लड़की को समझाने की कोशिश की मगर वो बस उसकी ज़िंदगी से बहुत दूर चली जाना चाहती थी। इतनी दूर कि उसकी कोई भी रेलगाड़ी वहां तक न पहुंचे।

लड़की की दाईं कलाई पर गहरे लाल निशान उभर आए हैं। वो बहुत मुश्किल से बाएं हाथ से गिरहें खोलने की कोशिश करती है। सन की बटी हुई ताज़ा बनी रस्सी है, ऐसे बंधी जैसे जन्मपार के रिश्ते। रात ज़िंदगी ने उसका हाथ इश्क़ के इस कोने वाले पाए से बांध दिया था। ज़िंदगी को डर था लड़की नींद में ही उठ कर कहीं चली न जाए। लड़की ने दुःस्वप्न देखे होंगे और छटपटाई होगी। निशान

देखकर यूं लगता है जैसे भंवरें बनी हों, वृताकार घूमते हुए एक बिंदु में बदल जाने की अभीप्सा लिए हुए। रक्त का बहाव बाधित हुआ था इसलिए पूरी हथेली लगभग सफेद और उंगलियों के पोर अपराजिता की तरह नीले पड़े थे।

लड़की बेहोश पड़ी है या शायद नींद में है या शायद बेहद थक गई है। उसकी आंखें भी शांत हैं, कोई हरकत नहीं। चेहरे से थोड़ी दूर अवसाद की एक परछाई है जो कभी कभी कौतुहल से लड़की के होंटों का स्पर्श कर लेती है। चांद के ऐंगिल से देखो तो वो एक बेहद खूबसूरत और उदास कविता दिखती है मगर कवि का कहना है कि चांद को न कविता की समझ है, न उदासी की और लड़की की बात वो रहने ही दे तो बेहतर है।

कितने सालों बाद वापस लौटा था उम्मीद बांधे कि लड़की ने अब तक गंगा में कूद कर जान नहीं दी होगी। कवि ने लड़की के माथे पर हाथ रखा है। तीखी आह के साथ वापस खींचता है। लड़की बुखार में तप रही है। बहुत मुश्किल से उसने लड़की के दाएं हाथ के बंधन खोले हैं। लड़की अधखुली आंखों से उसे देखते कुछ अस्पष्ट कहती है कि जैसे उस गिरह में उसकी आत्मा भी उलझ गई थी। ज़िंदगी कवि को उलाहना देती है कि अगर लड़की को कुछ हुआ तो कवि ज़िम्मेदार होगा।

भोर के इस अजनास पहर कोई गाड़ी भी नहीं मिलेगी। कवि उलझन में है कि रिक्शा बुलाने बाहर जाए या लड़की के पास बैठा रहे। उसने रूकने का निर्णय लिया। घर में पानी रखने को कोई बर्तन न मिला तो उसने आंगन में खड़े पलाश के पत्तों का दोना बनाया, कुएं का पानी एकदम ठंडा था। उसने रूमाल भिगोया और लड़की के माथे पर पट्टियां रखनी शुरू कीं।

कवि को जाने कैसे महसूस हो गया था कि लड़की इस नींद से नहीं उठेगी। गंगा मिट्टी की कसम खाने वाली ये लड़की अब कभी उसके साथ चढ़ती गंगा का उफान देखने घाट की सीढ़ियों पर नहीं बैठेगी।

'तुम्हें मालूम है, यहां पास में श्मशान है'

'हां, सब नदी के पास में श्मशान होता है...फिर ये तो गंगा है'

'तुमको डर नहीं लगता है?'

'मर जाने से- नहीं, जीने से—हां'

'और भूतों से?'

लड़की कवि को देख कर मुस्कुराते हुए बोली थी 'ना, तुमसे डर नहीं लगता'

फिर उसके दौड़ाते ही उसने सीधे पानी में छलांग लगा दी थी और वो देर तक पानी में लुका छिपी खेलते रहे थे।

लड़की की सांस रोकने की क्षमता अद्भुत थी, वो इतनी देर का गोता मारती कि कवि घबराहट में रूआंसा हो जाता। उसे समझ नहीं आता कि जा कर किसी को बुला लाए या खुद ढूंढ़ें उसे, वो कितनी देर उसका नाम पुकारते रहता। फिर लड़की अचानक से बाहर निकलती और उसे बहुत तंग करती। लड़की का कहना था कि शास्त्रीय संगीत सीखने के कारण वो इतनी देर अपनी सांस रोक सकती है। वो उसे आलाप ले कर दिखाती। कवि महसूस करता कि जैसे जैसे आरोह के सुर ऊपर चढ़ते हैं सारी हलचल ठहरने लगी है। गंगा घाट पर उछालें मारने की जगह ठहर गई है । आसपास के पौधे भी पत्तों की पायल हाथ से बांधे खड़े हैं। सब ठहरता जाता है और लड़की के मधुर कंठ से लयकारी फूटती है बस, निर्जन को सुरों से उद्वेलित करती। कवि उस दिन नया शब्द समझता - मंत्रमुग्ध। कोई कह दे कि लड़की के गायन से काल चक्र धीमा पड़ने लगा है तो भी कवि को आश्चर्य नहीं होता।

उसके घर गया है। वो बहुत नन्ही सी लगी है। मासूम। भोली। दो चोटी बांधे पापा के पास बैठी है, कॉपी पर झुकी हुई, उसके पापा समझा रहे हैं, उलटबांसी... पहला उदहारण...‘कबीरा खड़ा बाज़ार में, लिए लुकाठी हाथ, जो घर फूंके आपना चले हमारे साथ...कोई अपना घर फूंक के भी साथ चलता है क्या’ वो कहती है, ‘फिर क्या पापा कोई कबीर के साथ नहीं गया...उसे अकेले जाना पड़ा?’ उसके पापा उसके मासूम सवाल पर हंस पड़े हैं शायद सोच भी रहे हों कि शायद अभी बहुत छोटी है। इतनी बड़ी बड़ी बातें नहीं समझेगी। एक दिन उसे इन छोटे से दो पंक्तियों में छुपे जीवन के दर्शन का अनुभव होगा।

वो आम सा लड़का था। बस उसके साथ रहता था तो कवि हो जाता था। उसके पास तो उलाहना भी नहीं था कि हंसते हुए कह गई थी लड़की, मैं जा रही हूं। लड़की की आखिरी सांसों के साथ कवि भी चला गया था। फिर इस घर बार का क्या करना। लड़के ने सारी कविताएं चिता में झोंक दीं और राख गंगा में बहा आया।

कविता वो नहीं होती जो कवि लिखता है। कविता वो होती है जो कवि को लिख जाती है। उसने अब तक जो लिखा था वो फानी था...अब जो तलाश थी...उसमें ही सच्ची कविता की आत्मा मिलती है...उजास से भरी।

इस दुनिया में प्यार, कविता और उस लड़की के अलावा भी कुछ तो होगा कि जिसके लिए जिया जा सके। हम सबका दुनिया में आने का कोई न कोई मकसद तो होता है। लड़का कबीरा के साथ खड़ा था। जो घर फूंके आपना चले हमारे साथ!

15

जिस्म का काला जादू

'कसम से यार, चीज़ हो तुम भी!'

लड़की काम की मसरूफियत में से एक लम्हा निकाल कर आंखें तरेरती है। लड़का पोस्टर बना हुआ है। गोरे बदन पर जगह जगह गहरे लाल-कत्थई निशान उभर आए हैं। उस के हाथ में एक छोटा सा आइना है जिसे अलग अलग एंगल पर रख कर वो खुद को देख रहा है कि बाहर जाने लायक हालत बची भी है कि नहीं। बिना मफलर लपेटे तो हरगिज़ नहीं जा सकता। उसके बाद भी ध्यान रखना होगा कि ज़रा सा इधर से उधर न खिसके। वर्ना दोस्त ताने मार मार के जीना मुहाल कर देंगे।

'मास्टरपीस! देखो...कह रही थी कि मेरा आर्टिस्टिक सेन्स कितना डेवलप्ड है। कितने अच्छे लग रहे हो काश मेरी नज़र से देख पाते। टुकड़े टुकड़े में वो बात कहां।'

'इतनी वायलेंट क्यूं हो तुम?'

'वायलेंट या पैशनेट?'

'तुम्हारी तरह मैं हमेशा परफेक्ट शब्द नहीं चुन सकता बोलने के पहले। ये पेंटिंग करने के पीछे कोई राज़ है तो बता ही दो आज'

'दैट्स माय स्टैम्प...कि तुम मेरे हो...कि कोई लड़की तुम्हें छू नहीं सकती है, शी वुड नो यु आर टेकन। जैसे बहुत साल पहले कैदियों को गर्म लोहे से दाग दिया जाता था। वैसे ही। दो ऑप्शन हैं, या तो तुम मुझे कोई निर्दयी, बर्बर शासक डिक्लेयर कर दो और बगावत कर के मेरी सल्तनत से निकल जाओ

या फिर कोई भली लड़की ढूंढ़ लो। आई वोंट माइंड, बस ध्यान रखना, मेरे नाम से न बुला लो उसे। इससे बुरा दाग पड़ेंगे फिर।'

'अच्छा...दूसरी ढूंढ़ लूं और तुम्हें जाने दूं इतनी आसानी से...अभी तो पंद्रह दिन तक कोई दूसरी छू भी नहीं सकती मुझे। तुमने किसी काबिल छोड़ा है मुझे?'

छोटा सा छे बाय चार का किचन है जिसमें लड़की कॉफी बना रही है। हालांकि लड़के को चाय पसंद है पर लड़की चाय नहीं पीती और जाड़े के दिन हैं और आज उसका भी कुछ गर्म पीने का मूड है। दूध पतीले में उबल रहा है और लड़की कॉफी के कप में कांटे से कॉफी और चीनी का मिश्रण फेंट रही है। झाग वाली कॉफी दोनों को बेहद पसंद है। बगल ही में एक पानी भरी कटोरी है जिसमें एक सिगरेट का टुकड़ा तैर रहा है। ये एकदम होममेड इंस्टैंट ऐश ट्रे है। लड़की को कभी कभार लड़के की इस आदत से बड़ी कोफ्त होती। सिगरेट पीने की भी एक तरतीब होती है। ऐशट्रे और लाइटर से लड़के को जितनी एलर्जी थी, लड़की को उतना ही शौक था उनका। लड़की के खरीदे ऐशट्रे और लाइटर दोनों घर के नामालूम कोने में आंसू बहाते रहते।

'तुम एक हादसा हो मेरे जीवन में...बेहद दिलचस्प हादसा...कुछ ऐसा जो मैं हमेशा याद रखना चाहूं'

'एक ज़िंदगी में भूल जाने वाली चीज़ मैं हूं भी नहीं मेरी जान'

धूप खिलती पहली दुपहर लड़की थोड़ी परेशान थी, तितली के पर से नाज़ुक उंगलियों के पोरों से उसके जिस्म के हर दाग को छूते हुए पूछा था, 'दर्द होता है क्या?' कि दोनों के लिए सब नया था, अबूझ। अचानक से महसूस होते बांध तोड़ते अहसास अबूझ थे। लड़की ने खुद को भी इतना कहां जाना था कभी। जिस्म एक बेहद उलझी हुई पहेली है। पर ऐसी पहेली जो खुद से कभी नहीं सुलझ सकती है। कितने रंग के धागे और कितनी ही गिरहें। उसे प्यार के सारे रंग मालूम थे मगर जिस्म का काला जादू किसी किताब के पन्ने में नहीं लिखा होता। उसके लिए किसी नर्म दोपहर खून का स्वाद चखना होता है होंठों पर। टूटना होता है किसी की बांहों में और ऊंची पहाड़ी से गिरते झरने की तरह खुद को भारमुक्त करना होता है।

'यु नेवर फेल टु अमेज़ मी, तुम लड़की होकर भी ऐसे टूट कर कैसे प्यार कर सकती हो।'

'लड़की हूं इसलिए ऐसे टूट कर प्यार कर सकती हूं। मुझे कल की चाहना नहीं है। मालूम है कि मैं वापस उसी अंधकार में खो जाउंगी जहां से आई हूं'।

पर वो उदास बातें नहीं करते थे। अलग हो जाने के दिन नहीं गिनते

थे। हालांकि आखिरी एक हफ्ते में कई बार लड़के ने लड़की को चुप कैलेंडर को देखते और ख़ामोशी से घर के सामान में अपना हिस्सा उठाते देखा था। यहां सब कुछ मशीनी तरीके से चल रहा था। वो हमेशा से जानती थी उसे वापस जाना था।

उसका आखिरी नोट पड़ा था। गहरे लाल रंग की सियाही से अंडरलाइन किया हुआ पहला वाक्य और फिर छोटा सा कुछ...'लस्ट इज़ द प्योरेस्ट फॉर्म ऑफ लव। इसमें कोई मिलावट नहीं होती, कोई वादे नहीं होते, कोई शिकवा नहीं होता, लौट आने को कुछ नहीं होता। मैं इसी पड़ाव पर जा रही हूं। मुझे रूह के बंधन पर यकीन नहीं है। उम्मीद है तुम भी मेरे लौट आने की राह नहीं देखोगे।'

बड़ा कॉमन सा नाम था उसका, शादी के बाद यूं भी टाइटल बदल जाता है तो उसे ढूंढ़ना नामुमकिन था। वो कितने साल उसके बारे में सोचता रहा। क्लास टॉपर, सबसे अच्छा जॉब ऑफर, सब ठुकरा के वापस विस्मृति के ब्लैक होल में समा गई लड़की।

वो आदमकद आईने के सामने खड़ा था...राग गन्धर्व...सारे कोमल स्वर... सां नी ध प म ग रे सा...जिस्म संगमरमर का हो गया है कि इसपर निशान नहीं पड़ते या कि धमनियों में रक्त ही नहीं दौड़ता अब। एक भी दाग नहीं.. .गुलाबी... लाल...कत्थई...किसी रंग का भी नहीं। चांदनी के ठंडे स्पर्श से सब कुछ बर्फ होता जा रहा है। वो बहुत सालों से भी खोई हुई है। वीणा के तार बजते हैं और एक अधीर पुरुष स्वर अवरोह के सुर छेड़ता है। होंठ पर आज भी ताज़ा, गर्म खून का स्वाद है। आंसुओं और स्वेद से कहीं ज़्यादा। खारा।

याद हमेशा हकीकत से ज़्यादा सांद्र रूप में आती है...लड़की को बांहों में भरता है तो राग दीपक बज उठता है और घर लाक्षागृह में तब्दील हो जाता है।

16

कला हम सब में मौजूद उस आदिम प्यास का छूटा हुआ हिस्सा है

'व्हाट द एफ़!' लड़की जब बहुत ज़्यादा गुस्से में होती थी तो एक्सप्लीटिव्स इस्तेमाल करती थी। गालियां नहीं, गालियां तो असभ्य लोग देते हैं। आप उस समय उसका चेहरा देखिए। कोमल सी आंखें छोटी हो जातीं, काली पुतलियां फैल जातीं, होंठ भिंच जाते और निचला होंठ उपरी दांतों की निचली सतह को छूता था। फिर वो शब्द पूरा करने के पहले ठहर जाती वैसे ही जैसे चार मंज़िल के मकान से कूदने के पहले रुक जाती, कि मरना तो होगा नहीं, खामखा हाथ वाथ टूट गए तो पेंट करने में दिक्कत होगी। पर गुस्से में वो लगती कमाल थी। पहला काम करती थी बालों से जूड़ा पिन निकाल के फेंकती थी। बाल कंधे पर झूल जाते थे जैसे किसी ने बांहों में भर लिया हो और स्लीवलेस टॉप के दोनों किनारों पर उसे गुदगुदी लगाते थे।

कॉलेज में फर्स्ट इयर में उनका पेपर था, फोनेटिक्स। इसमें शब्दों के सही उच्चारण सिखाए गए थे। फोनेटिक्स यानी ध्वनि के माध्यम से भाषा को पढ़ना या कहें बोलना। उसमें सिखाया गया था कि हिंदी का 'फ' और अंग्रेज़ी का F एकदम अलग ध्वनियां हैं और हमारी जीभ और होंठ इन दोनों के सही उच्चारण में अलग बर्ताव करते हैं। उसने पहली बार ध्यान दिया था कि अलग अलग जगह के लोग अलग ऐक्सेंट में इंग्लिश क्यूं बोलते हैं। तुलनात्मक पढ़ाई के लिए 'माय लव' कितनी भाषाओं में सीखा था सोचती थी किसी को फ्रेंच एक्सेंट में

'मॉन ऑमो' कहना कितना अच्छा लगेगा। उसके बाद के कई सालों तक उसका डिक्शन एकदम परफेक्ट था।

लड़की अक्सर अपने आप पर ऐसे ही गुस्सा होकर कहती 'व्हाट द एफ़'... इसको अगर इंटरनेट की भाषा में लिखा जाए तो 'एफ़' कैपिटल होगा और कुछ यूं दिखेगा...F, क्यूंकि उसका सारा गुस्सा इस एक अक्षर पर केंद्रित होता था। इस शब्द में यूं तो तीन अक्षर और भी आते थे, पर उसके गुस्से में शामिल होने की हिमाकत वे नहीं कर पाते थे। उसका चेहरा तमतमा जाता था, मुट्ठियां भिंच जाती थीं और वो अपने से बेपनाह नफरत करती हुई खुद को जाने क्या क्या कहना चाहती थी। पर कुछ भी कहने के पहले वो बदल जाना चाहती थी। जाने उसे क्या होना था पर जो वो थी वो नहीं होना था। इस लड़की को बहुत तकलीफ होती थी और ये सारी तकलीफें उसकी खुद की बुलाई होती थी।

एक दिन ऐसे ही गुस्से में थी। कैनवास के सामने। जाने क्या पेंट करने का मन था। बेखयाली में पेंसिल छील रही थी कि ब्लेड का हिस्सा लगभग आधी तर्जनी को छील गया। एकदम नीट कट। घर पर डिटौल भी नहीं होगा, पर उसने डिटौल खोजा नहीं। अलमारी खोल कर अपनी पसंदीदा स्कॉच निकाली और ग्लास में डाल कर उसमें ऊंगली डुबो दी, फिर मम्मी का कहा हुआ याद आया कि खून को रोकने के लिए बर्फ लगाते हैं तो फ्रीज़र से निकाल कर बहुत सी बर्फ भी डाल ली ग्लास में। अब सामने एकदम अच्छा बना हुआ पैग था और उसमें डूबी हुई ऊंगली। कैनवास पर खून के छींटे। वह रुकी नहीं। आज भी हाथ में विस्की का ग्लास था बिलकुल वैसा जैसा उसे पसंद था। बस आज ये जो खून और विस्की का कॉकटेल बन रहा था इट वाज़ क्रीपिंग हर आउट। उसने पेंट करना शुरू किया, पहले उसके हाथ, उसकी लंबी पतली उंगलियां, कि ये सिर्फ इन हाथों की याद थी जो उसे रातों को सोने नहीं देती थी। एक हाथ से पेंट करने में दिक्कत थी, बहुत दिक्कत। उसे बार बार सिगरेट पीने के लिए रुकना पड़ता था। यूं वो ऐसे ही काम करती थी, पेंट करते हुए छोटी टेबल पर रंगों के पास ही विस्की का ग्लास और वो बाएं हाथ में सिगरेट थामे पीती रहती रहती थी। कई बार लोगों को शक होता था कि वो लेफ्टी है। अधिकतर सिगरेट उसके बाएं हाथ में ही रहती थी। वो दाएं हाथ से सिगरेट पीना भूल ही गई थी।

ब्रश का स्ट्रोक। ऊंगली से गिरता खून। सिगरेट का धुआं। जाने किसका गाढ़ापन ज़्यादा था। वो देख भी नहीं रही थी उस आदमकद कैनवास को, पेंट करना जुनून ही हुआ करता था। ब्रश के स्ट्रोक्स धीमे धीमे रिदम में आ रहे थे। सामने की खिड़की पर लाईट जल गई थी और उसका हॉट पड़ोसी रोज़ की तरह

सिर्फ शौट्र्स पहने घर में घूम रहा था। उसका रूटीन जानती थी। अब वो गिटार ले कर आएगा और फिर कुछ घंटे उसे अपने म्यूज़िक प्लेयर की ज़रूरत नहीं पड़ेगी, पर आज उसके एक हाथ में ब्रश था और एक हाथ में खून बहाती ऊंगली तो वो गाने बंद नहीं कर सकती थी। शाम बहुत कन्फ्यूज़िंग थी, पूरी दोपहर पेंट करने पर भी उसका चेहरा पूरा नहीं हुआ था। उसके होंठ, उसकी तीखी नाक, शार्प जॉलाइन सब एकदम परफेक्ट बन गया था लेकिन पूरे चेहरे में अब भी उसकी आंखें बची थीं!

वो उससे कभी मिली नहीं थी इसलिए उसकी आंखें पेंट नहीं कर सकती थी। उसे इस बात का यकीन नहीं होता था कि वो उससे प्यार करता है। प्यार चीज़ ही ऐसी होपलेस है। जब तक उसकी आंखों में खुद का अक्स न देख ले, उसकी आंखें पेंट नहीं कर सकती। उसे समझ नहीं आता कि उससे कभी एक बार भी मिले बिना वो उससे इतना प्यार कर भी कैसे सकती है। उसपर ये इश्क़ अलहदा था। वो जितना उससे प्यार करती जाती उतना ही खुद से नफरत, दोनों डाइरेक्टली प्रपोर्शनल थे। वो उसे अपनी म्यूज़ कहता था, अपनी प्रेरणा। अभिव्यक्ति की आज़ादी के तहत लड़की ने उसे पूरा हक दे रखा था कि वो उसका किसी भी तरीके से इस्तेमाल कर सकता है। वो जब कहानियां लिखता तो किरदार की सारी तकलीफों से गुज़रती लड़की। दर्द का रिश्ता सबसे मज़बूत होता है। हर जख्म के साथ लड़की उससे ज़रा सा और बंधती चली जाती। मगर ये रिश्ता वन वे था। वो और किसी तरह का जुड़ाव मानने को तैयार नहीं था, इसलिए लड़की के अनगिनत आग्रहों के बावजूद कभी मिलने को तैयार नहीं हुआ।

उसके घर में अनगिन पेंटिंग्स रखी थीं कि अगले वीकेंड शहर की सबसे अच्छी कला दीर्घ में उसकी पेंटिंग्स की प्रदशनी थी। वो आज 'मॉन ऑमो' को याद करते हुए सोच रही थी कि पेंटिंग का ऐसा एक्ज़ीबिशन मुज़रा ही तो है। वरना जो प्यार उसके सारे कैनवास से रंगों की तरह बहता है उसमें एक बार भी वो भीगता क्यूं नहीं। उसने स्कॉच का ग्लास किचन में रखा। सिगरेट थामी और पूरी एकाग्रता से उसकी आंखें पेंट करने लगी। दिमाग में जाने किसकी पंक्ति अटकी हुई थी। आर्ट इज़ लाइक मेकिंग लव, इट कम्स टु ईच वन ऑफ अस। नैचुरली। कला हम सब में मौजूद उस आदिम प्यास का छूटा हुआ हिस्सा है। हर इंसान मन से कलाकार होता है। मगर हम इन आंखों को भी अपनी वर्जित इच्छाओं की तरह छुपा कर रखते हैं। उसने फाइनली उसकी आंखें पेंट कर दीं। उसे समझ भी आ गया कि गलती कहां थी, वो जब भी उन आंखों को बनाती उनमें हमेशा उसकी किसी प्रेमिका का अक्स झांक जाता। पर ये जो लड़का था

वो कोई और था। इस लड़के ने उससे प्यार नहीं किया था। जिसने प्यार किया था आज वो उसे कैनवास से देख रहा था, पूरे प्यार से, डूब कर...और इस लड़के की आंखें...वर्जिन आंखें थी...उन आंखों ने कभी नारी देह को देखा ही नहीं था।

लड़की ने लहरों के पैराहन उतारे और लड़का भी आसमान को कैनवास में ही छोड़ कर बाहर आ गया...आज की रात नीम अंधेरे में लड़की ने जो मास्टरपीस पेंट की...इट रियली वाज़ ऐज़ ब्यूटीफुल ऐज़ मेकिंग लव।

17

बहुत सी चांदनी में घुलने के बावजूद

लड़की संगेमरमर के फर्श पर बांहें खोले हुए लेटी हुई थी, जैसे चांद खुद ताजमहल पर उतर आया हो और झीनी चादर ओढ़ कर यमुना का गीत सुन रहा हो। घनी ज़ुल्फें बादलों की तरह इर्द गिर्द फैली हुईं थीं। दौड़ती भागती हवा सीपियों के झूमर को परेशान कर रही थी और झूमर उलाहने देता हुआ एक ही नाम बोल रहा था, महबूब का। वहां एक छोटी सी पहाड़ी थी जिसके ऊपर एक मंदिर था और एक कमरे का घर, मंदिर का चबूतरा किसी दानी इंसान के दिए पैसों से एकदम सफेद संगमरमर का बना हुआ था।

रात एकदम चुप। हवा ठहर ठहर के बहती थी। एक मन ठंडी, एक मन गर्म। मासूम आसमान लड़की के सीने पे सर रखे सोया हुआ था। उसके ख्वाबों में बस रह रह के लड़की के दिल की धड़कन चुभती थी। धड़कन में महबूब का नाम भी तो होता था। आसमान को लगता था लड़की उससे प्यार करती है। जब से वो छोटी सी बच्ची थी और टीले पर न मंदिर था न संगेमरमर का फर्श तब से वो लड़की हर रात ऐसे ही ज़मीन पर बांहें खोले सोया करती थी। जब वो छोटी सी थी तो आसमान कभी कभी ज़मीन पर उतर आता था और उसे अपने सीने से लगा के थपकियां दिया करता था। आसमान चिरयुवा था। वक़्त के ख़त्म होने तक खूबसूरत।

नन्ही सी बच्ची की आंखों का रंग आसमान के रंग का था। दिन को आसमानी नीला और रात को गहरा काला। जैसा आसमान का रंग होता वैसी उसकी आंखें बदल जातीं। बच्ची के दोस्त उसका भरोसा नहीं करते कि उसकी आंखों के रंग

बदलते रहते थे। जब खिली धूप में बिना बादलों के नीला आसमान होता था तो बच्ची किसी परी की बेटी लगती थी, समंदर के देश की परी की बेटी। जब बादल छाते थे या रात ढलती थी तो गहरी काली आंखों वाली लड़की किसी निष्काषित परी की बेटी लगती थी, जिसे मनुष्य से प्रेम करने के अपराध में स्वर्ग छोड़ना पड़ा हो।

बच्ची को आसमान से बहुत प्यार था। उसी ने पहले पहल आसमान से अपना रिश्ता जोड़ा भी था वरना आसमान को क्या पड़ी थी धरती पर उतरने की। वो कोई तीन साल की रही होगी जब उसने पहली बार पहाड़ी के पीछे की झील में अपना अक्स देखा था। पानी का रंग भी आसमानी रंग हुआ करता था। एक पल तो लड़की को समझ नहीं आया कि वो पानी की बेटी है या आसमान की। उसने पानी से पूछा पर पानी उस दिन उदास था, कोई लड़की उसके किनारों में आंसू बहा के गई थी। उसने बच्ची को अनदेखा कर दिया। बच्ची उदास होकर पहाड़ी पर वापस लौट आई। उस रात वो पहली बार हलकी नर्म दूब भरी घास पर सो गई थी। धरती का आंचल पकड़ कर। उस रात उसे किसी डरावने ख्वाब ने परेशान नहीं किया।

अगली शाम सूरज उसके साथ बैठ कर स्कूल का सारा होमवर्क ख़त्म करवाता रहा। बच्ची बहुत होशियार थी इसलिए जल्दी ही काम ख़त्म हो गया। सूरज भी खुश था, उसके पास बहुत सी फुर्सत हो गई थी। धरती के अगली तरफ़ की ड्यूटी के लिए अब वो पैदल जा सकता था। सूरज का मूड अच्छा होता था तो वो अपने सात घोड़ों वाले रथ से उतर कर पैदल चलता। अक्सर इस बच्ची से मिलकर उसका मन बहुत अच्छा सा हो जाता था। बच्ची के मन में इतना उजाला था कि सूरज को उसे अपनी रोशनी नहीं देनी पड़ती थी। कभी कभार तो ऐसा होता था कि बच्ची ही सूरज की मुट्ठी खोलकर उसमें एक नन्ही मुट्ठी किरणें रख देती थीं। सूरज को किरणों का तोहफा और कोई नहीं दे सकता था। वो इस नन्ही परी से बहुत प्यार करता था। जिस दिन बच्ची का रिपोर्ट कार्ड आता था सूरज इतना खुश हो जाता था कि रथ को घर पर ही छोड़ देता था और एक घोड़े पे तेज़ रफ्तार रेस लगाने निकल जाता था।

शाम को परी की बेटी बहुत खुश थी। सूरज ने आज उसके दोनों गालों पर पप्पी ली थी। उसके गाल लाल हो गए थे, कुछ देर आसमान को टुकुर टुकुर देखती रही। उसकी आंखें आज सुनहली हो गईं थी। धरती पर लेटे हुए ही उसने हाथ उठा के आसमान को गुदगुदी लगा दी। आसमान कपड़े बदल रहा था, चौंक गया। देखता है कि नीचे धरती पर एक बच्ची है लाल लाल गालों वाली जिसकी

आंखें सूरज जैसी चमक रही हैं। उसने ये नहीं देखा कि उसकी आंखों में तो आसमान का रंग उतरा हुआ है। उसने ये भी नहीं देखा कि लड़की की शक्ल उस परी से मिलती है जो समंदर के देश से आई थी और जिसने आसमान के गले में बांहें डाल दीं थीं। वोही बांहें जो उसके जाने के बाद भी इंद्रधनुष बन कर उसके इर्द गिर्द लिपट जाती हैं। आसमान को ये भी कहां पता था कि परी को जन्म लेने का अभिशाप मिला था मगर परी उससे इतना प्यार करती थी कि आसमान का टुकड़ा उसकी आंखों में उतर गया था। सिर्फ आसमान था जो जान सकता था ये बच्ची जो है वो परी की बेटी नहीं...परी है।

एक दिन आसमान ने देखा कि लड़की ने गुलाबी हवाओं का दुपट्टा ओढ़ रखा है। उस दिन आसमान का रंग आसमानी था और उसने पहली बार देखा कि लड़की की आंखों में उसका एक टुकड़ा रहता था। आसमान को परी की शिद्दत से याद आई। उसने बादलों की तहों से निकाल के इंद्रधनुष को बाहर टांक दिया। लड़की ने इंद्रधनुष देखते ही उसका एक टुकड़ा तोड़ कर अपने बालों में हेयरबैंड की तरह लगा लिया। उस रात जब लड़की सो रही थी तो उसने आसमान की काली शर्ट अपनी मुट्ठी में भींच ली और उसके सीने में अपना मुंह छुपा लिया। आसमान की सांसें अटक गईं। लड़की की मुट्ठी नींद में खुल गई थी फिर भी आसमान वहीं धरती पर रह गया था, उसके पहलू में लेटा हुआ...सांस रोके उसे एकटक देखता हुआ।

आसमान का दिल कर रहा था उसे उड़ा के बादलों में ले जाए और बांहों में भींच ले। कभी वापस न उतरने दे धरती पर मगर उसकी शर्ट की जेब में रखा इंद्रधनुष उसे रोक रहा था। उसे आज भी मालूम नहीं था कि ये लड़की वही परी है जिसकी बांहें इंद्रधनुष बन गईं हैं। वैसे बात तो लड़की को भी पता नहीं थी। ये बात सिर्फ और सिर्फ उस पहाड़ी के ऊपर वाले मंदिर में रहने वाले भगवान को पता थी। इधर आसमान की नींद उड़ गई थी। दिन रात लाल बादल तैरते रहते आसमान की आंखों में। उसे फिर से प्यार हो गया था और उसे पता भी नहीं था कि लड़की उससे प्यार करती भी है कि नहीं।

बेकरारी, बेखयाली क्या कम बुरी थी जो एक रात आसमान ने महसूस किया कि लड़की ने नींद में कोई नाम लिया है और नाम लेते हुए उसके चेहरे पर चांद की रोशनी बिखर गई है। लड़की को प्यार हो गया था और अभी ये बात लड़की को भी मालूम नहीं थी। लड़की रोज़ की तरह सुबह उठी और आसमान के दाएं गाल को चूम कर उसे आई लव यू कहा। आसमान ने एक बार उसे बांहों में भर लिया जैसे कि जाने ही नहीं देगा। खुदा की प्लानिंग पर रो पड़ा।

उसे मालूम था कि आज एक राजकुमार आएगा और उसकी परी को उड़ा के ले जाएगा और ऐसे महल में छुपा के रख देगा जहां कभी आसमान की नज़र तक न पहुंच पाए, कि आसमान एक बार उसे सीने से लगाने के लिए तड़प जाएगा।

परी वाकई अपने राजकुमार के साथ चली गई। बहुत सालों बाद वो एक बड़े से खूबसूरत से महल की रानी थी। उस पूरे महल की छत सोने की थी और उसमें रंग बिरंगी पेंटिंग्स थीं। उसके प्यारे प्यारे फूल जैसे बच्चे थे और राजकुमार उससे पागलों की तरह प्यार करता था। उनके कमरे में सोने का पलंग था जिसमें हीरे ज़वाहरात जड़े हुए थे। परी ने मगर फिर सोते हुए कभी भी मुट्ठियां नहीं बांधी। सब अच्छा था, बस उसकी नींद ज़रा सी बीमार पड़ गई। ना ना इतनी नहीं कि मर जाए। कुछ सर्दी ज़ुकाम जैसी बीमार। पर नींद हमेशा बीमार ही रहती, पुरानी खांसी जैसी। वो कभी ठीक नहीं हुई। परी की आंखों का रंग सोने के जैसा हो गया और कभी भी बदलता नहीं था।

किसी दूसरे वक़्त में...किसी दूसरे शहर में...किसी दूसरे इश्क़ के इम्तेहान में...

बादल के सीने में सर छुपाए आसमान फूट फूट के रोता है...बहुत सी चांदनी में घुलने के बावजूद जब आसमान बरसता है तो धरती की सारी नदियों का पानी खारा हो जाता है।

18

सिगरेट के डब्बे की उस वार्निंग की तरह... स्मोकिंग किल्स

मुझे इस बार एक बहुत बुरी लड़की से प्यार हो गया था। एक ऐसी लड़की जिसे इस बात का बिलकुल अफसोस नहीं था। मैं उससे सुकून और चैन की दवा मांगता वो मुझे कत्ल का सामान चिट्ठियों में रख के भेज देती। कभी उसका खुशबू में डूबा रुमाल आता तो कभी वायलिन पर मरने के समय के पहले का बजता कोई गीत। कभी एक गहरी सुरंग के गूगल मैप का पता आता जहां जा के मैं खो जाता और वापस आने को कोई रोशनी की डोर नहीं होती। वो मेरे बालों में उंगलियां फिराते हुई कहती, तुम किसी अच्छी लड़की से शादी करना। अच्छी लड़की जो तुम्हारी आंखों में रोशनी बन के रहे।

उसके कमरे में पूरब से बहती हवा उसका आंचल उड़ा ले जाती और मैं हवा में उड़ते उसके आंचल के पीछे भागता अपने शहर का पता भूल जाता। वो मुझे बता देती कि वो मेरी तस्वीर अपने सीने से लगा के सोती है, ये सुन कर मेरी रातों की नींद उसकी करवटों तले दम तोड़ देती। मेरी सांसें उसके बालों में उलझ के रह जातीं और मैं बेक़रार छटपटाता हुआ लाल आंखों से उगते सूरज को देखते उलाहना देता कि आज रात भी नींद नहीं आई।

वो बेपनाह खूबसूरत हुआ करती थी और बेसलीके की कातिल। किसी शाम फोन पर ऐसे रो देती कि मैं डूब जाता और उबरने को कोई सहारा नहीं मिलता। उसकी सिसकियां मुझे जीने नहीं देती। फिर किसी शाम नशे में डूबी, रूंधी उसकी आवाज़ आती जिसमें बस एक मेरा नाम होता। सिगरेट के धुंए की

तरह हल्का... कमरे में बिखरता हुआ। मुझे अपने नाम से नफरत हो जाती, पर इतने में उसका दिल नहीं भरता। वो सिसकियां भरती मुझसे एक ही सवाल पूछते जाती...तुम मेरे पास क्यों नहीं हो? तुम मेरे पास क्यों नहीं हो? तुम मेरे पास क्यों नहीं हो? लगातार... शाम शाम शाम। मेरा शराब से जी भर आता। दिल करता जा के सारी शराब की दुकानें बंद करवा दूं। उसके फ्रिज में रखी सारी बर्फ निकल कर सिंक में फेंक दूं, सारे गिलास तोड़ डालूं और ऐसे ही किसी पागलपन वाले दिन उससे पागलों की तरह प्यार करते हुए...मर जाऊं।

मगर ऐसा कुछ होता नहीं था। ज़िंदगी इतनी रहमदिल भी नहीं कि इश्क़ करूं और तड़प न हो। जलता जाता था। आग की लपटें विस्की की आंच पा कर और भड़क उठतीं थी और मैं उसे कलेजे से लगाने के लिए बिखरता जाता था रेशा रेशा। उंगलियां थरथराने लगती थीं, कुछ लिख नहीं पाता था। किताबें हाथों से गिर जाती थीं और अपने चोट लगे जिस्म को सहलाते हुए मेरे पांवों के पास पड़ी रहती थीं मेरे लिए दुआएं मांगते हुए। मैं रो रो कर उनसे माफी मांगता था, मगर उनके माफ कर देने से मुझे कोफ्त होती थी। मुझे बहुत सा दर्द चाहिए था। इतना कि बेसुध हो जाऊं। इतना कि फिर दर्द को किसी सिम्त दिल के एक तहखाने में बंद कर सकूं कि लोग किताबों की तरह अच्छे नहीं होते। उनका हाथ छूट जाए तो वो मेले में खो जाते हैं...फिर लौट आने को वीरान शहर ही मिलता।

एक दिन उसने ख्वाब में मेरा हाथ पकड़ लिया, कि आज मैं तुम्हें जाने नहीं दूंगी। मैं कोमा की हालत में तीन दिन हस्पताल में एडमिट रहा। उसके पहले एक पूरा दिन घर में बेहोश पड़ा रहा और मेरी आंख नहीं खुली। लोगों को एकबारगी डर लग गया कि मुझे सांप या बिच्छू जैसे किसी ज़हरीले जानवर ने काट तो नहीं लिया है। तीन चार दिन लगातार सब मुझे घेर के बैठे रहे मगर मुझ तक कोई आवाज़ नहीं पहुंची। उस लड़की ने मेरा हाथ पकड़ रखा था कि मैं तुम्हें जाने नहीं दूंगी। वो वाकई इतनी बुरी है कि मेरी जान ले लेती, पर जाने क्यूं उसका दिल पसीज जाता है हर बार और वो मुझे वापस भेज देती है।

वो मुझे इतना टूट के प्यार करती कि लगता कि मर जाएगी मगर जाने कैसा वाद्ययंत्र थी, जितना उसके तार खिंचते उतना ही करुण गीत उभरता और तब जब लगे कि अब टूट जाएगी, उसकी सिसकियों से पूरा आसमान भर जाता। हवाएं रो देतीं मगर उसकी सांसें किस अक्षयपात्र में रखी थीं कि ख़त्म नहीं होतीं। मुस्कुराती तो आंखों का काजल मेरी रात में बह आता और फिर लगता कभी सुबह नहीं होगी। वो इसरार से मेरा हाथ पकड़ लेती और मैं पागलों की तरह

उसे चूमता जाता। लिक्विड स्टील से बना एकदम तना हुआ तार थी वो, उसे छूते हुए मेरी उंगलियां लहूलुहान हो जातीं मगर कैसा गीत होता कि बहता जाता। हम डूबते जाते मगर मरते नहीं। हर बार एक गहरी सांस लेते और उबर आते। ये कैसा जीना था कि मरते मरते भी मरना नहीं होता।

मृत्युगीत सा था। जैसे किसी को दफनाया जा रहा हो। उसे प्यार करना। ताबूत में बंद हो जाना अनंत समय के लिए। उसमें डूब जाना। अनंतकाल की यातना के लिए। जिस्म को पूरा खोल दो तो भी क्या मिलता है? लड़की पागलों की तरह हंसती थी। आत्मा का साथ जन्मों का होता है, जिस्म तो हर जन्म में नया मिल जाता है। आत्मा का बंधन बांधते सोचा नहीं और जिस्म बचा ले जाऊं तो आई विल बी वैरी डिसअपोइन्टेड इन मायसेल्फ। इस एक ज़िंदगी में इतनी हिपोक्रेसी नहीं हो पाएगी मुझसे। आत्मा इतनी कीमती है उसके बारे में सोचते भी नहीं और तन के बारे में इतनी सोच...वाकई...इज़ इट इवन वर्थ इट?

वो बिलकुल भी ऐसी लड़की नहीं थी जिसे मैं मां के सामने ले जा के कह सकता कि मुझे इससे शादी करनी है। मैंने की भी नहीं उससे शादी मगर आज भी ऐसे ऐसे क्षणों में उसकी याद आती है कि सभ्य समाज के जिस दोगलेपन को ढो रहा हूं वहां किसी से नहीं कह सकता। लव। लस्ट। मैरिज। सोलमेट। फोरेवर। जैसी बेहूदा परिभाषाओं में अटके हुए मैंने उस बुरी लड़की के साथ रहते हुए खुद को पूरा पा जाने के एक मौके को खो दिया है।

आज का जाम तुम्हारी सारी बुरी आदतों के नाम ओ लड़की...तुम एकदम सच कहती थी...मैं तुम्हें अपनी आखिरी सांस तक याद रखूंगा।

19

इश्क़ जब मुस्कुराता है तो उसके गालों के गहरे गड्ढे में सब गिर जाते हैं

मन एक कैमरा है जो इश्क़ की तस्वीरें उतारता रहता है। एक अच्छे फोटो के लिए क्या चाहिए? सबसे पहले तो सब्जेक्ट, जो कि हमारे पास है...इश्क़...उस पर मन इतना अच्छा फोटोग्राफर है कि खुशबू और स्पर्श भी सहेज देता है।

कल शाम फिर मिला था इश्क़ मुझे। जब चांद को आधा काटा गया तो चांद का बचा हुआ हिस्सा इश्क़ बन गया। जब रात आधा चांद दिखा आसमान में तभी मुझे शक हुआ कि इश्क़ यहीं कहीं होगा। वरना आधे चांद का और हो भी क्या सकता है। हां बस ये नहीं सोचा मैंने कि इश्क़ ने अपने हिस्से एक सुपरबाइक भी अलॉट करा ली होगी और काली लेदर के जैकेट पहने हीरो बना घूम रहा होगा। खुदा के डिपार्टमेंट में रिसेशन का कोई असर नहीं है शायद, दुआएं थोक भाव में पहुंच रही हैं तो उसकी शक्ति काफी बढ़ गई है। उसपर इश्क़ उनका सबसे बिगड़ैल बेटा है। आज तक इश्क़ ने जो भी मांगा सब मिला उसे...और आप इश्क़ को भोला भाला मत समझिए, बहुत बदमाश और दुष्ट है। आपने देखा है कभी इश्क़ को? फेस कंस्ट्रक्शन डिपार्टमेंट में जो सबसे ऊंचे ओहदे पर कलाकार बैठा है न उसने रचा है इश्क़ का चेहरा...जी...बनाया नहीं...रचा...कि जैसे कैनवास पर रचा जाता है। मास्टरपीस।

तो कल शाम मैंने इश्क़ से बाइक रेस लगाई। अरे मैं कोई कम थोड़े हूं इश्क़ से, होगा वो चांद के आधे टुकड़े से बना। मैं भी तो सूर्य की बेटी हूं, कितनी

धूप भरी है मेरे अंदर आप थोड़े जानते हैं। मैं जहां जाती हूं उधर सूरजमुखी घूम जाते हैं...सच्ची। उसने काली लेदर की जैकेट पहनी थी तो मैंने भी सबसे प्यारे क्रीम कलर की जैकेट, आधे चांद की रोशनी में कहना मुश्किल था कि कौन ज़्यादा खूबसूरत था, मैं या इश्क़। माना उसकी आंखें मुझसे ज़्यादा सुंदर थीं पर उसकी आंखों में आधे चांद की ही चमक थी जबकि मेरी आंखों में पूरे पूरे सूरज की धूप भरी थी। डर हालांकि हम दोनों में से किसी को नहीं लगता। इश्क़ लेकिन हल्का सा डरता है। उसके ऊपर दुनिया भर के आशिकों की थोड़ी सी ज़िम्मेदारी तो है न। तो उसे अपनी जान की परवाह है। मेरे ऊपर ऐसी किसी की ज़िम्मेदारी नहीं है, थोड़ा सा है भी तो इश्क़ से इश्क़ है बस। बाकी दुनिया में कौन हमारा है भला।

इश्क़ के साथ बाइक चलाओ तो वो दुष्ट वक़्त को मैनिपुलेट करने लगता है। घड़ी का भी कोई भरोसा नहीं है। इश्क़ जब मुस्कुराता है तो उसके गालों के गहरे गड्ढे में सब गिर जाते हैं। फिर घड़ी तो लड़की है, उसका क्या दोष कह सकते हैं। आपसे जब इश्क़ घुटनों के बल बैठ कर कोई इल्तेजा करे तो कित्ता भी आपका कलेजा काठ का हो, मोम हो जाएगा। यही उसकी खासियत है। उसके साथ कित्ती भी तेज़ बाइक चला लो सब लगता है कि स्लो मोशन में गुज़र रहा हो। फूलों की खुशबू महसूस कर सकते हैं, चांद पर इंद्रधनुष पेंट कर सकते हैं और खुदा बचाए इश्क़ के मनमौजी मिजाज़ से, उसका दिल करे तो बाइक चलाते हुए आपको किस भी कर सकता है। फिर ऐसे चक्कर आते हैं कि कुछ दिखता नहीं। वक़्त गुज़रता नहीं। सब ठहर जाता है। इश्क़ की बांहों में। बाइक भी। सूरज भी। चांद भी...और तो और धरती भी।

कहने को कह देती कि जाने किस मिट्टी से बना है, पर जानती हूं न कि चांद के आधे टुकड़े से बना है। मेरी और उसकी बड़ी गहरी दोस्ती है। कभी कभार प्यार भी हो जाता है मुझे इश्क़ से, पर अधिकतर हम दोस्त ही रहते हैं। तब लड़ना झगड़ना सब करते हैं। इश्क़ को आप कोई राज न बताएं, वो मुझे सब बता जाता है आकर। आपको भले लगे कि आपने सोती हुई अपनी मासूम प्रेमिका के गालों पर चोरी से एक बोसा दिया है, पर ये दुष्ट इश्क़ सब देखता है और फिर आ के मुझे बताता भी है।

कल मैंने जी भर इश्क़ की तस्वीरें उतारीं हैं। आधे चांद में छे सात शॉट टकीला मारने के बाद। अरे कल तो इश्क़ को भी नशा हो गया था, मुझसे कह रहा था कि मैं तेरा पीछा ताउम्र नहीं छोडूंगा। तू कित्ती भी तेज़ बाइक चला ले लड़की रियर व्यू मिरर में हमेशा मुझे पाएगी। बताओ भला ऐसे ही क्या दिन

भर कम सताता है मुझे जो अब मेरी बाइक के पीछे पड़ा है। खुदा से शिकायत लगानी पड़ेगी इसकी, बहुत सर चढ़ा रखा है। भोले भाले लोगों को परेशान करता है, चलो हम भोले भाले न सही, दुष्ट लोगों को परेशान करता है। ये कोई अच्छी बात थोड़े है न, किसी दिन हम इस इश्क़ को बहुत तड़पाएंगे।

इधर हम इश्क़ पर अपनी कहानी सुना रहे हैं और वो शैतान हमारी बाइक की चाभी लिए भागा है। रुकिए ज़रा हम उसको दौड़ा के आते हैं, वरना चांद मानेगा ही नहीं कि हमने इश्क़ को बाइक रेस में हरा दिया है। इश्क़ ने हार दिल पर ले ली है, शायद वाकई हमारा ताज़िंदगी पीछा करेगा। हमें उससे हमेशा हमेशा के लिए वाला प्यार हो गया तो?

घबराए बैठे हैं। गलती में दो पैग बना लिए आज शाम। अब दूसरा कौन पिएगा। वैसे आप आज शाम क्या कर रहे हैं? फ्री हैं तो चले आइए। विस्की अकेले नहीं पीनी चाहिए ऐसा हमारा मानना है, खास तौर से इश्क़ को सोचते हुए।

हां सुनिए...हुज़ूर...बर्फ पिघलने के पहले तशरीफ ले आइएगा।

20

तुम्हें मालूम है कि जिस साल तुम आते हो नागफनी पर फूल आता है?

प्रेम नागफनी सरीखा है। ड्राईंग रूम के किसी कोने में उपेक्षित पड़ा रहेगा। पानी न दो, खाना न दो, ध्यान न दो, 'आई डोंट केयर' से बेपरवाह, चुपचाप बढ़ता रहता है।

एक नागफनी का बाग है, उसमें हर तरह के पेड़ हैं। यूं कहो कि कांटों की सल्तनत है। कुछ कांटे बेहद तीखे, कड़े और नुकीले हैं, जो कि ऊंगली में चुभ जाएं तो खून निकल आए। मगर ऐसे कांटे ऊंगली में नहीं पैरों में चुभा करते हैं। इस पागल लड़की के सिवा कैक्टस के पेड़ों को कौन सहलाता है। कौन जाता है उनका हाल पूछने कि सदियों से नफरत का प्रतीक बने ओ कैक्टस के पेड़ तेरा क्या हाल है।

कहते हैं कि कैक्टस के पेड़ नहीं उगाने चाहिए, इससे रिश्तों में कांटों की बाड़ उग आती है। मेरे कई दोस्तों ने कहा है कि मेरी खिड़की पर जो कैक्टस का गमला है, मुझे वो कहीं फेंक देना चाहिए। कैक्टस पर फूल खिलने में हज़ारों साल लग जाते हैं। मैं उनसे कहती हूं कि मेरा इंतज़ार भी तो हज़ारों साल पुराना है। वो मानती नहीं हैं, बस ज़िद करती हैं कि इस कैक्टस को किसी और को दे दूं। वो नहीं जानतीं, कैक्टस के कांटे मुझे उन सारी स्त्रियों की याद दिलाते हैं जिन्होंने कभी तुम्हें छुआ हो। सारी, हां, सारी। मैं कुबूलती हूं कि मुझे उस डॉक्टर से भी ईर्ष्या हुई थी जिसने तुम्हारी तपती पेशानी छूने के बाद तुम्हें ठीक

हो जाने वाली दवाइयां लिखी थीं।

मुझे उन सारी स्त्रियों से डाह होती है जिन्होंने कभी, कैसे भी, किसी भी रिश्ते में, बिना किसी रिश्ते में, कैसे भी, कभी भी, तुम्हें छुआ हो। इसमें तुम्हारी मां शामिल है जिसने कितनी शामों में तुम्हारे माथे पर थपकियां दी होंगी। तुम्हारी बहन जो राखी में तुम्हारी कलाई पर राखी बांधती है, वो छोटी बच्चियां जिनके साथ तुमने बचपन में कित-कित या छुपम छुपाई जैसे खेल खेले होंगे। तुम्हारी अब तक की प्रेमिकाएं, तुम्हारी होने वाली प्रेमिकाएं...सब। डाह सबसे एक बराबर है। कहीं कम-ज़्यादा नहीं।

जब तुम किसी दीवार के पीछे इस यकीन में छुपे होगे कि इधर से तो कोई नहीं आ सकता तब वो दुष्ट दो चोटियों वाली छोटी लड़की उस छोटी सी दीवार को फांद कर तुम्हारे पीछे दबे पांवों पहुंचती है और दोनों हाथों से तुम्हारी पीठ पर 'धप्पा' बोलती है। तुम नहीं जानते हो वो धप्पा कैसे 'धक' से मेरे दिल पर लगता है हर बार। तुम बचपने में उससे लड़ते झगड़ते रहते हो, कभी हाथ मरोड़ देते हो, कभी गुत्थम गुत्था हो जाते हो। ऊंचे वाले झूले पर उसे उठा के बिठाते भी तो हो। कभी बुढ़िया कबड्डी खेल कि जिसमें तुम उसका हाथ पकड़ कर उसको घर से बाहर लाते हो, कभी चोर पुलिस, कभी डेंगा-पानी। मैं समय में जाने कहां आगे पीछे होते हुए तुम्हें टटोलती चलती हूं, पर मेरे हाथ कहीं छूट के गिरा तुम्हारे हाथों का एक बिसरता हुआ स्पर्श भी नहीं आता।

मुझे उस लड़की से बेहद जलन होती है जिसपर तुम्हें पहली बार प्यार आया होगा और तुम्हारे दिल की धड़कनें उसे देख कर तेज़ हो जाती होंगी और तुमने किसी बहाने, आते-जाते, स्कूल की कौपियां रखते हुए, कभी लाइब्रेरी की किताब देते हुए, किसी भी तरह, कहीं उसकी अनामिका ऊंगली पर बहुत हलके से अपनी तर्जनी छुआ दी होगी। ऐसा करते हुए तुम्हारा पूरा शरीर थरथरा गया होगा। मैं यहां एक वाहियात सुबह ये सोच रही हूं और मेरी कॉफी का जायका चला गया है। उफ। अब तो पानी भी पी रही हूं तो लगता है कि खारा पानी है। शायद पानी के फिल्टर की जांच करवानी होगी, या कि अपने दिमाग की ही।

मुझे वे सारी लड़कियां भी अच्छी नहीं लगतीं जो तुमपर मरती थीं और तुम्हारे ख्यालों के खुशबूदार, नर्म हाथ कुनमुनी नींदों के पहले अपने तकियों में पकड़ के सोती थीं। ना ना। मुझे नहीं अच्छा लगता कि वो अपने ख्यालों में तुम्हें छू सकती हैं क्योंकि तुम हमेशा उनके सामने ही तो रहते थे। मुझे ये भी अच्छा नहीं लगता कि तुम क्लास के मौनिटर हो और हमेशा क्लास की कौपियां

तुम ही बांटते हो। तुम्हें शायद नहीं पता चलेगा कि तुम्हें कॉपी देते हुए, तुमसे कौपी लेते हुए कितनी लड़कियों ने तुम्हारे एक स्पर्श को उन कौपियों में लिखी बातों से कहीं ज़्यादा दिनों तक याद रखा होगा।

कौलेज के बारे में तो मैं सोचना भी नहीं चाहती। हालांकि मैं जानती हूं कि लड़कियां सोचने में भी थोड़ी कंज़र्वेटिव होती हैं या कहो कि लड़कों की तरह मुखर नहीं होतीं। पर एक उम्र तो ऐसी आती है न जब हर लड़की का दिल चाहता है कि कोई उसे अपनी बांहों में भर कर तोड़ दे। उसके होंठों को यूं चूमे कि खून निकल आए। उस उम्र में तुम सबसे खूबसूरत भी तो दिखते होगे। गर्ल्स होस्टल में लड़कियां रात बैठ कर तुम्हें डिस्कस कर रही हैं कि तुम कितने 'हॉट' हो। तुम तो जानोगे भी नहीं कि गर्ल्स होस्टल की रातें कैसी होती हैं। उफ़। मैं ऐसे माहौल में रही ही क्यूं, इस पहलू से तो अनजान रहती कमसेकम। तुमसे किसको न प्यार हो जाता और फिर कौन लड़की न चाहती होगी कि तुम उसके ख्यालों से ज़्यादा बुरे निकलो। ओह। मैं सोच भी नहीं पा रही। मुझे इतनी जलन और इतना दर्द हो रहा है। उफ ये कितने कैक्टस के कांटे मेरे हाथों में चुभ गए हैं। मैं जाने क्या करने इस जंगल में आई थी। ना ये बाग नहीं है, जंगल है जहां तुम्हारे हाथों से मेरा पूरा जिस्म घायल हो रहा है।

मैं नहीं सोचना चाहती उस लड़की के बारे में जो तुम्हारी पहली प्रेमिका रही होगी, कि जब तुम्हारे हाथ उसके कांधे पे फिसलते होंगे तो अगली सुबह उन कांधों से तुम्हारी खुशबू आती होगी। मेरी सोच में नागफनी के कांटे चुभने लगते हैं। ख्यालों में ही उग आता है नागफनी का जंगल और मैं अन्यमनस्क उस कैक्टस पर ऊंगली फेरने लगती हूं जो मेरे गमले में वक़्त की रफ्तार से भी धीमे उग रहा है।

मेरे बारे में भी कोई तुम्हारी प्रेमिका ऐसे ही सोचेगी न? कोई काला जादू होता है न कि तुम्हारे जाने के बाद चुभन सी होती रहती है सीने के आसपास। किसी ने मेरा एक पुतला बना कर उसमें एक नागफनी का कांटा चुभा दिया है। तुम किसी और से मिलते हो तो उन्हें मेरे बारे में मत बताया करो। उनका डाह मेरे कैक्टस पर आने वाले वसंत को डिले कर रहा है।

ये सब लिखते हुए मुझे जाने क्यूं बार बार चंडीगढ़ के रॉक गार्डेन याद आ रहे हैं। शायद इसलिए कि वो पूरा बाग बेकार पड़ी, टूटी, कबाड़ चीज़ों से बना था। शायद कुछ वैसा ही जैसा मेरे दिल का अभी हाल हो रखा है। कितने दिन ऐसी बेमुरव्वत ख्यालों में उलझे बीते हैं। कोहरे भरी धुंध का मौसम उतरने लगा है। नीले कागज़ पर नीली स्याही से इस समय तुम्हें सोचते हुए कोई कविता

लिख सकती काश या कि दालचीनी की खुशबू में डूबते उतराते कॉफी बना लेती, दो मैना देख कर अपनी दो उंगलियां चूमते हुए एक पुरानी दोस्त को याद करती जो कहती थी 'वन फॉर सॉरो, टू फॉर जॉय'। मगर ऐसे तरतीब के काम मुझसे कबसे होने लगे भला। तुम्हारे आने का इंतज़ार करते हुए सोचती ये भी हूं कि तुम्हारा प्यार मुझे दिन-ब-दिन बुरा बनाता जा रहा है। नागफनी होना क्या बुरा था कि आहिस्ता आहिस्ता टकीला हुई जा रही हूं, इस बेतरतीब ख्वाहिश में घुलती कि एक दिन तुम्हारे होंठों से जा लगूंगी।

रेडी? बॉटम्स अप।

21

द ब्लू बोगनविलिया सेड फौरगेट मी 'नॉट!

मैं मर चुकी हूं। बलूत की सीली लकड़ी के ताबूत में मेरी लाश रखी है। दफनाने के पहले का दिन है। मेरी जान पहचान के सारे लोग अंतिम दर्शन कर चुके हैं। आखिर में तुम्हारी बारी है और सब तुम्हारा इंतज़ार कर रहे हैं। तुम सपनों के देश गए हुए हो।

वहां हमने साथ मिल कर बनाया था, एक घर, समंदर किनारे रेत पर। समंदर के रंग में डूब कर उगी थी वहां, नीली बोगनविलिया। जिस दिन हमारा घर पूरा हुआ था तुम अपनी बांहों में उठा कर मुझे देहरी के अंदर लाए थे। उस घर की पश्चिमी खिड़की से चांद रोज़ अंदर आता था और हमारे कमरे में नाइटलैंप की तरह रोशन रहता था जब कि तुम मुझे बताते थे कि तुम मुझसे कितना प्यार करते हो। हमारे प्यार की तरह बहार बोगनविलिया पर भी आई थी।

सपनों के देश में बस दिन के कुछ पहर रहने की इजाज़त थी। हर रोज़ जब सपनों के देश से लौटने का वक़्त होता था मैं मर जाती थी। तुम मेरे बालों में गूंथ देते थे नीली बोगनविलिया की कलियां। सपनों के देश से यथार्थ के आयाम तक पहुंचते मैं एक नन्हा बीज बन जाती थी और मुझे जीने के सारे तरीके फिर से सीखने पड़ते थे। ऐसे में मैं बालों से कलियां निकाल के कांच के एक गिलास में रख देती थी। धीरे धीरे कलियां खिलती और गमकते फूलों का गुच्छा बन जाता। फूल चूंकि इस दुनिया के नहीं थे, सपनों के देश के थे, उनकी खुशबू बहुत दूर दूर तक फैलने लगती। पहले तो मेरे अजीज़ दोस्त जब मुझसे खुशबू के बारे में पूछते तो मैं उन्हें एक पंखुरी तोड़ के दे देती, दुआओं के साथ कि

उनका प्यार भी हमेशा इस रूहानी खुशबू से महकता रहे। जैसे जैसे वक़्त बीतता मुझे भी दुनियावी तौर तरीके समझ आने लगते। नीली बोगनविलिया भी उदास होने लगती और ग्लास के पानी में घुलने लगती। फिर एक दिन ऐसा भी आता कि सारे फूल पानी में घुल जाते और तुम्हारी यादों का इत्र बन जाता। इस इत्र की खासियत थी कि इसकी खुशबू सिर्फ उन लोगों को महसूस होती थी जो प्यार में होते थे या उन लोगों को जो सपनों के देश के द्वारपाल थे। मैं तुम्हारे प्यार में, तुम्हारी खुशबू में भीगी हुई दुनिया के सारे काम करती रहती थी। उन दिनों अजनबी लोग भी मुझसे बड़ी गर्मजोशी से मिलते थे। मेरी मुस्कुराहटें और खिलखिलाहटें लोग कागज़ में भर के रखा करते थे, आंखों से लगाने के लिए। मैं बिखरती रहती थी और प्यार लुटाती रहती थी। दिल में इतना प्यार हुआ करता था कि कभी खत्म नहीं होता।

फिर एक दिन ऐसा भी होता कि इत्र का नीला नशा ज़हर बनने लगता। मुझे चक्कर आने लगते, आंखों के आगे अंधेरा छा जाता। ये वो दिन होते थे जब मैं सपनों के देश से बहुत दूर और यथार्थ में पूरी तरह बस चुकी होती थी। मेरा आखिरी रिश्ता भी टूट जाता अपने देश से। तो शुरू होता था दिल का दरकना। मेरी मुस्कुराहटें मुझे ही चुभने लगती थीं। दिल कमबख्त पूरी तरह टूटता भी नहीं कि मर जाऊं और एक बार में किस्सा तमाम हो। रोज़ दिल के जख्म पर याद के फाहे रखने की कोशिश करती थी। पर असर कुछ वैसा ही होता था जैसे बचपन में कभी चोट लगती थी तो मां ठंडी फूंक मारती थी उसपर। उस लम्हे करार रहता था पर फिर दर्द तुरंत लौट आता था। दिल की इन दरारों में मैं फिर क्यारियां बनाने लगती और नीली बोगनविलिया उगाना चाहती थी। मगर दिल भले सपनों में जीता हो, था तो इसी धरती का, बोगनविलिया खिलती भी थी तो गहरे गुलाबी रंग की, उनकी जड़ों में इतना खून और आंसू बहता होता कि वो पहले सफेद होते और फिर टहकते लाल रंग के हो जाते। दर्द के उन फूलों में खुशबू नहीं होती और वो बाहर से नज़र भी नहीं आते। ये वो दिन होते जब मेरे घर कोई नहीं आता। ये वो दिन होते जब मैं दिन दिन खोजा करती कि नीली बोगनविलिया की कोई टूटी पंखुरी ही मिल जाए, पर ऐसा होता नहीं था। तुम्हारी आमद का वक़्त हमेशा निश्चित हुआ करता था। तुम उस वक़्त से हमेशा देर से ही आते थे।

तुम्हारे इंतज़ार में फूल सूखने लगते थे, मेरी आंखों का पानी भी उन्हें जिला नहीं पाता था। भले ही लाल रंग के थे पर बोगनविलिया होते थे तो ज़िंदगी कितनी भी तकलीफदेह हो, जीने लायक लगती थी। जिस दिन सारे फूल सूख जाते थे

जीने की कोई वजह नहीं मिलती थी। हां एक वजह होती थी, तुम्हारा इंतज़ार। तुमसे विदा लिए बिना जाना नहीं चाहती थी और तुम आने के बाद विदा लेने नहीं देते थे। ऐसे ही किसी उदास दिन जब मर जाने की बहुत सी वजहें दिखी थीं मुझे और मेरे मरने के ठीक एक लम्हा पहले तुम आए थे तो मैंने कहा था...एक दिन मैं मर जाऊंगी...उस वक़्त मुझे दफनाने के पहले मेरी आंखों पर नीली बोगनविलिया के फूल रखना, वरना मुझे मर कर भी करार नहीं आएगा। तुमने उस दिन मुझसे बहुत लड़ाई की थी कि मैं मरने की बातें क्यूं करती हूं तुमसे, पर मुझे लगता था कि तुम मेरी बात याद रखोगे।

मैं कोई परीकथा की राजकुमारी नहीं थी इसलिए मुझे कभी यकीन नहीं हुआ था कि तुम मेरे हो। यकीन बस इस बात का था कि तुम मेरे लिए मेरे मरने पर नीली बोगनविलिया ले आओगे। बस। तुमसे चाह भी बस इतने भर की थी। मैं मरने के बारे में वैसे भी बहुत सोचती थी। तुम्हें शायद याद न हो, जिस दिन तुमने मुझे पहली बार मुझे 'आई लव यू' कहा था बोगनविलिया में पहला नीला फूल आया था। तुम्हारी तो मैं उसी दिन हो गई थी। वो दिन है और आज का दिन है। मैं किसी भी दिन मर जाती मुझे अफसोस नहीं होता कि किसी शाम नीली बोगनविलिया सी नीली आंखों वाले मेरे महबूब ने मेरा हाथ थाम के कहा था, तुम्हें अपने देश ले चलता हूं!

ये नीली बोगनविलिया फौरगेट मी नोट्स की तरह है। बहरहाल, तुम शायद सपनों के देश में किसी नन्हीं सी लड़की को यकीन दिला रहे हो कि वो एक राजकुमारी है, तुम्हारी इसी बात से मुझे तुमसे प्यार हुआ था। पर तुम्हें आने में देर हो गई और लोगों ने मुझे गहरी, अंधेरी मिट्टी में दफना दिया, बिना मेरी आंखों पर नीली बोगनविलिया के फूल रखे हुए। बिना उन फूलों के मुझे सपनों के देश में अंदर आने की इजाज़त नहीं मिलेगी।

ये खत मैं तुम्हारे नाम लाल बोगनविलिया के फूलों के हाथ भेज रही हूं, तुम्हें वापस लौटा लाने के लिए नहीं, तुम्हारा पता पूछने के लिए नहीं, बस एक आखिरी बार तुम्हें बताने के लिए। ज़िंदगी के इस पार भी। मैं तुमसे प्यार करती हूं।

22

प्यास के नमक से दुनिया के हर किस्से का स्वाद था

जिहाले मिस्कीं मकुन तगाफुल, दुराए नैना बनाए बतियां
सखी पिया को जो मैं न देखूं, तो कैसे काटूं अंधेरी रतियां
किसे पड़ी है जो जा सुनाए, पियारे पी को हमारी बतियां
न नींद नैना, न अंग चौना, ना आप आवें न भेजे पतियां

—अमीर खुसरो

सुना तो तुमने भी होगा कि पश्चिम की हवाएं बड़ी बेरहम होती हैं, भरते ज़ख्म कुरेद देने वालीं। सोचती हूं कि हमारे तरफ के लोग कितने सालों से जानते थे कि भारत के पश्चिमी हिस्से में रेगिस्तान है...कि प्यास का स्रोत वही है ...कि रेत से बड़ी उदास हवाएं बहती हैं...कि प्यास की नदी वहीं से निकलती है और प्यास के बादल वहीं से उठते हैं पूरे देश में बरसने के लिए...कि वहीं से प्यास का नमक दुनिया की आंखों तक पहुंचता है और आंसू में घुल कर बहता है। इसलिए रेत में रहने वाले लोग प्यास को बड़ी अच्छी तरह समझते हैं।

मैं एक शहज़ादे के पास अपनी ऊसर मिट्टी की दास्तान लिए बैठी हूं कि यहां तक आ के खत्म होती है तुम्हारी प्यास की नदी। यहां की मिट्टी हर प्यास

पी जाती है और कुछ भी नहीं उगाती। दो बूंद आंसू भी नहीं। यहां की स्त्रियां बड़ी जीवट होती हैं, कहीं से भी उग आती हैं और गुनगुनाते हुए ज़िंदगी के पहिए को घुमाती रहती हैं। कभी जो इधर की मिट्टी में प्यास की नदी का पानी मिला दो और उससे एक मूर्ति बना के याद की आंच पर पकाओ तो जो निकलेगा वो मेरे जैसी कोई होगी। तांबई रंग की, कोयले सी काली आंखों वाली, छूने में सख्त मगर हाथ से गिरे तो एक बार में टूट जाए।

शहजादा सुनहली रेत के देश का है। उसका रंग धूप में सोने सा चमकता है। उसकी आंखें भी रेत के जैसी सुनहली रंग की है। उसके पास बैठो तो हवाओं में बिरहा बजने लगता है। ये कैसा गीत है जो सबके मन में उनकी भाषा में बजता है। मेरे तरफ की ब्रजभासा है, उसके तरफ फारसी मगर ये रात के सुर हम दोनों को एक से सुनाई देते हैं और हमारी आंखों की कोर गीली हुए जाती है। प्यास के बादल इस बार परती ज़मीन पर अपना आंचल बिछाने आए हैं। मैं प्यास के शहज़ादे के पास दिल के सारे तहखाने खाली करके आई हूं कि ये प्यास से ही भर जाए। मुझे हर गुजरते लम्हे के साथ उससे इश्क़ हो रहा है, मेरे अंदर प्यास की नदी उतरने लगी है। इस बार शायद यूं बेतरह इश्क़ हो ही जाए मुझे कि जान दे सकूं।

मैं उससे उसकी आवाज़ का एक कतरा मांगती हूं कि जिसे मैं आंगन में रोप सकूं, जिसमें हर बरसात के मौसम उसकी मुस्कुराहट के फूल आएं। वो मुझे अपनी दाईं जेब से निकाल के अपने सन्नाटे देता है। बाहर आते ही तेज़ हवाएं चलने लगती हैं और मेरी आंखों से आंसू उड़ा ले जाती है। लू के थपेड़े आंखों को सुखा डालते हैं। धूल का बवंडर उठता है और आंखों में पुरानी यादों की तरह चुभने लगता है। नमक का एक एक कतरा पानी मांगता है आंसू की फसल उगाने के लिए और मैं चाह कर भी रो नहीं पाती। चक्रवात आता है और मैं ठीक उसके बीच में खड़ी अपने चारों ओर तबाही का मंज़र देखती रहती हूं।

इश्क़ हमें एक साथ ही होता है लेकिन वो मन से सूफी है और मैं मन से मीरा। खुदा तक पहुंचने के हमारे रास्ते अलग हैं, सदियां भी अलग हैं मगर रूहानी इश्क़ एक ऐसा तागा है जिसका रंग एक सा ही है। मेरे मन के इकतारे पर कृष्ण रंग चढ़ता है। जो भी सुर निकलते हैं उसके प्रेम में पगे होते हैं, गीत के बोल मेरी कहानी कहते हैं। मन का सारा दर्द, सारा बिछोह संगीत में ढल कर बह निकलता है। शहज़ादा कई दिनों की भटकन में शहर शहर घूमता रहता है। उसके बारे में सुना है कि उसने 'ख्याल' ढूंढ़ निकाला है, हमारे मन से नहीं, गीत के सुर तालों में बांध कर। तबले की पहली थाप वहीं से सुनाई दी है।

सोच रही हूं शहज़ादे ने जब पखावज के दो टुकड़े करके तबले का आविष्कार किया वो मेरा दिल तोड़ने के बारे में तो नहीं सोच रहा था। पर उसने कभी कोई जवाब ही नहीं दिया। चुप तबले पर थाप देता रहा। उसकी हर थाप में क्या था कि मेरी नृत्य की शैली बदल जाती थी। कृष्ण की सूरत उससे मिलने लगी थी या उसकी सूरत कृष्ण से कह नहीं सकती।

शहज़ादा इश्क़ में ऐसा डूबा था कि सब इश्क़ रंग हो गया था। प्रजा पर अगाध प्रेम लुटाता। दुश्मनों से रहमदिली से पेश आता। दूर देश के मुसाफिर आते तो उनके साथ मुसाफिरखानों में इश्क़ के खत खोल के पढ़ता। ख्वाजा की दरगाह पर फकीरों के साथ संगत करता। क़व्वालियां लिखता, ख्याल गाता। वो पीर हो गया था, उसकी आवाज़ में मरहम था। उसके छू लेने भर से किस्मत बदल जाती थी। इश्क़ ने चीज़ों की फितरत उलट दी थी। प्यास पानी हो गई थी और शहज़ादा फकीर। उसका खुद का कुछ नहीं था। कुछ यूं कि हर दिल पर उसी की हुकूमत थी। प्यास के बादल उठते थे और जिधर बरसते लोग इश्क़ से सराबोर हो जाते। प्यास की नदी आशिकों के अश्कों से किनारे तोड़ कर बहती चलती थी और प्यास के नमक से दुनिया के हर किस्से का स्वाद था।

23

उसके होंठों को छूते ही नदी ओक भर प्यास में विलीन हो गई

वो इस वक़्त की थी ही नहीं। दो आदिम असभ्यताओं के बीच के इस युग की अभिशप्त प्रेयसी। उसे सामंजस्य बिठाना नहीं आता था, अपनी भीषण आदिम इच्छाओं और सभ्य समाज द्वारा घोषित मानदंडों पर खरे व्यवहार में। उसका जीवन प्रतिक्षण एक भीषण दाह में जलना था।

वह या तो चपल, चंचल होती, शिकार के लिए घात में मंत्रबद्ध या संपूर्ण एकाग्रता से ध्यानमग्न अपने शरीर के भग्नावशेषों में अपनी पहचान तलाशती होती। मध्ययुगीन समाज की नैतिकता उसके अपने मापदंडों पर खरी नहीं उतरती थी। वह एक कसी हुई वीणा के तार सी झंकृत होने की प्रतीक्षा में प्रार्थनारत थी। बादलों सा आवेश था उसमें और वो खुद भी नहीं जानती थी की उसकी उर्जा धनात्मक है या ऋणात्मक।

वेणी गूंथते हुए कभी वस्त्रों से उंगलियां रगड़ खा जाती तो चिंगारियां फूट पड़तीं। ऐसा ही कुछ तब भी होता जब उस दौर के प्रकांड पंडितों से उसका सामना होता। कई बार तो पूरा पूरा नगर उन चिंगारियों से भड़कती ज्वाला में लगभग नष्ट होते होते बचा है। फलस्वरूप उसकी जड़ें किसी ज़मीन में नहीं गहरा पायीं। वह एक अंतहीन खोज बन गई जिसे किसी की बांहों के आलंबन की ज़रूरत नहीं महसूस होती। उसकी यायावर प्रवित्ति उसे कहीं टिकने नहीं देती, न किसी प्रांत में, न किसी व्यक्ति पर। हर वक़्त की एक बेचैनी और नदी सा बह जाने को

छटपटाता जीवन।

बहना उसका स्थायी भाव था, बसने से उसका मन व्यग्र हो उठता था। हर कुछ दिन में सराय बदलना उसे कभी घर बनाने नहीं देता। इच्छा होते ही ज़मीन छोड़ देने की प्रवित्ति उसे नितांत अकेला भी कर देती थी, पर उसे ये अकेलापन कहीं बंध जाने की तुलना में हजार बार कुबूल था। अंतहीन समय के क्षितिज पर वो पहली बंजारन थी। उसी ने काफिलों का आविष्कार किया। उसकी ज़रूरतें इतनी कम थीं कि वो हवाओं पर पैर रख के उड़ सकती थी।

सर से पैर तक श्वेत परिधान में लिपटी जब वो किसी शहर में अपना घोड़ा बांधती तो पूरे शहर की स्त्रियां अपने पुरुषों के प्रति शक्की हो जातीं। उसकी उन्मुक्त भटकन लोगों को यूं आकर्षित करती कि चंद दिनों में उसके चर्चे हर घर में कलह का कारण बनने लगते। फिर वो जैसे आंधी की तरह आई थी, वैसे ही गुज़र जाती और शहर वापस अपने ढर्रे पर धीरे धीरे उतर जाता। लोग राहत की सांस लेते।

उसने अनगिन पुरुषों से प्रेम किया था। हर बार अपना सब कुछ समर्पित करते हुए। मन की भीतरी परतों में शायद उसे भी एक ऐसे पुरुष की तलाश थी जो उसकी तरह अपना सब कुछ समर्पित कर सके। प्रेम में बंधन नहीं बांधे, क्यूंकि उसके लिए प्रेम में जितना देते हो उतना ही पाना होता है। पुरुष मगर हमेशा अपना कोई हिस्सा बचा जाते। उनकी जड़ें ज़मीन में गहराई हुई होती थीं। वे उससे प्यार करते हुए भी अपने शहर से बंधे होते, अपने व्यापार से बंधे होते, अपने परिवार, सामजिक मूल्यों और सही गलत के आंकड़ों में उलझे होते। उनके लिए प्रेम एक प्रक्रिया होती। उनमें कभी भी संपूर्ण जीवन होम कर देने लायक व्यग्रता नहीं होती। उनके लिए प्रेम में भी बहना निषिद्ध था। प्रेम का उद्देश्य होता, उसका जीवन चक्र होता। वो उसे प्रेयसी से पत्नी बनाना चाहते थे। प्रेम की उदारता उन दिनों एक कभी न सुनी हुई अवधारणा थी। बंजारन बिना किसी बंधन में बंधे प्रेम चाहती थी। ये छलावा उसे एक अंतहीन प्यास सा मुखर करते जा रहा था।

फिर एक दिन प्यास का प्यास से सामना हुआ। परती ज़मीन पर मीलों मीलों बस रेत का ठहरा समंदर था। नदी उसमें धीमे धीमे बहने लगी। रेगिस्तान ने उससे बिना कुछ मांगे प्रेम किया, बिना उसकी धारा को बदलने की कोशिश करते हुए, बिना उसकी कलकल से एक सुर अपनी हवाओं के लिए मांगे। रेत में निस्स्वार्थ प्रेम करने की असीम क्षमता थी। उसने सिर्फ देना सीखा था। यूं रेत में सदियों कुछ नहीं बदलता और पल में रेत के टीले अपनी जगह भी बदल

देते, हर सुबह हवा नई लकीरें बनाती और बंजारन के लिए नए सुर ढूंढ़ के लाती। उसके गीत जब किसी बस्ती या गांव में पहुंचते तो लोग खुली बांहों से उसका स्वागत करते। बेहद ठंडी होती रातों में अलाव तापते हुए बूढ़े, बच्चे और स्त्रियां उसकी कहानियां सुनते। रेगिस्तान इतना विस्तृत था कि वहां सदियों सदियों कोई नया आगंतुक नहीं आता।

वो रेत में मीठे पानी के सोते सी बहती और बिना सवालों के जीती। मिट्टी से प्यार करती और कुछ भी कल के लिए नहीं रखती। उसका अकेला रास्ता काफिलों में बदलने लगा था। ये लोग उसे लंबे रास्तों पर किस्से सुनाते चलते। इन किस्सों में एक यायावर का ज़िक्र आता तो उसे यूं लगता कि वो उसकी रूह का छूटा हुआ हिस्सा है, कि दोनों एक ही मिट्टी से बने हैं या कि रेत से। यायावर एक मिथक था, रेत से उगता, रेत में खो जाता। थार का कोई हिस्सा न था जिसने उसका कोई किस्सा अपने सीने में छुपा न रखा हो। नदी ने कितने आंचलों में उसके नाम के शीशे टंके देखे थे। कुछ न मांगना उसकी भी फितरत हुआ करती थी।

फिर एक दिन यूं भी हुआ कि नदी ने सुबह की धूल झाड़ते अंगड़ाइयां ली ही थीं कि उसके तट पर सदियों का प्यासा यायावर ओक भर पानी की प्यास लिए खड़ा हुआ। उसके दो हाथ ओक में जुड़े कि दुआ में ज्ञात नहीं, पर उसके होंठों को छूते ही नदी ओक भर प्यास में विलीन हो गई।

24

नीट व्हिस्की पीना कि उसने आज कहा है कि वो तुमसे प्यार करता है।

वो नीट सिंगल माल्ट की तरह है, पहले ज़ुबान पर सुलगता हुआ और जैसे गले से नीचे उतरता है सब जलता जाता है, जैसे प्यार हुआ हो किसी से, पहली बार। स्कॉच ऑन द रॉक्स, उससे प्यार करना। अल्कोहल जलाता है, बर्फ बुझाती है और जुबां पर दोनों एक साथ अपना हक मांगते हैं। गूगल बताता है कि ग्लेनफिडिच बलूत के पीपों में सालों साल उम्रदराज़ करता है और इसी के कारण उसमें मेरी पसंदीदा गंध घुलती है। सिलीगुड़ी से दार्जलिंग जाते हुए सदियों पुराने पेड़ देखे थे, सड़क के दोनों ओर, सियाह छाल वाले ये पेड़ कितने बादलों का पानी पिए हुए थे अज्ञात है। सीले से ये पेड़ जब से वक़्त शुरू हुआ है मेरे इंतज़ार में खड़े थे। इच्छा थी कि कोहरे में धुएं की तरह सुलगते इन पेड़ों पर अपने होंठों के निशान छोड़ जाऊं।

पहली बार व्हिस्की उठा कर होंठों तक लाई थी तो वही वनगंध सांसों में भर गई थी। जबां पर सिंगल माल्ट का पहला स्वाद पहली बार चूमने की तरह था, अतुलनीय। याद का दहकता जंगल मुझे अपने आगोश में भर रहा था, हौले हौले, शायद वो अपनी बाहें कस कर मुझे तोड़ डालता। यकीनन, मुझे अफसोस न होता। पैरों के पास कोई खुशबूदार बेल उग रही थी और महसूस हो रहा था कि हर छोटे सिप के साथ मैं दार्जिलिंग का वही जंगल होती जा रही हूं कि जिसके बादलों में भीगे तने पर कोई अजनबी अपने होंठ रखने की हसरत लिए हर साल

लौट आना चाहेगा। चाहने और लौट आने के बीच उलझा हुआ शामें सिंगल माल्ट में डुबो कर आग लगाता रहेगा।

हल्की सुनहली रंग की माल्ट रोशनी को परावर्तित कर रही है और मेरी आंखों के सामने फिल्म चलने लगी है। याद के गांव से मेरी सारी चिट्ठियां लौट आई हैं, मेरी पहचान के लोग किसी आंधी में उजड़ गए हैं। एक लड़के का अक्स थोड़ी देर ठहरा है। मैंने कभी उसे सामने से देखा हो ऐसा मुझे याद नहीं आता पर उसके बेहद खूबसूरत चेहरे में एक कहानी है जो मुझे बेतरह अपनी ओर खींचती है। मेरे देखते देखते वो इतना वास्तविक लगने लगता है कि मैं हाथ बढ़ा कर उसे छूना चाहती हूं। ग्लास की शांत सतह पर लहरें उठ जाती हैं और उसका चेहरा किसी परछाई की मानिंद धुंधला जाता है। उंगलियां ओस झरते गुलाब की पंखुरी बन जाती हैं और मुझे भ्रम होता है कि उसने बड़ी नज़ाकत से मेरा हाथ अपने हाथ में लेकर चूमा है।

प्यार करना उस अजनबी से जिससे कभी मिले न हो...याद में शामें काट देना उस आवाज़ के जिसने कभी तुम्हारा नाम न लिया हो और इसके पहले कि खुमार उतर जाए...नीट व्हिस्की पीना कि उसने आज कहा है कि वो तुमसे प्यार करता है।

25

मार्च

नन्ही सी चिड़िया ने कोटर से थोड़ा सा सर निकला और गाने लगी चूं चूं चूं। बाहर मौसम खड़ा था, एकदम शुष्क, ठंडा, उसने चिड़िया उसके गाने के कारण ज़ोर से डांटा। चिड़िया बेचारी डर के चुप हो गई। चारों तरफ निस्तब्धता थी। सफेद बर्फ की चादर में पूरा शहर ढंका हुआ था। घने कोहरे में कभी कभी किसी गाड़ी की हेडलाईट चमक जाती थी तो चिड़िया को धोखा होता था कि सूरज निकल आया है। वो फिर से कोटर से अपना छोटा सा सर निकाल के झांकती थी कि फिर मौसम आंखें तरेर देता था।

चिड़िया परेशान थी, मौसम को जैसे और कोई काम ही नहीं था। दिन भर वहीं चिड़िया के कोटर के बाहर पहरा देता रहता था। वैसे तो चिड़िया को ठंड का मौसम ज़्यादा पसंद नहीं था, पर कभी कभी उसका भी मूड होता था कि वो बर्फ में फुदके और थोड़ी बर्फ खा के देखे कि कैसा स्वाद है। उसने ये बात जब अपनी मम्मी से कही तो उसकी मम्मी ने उसे ज़ोर से डांटा था। जाड़ों के मौसम एकदम चुपचाप कोटर में रहो, बाहर जाओगी तो ठंड लग जाएगी और बर्फ खाने से गला खराब होता है। गला ख़राब होगा तो गाओगी कैसे और जब तक गाओगी नहीं तो फिर वसंत कैसे आएगा। इसपर छोटी चिड़िया ने उसी समय गाना शुरू कर दिया था और अपनी मम्मी से और भी बहुत सी डांट सुनी थी।

चिड़िया की मम्मी ने बताया था कि हमेशा गाने के पहले देखना होता था कि जाड़ों के मौसम को उसके मनमाफिक वक़्त मिला है कि नहीं। साल

के इस समय मौसम बड़ा दुष्ट हो जाता था, लोगों को सताता था, चिड़िया को डराता, धमकाता रहता था। लोग रज़ाई से निकले नहीं कि कभी उनके बाल खींचता, कभी उनके कान, कभी नाक लाल कर देता। देर रात डरावनी आवाज़ें निकालता रहता था। इस सब में मौसम को हवा का भी बहुत साथ मिलता था। कोई दरवाज़ा खुला नहीं कि मौसम हवा का हाथ पकड़ कर कमरों में घुस जाता था। बच्चे अपने स्कार्फ और टोपियों को ज़ोर से पकड़ लेते पर हवा तो वहां भी पहुंच जाती थी। टूटी हुई खिड़कियों के शीशों से या कि दरवाजे के नीचे की पतली सी फांक से दोनों अपने आने जाने का रास्ता ढूंढ़ लेते थे। जाड़ों के मौसम से हवा के अलावा कोई दोस्ती नहीं करता था। कभी कभार एक दूर का दोस्त आ जाता था, बादल और फिर बर्फ पड़ने लगती थी। तहों में बर्फ जमा होती रहती। कोहरा इन तीनों का पिछलग्गू था, उसे जब मौका मिलता कभी हवा का तो कभी मौसम का हाथ पकड़ के चलने की कोशिश करता, पर ये दोनों उसे एकदम भाव नहीं देते।

छोटी चिड़िया सारी बातें ध्यान से समझ रही थी, पर उसे समझ नहीं आ रहा था कि उसे पता कैसे चलेगा कि कब गाना है। गाएगी नहीं तो जाड़ों का मौसम जाएगा नहीं। तब चिड़िया की मम्मी ने बताया कि कोटर से ही झांक के देखते रहना। मार्च दिखेगा तुम्हें। चिड़िया ने इसके पहले मार्च के बारे में नहीं सुना था तो उसने मम्मी से एकदम प्यार से गाल सटाते हुए पूछा...मार्च कैसा होता है? फिर उसकी मम्मी ने बताना शुरू किया, मार्च एक बेहद खूबसूरत सा लड़का होता है, उसकी आंखें सूरज की धूप जैसी चमकती हैं, हलके भूरे रंग की होती हैं उसकी आंखें। एकदम खुशमिजाज़ सा लड़का है, कभी कोई शैतानी नहीं करता। वो बहुत दयालु है और उसके हाथ अलाव के जैसे गर्माहट लिए होते हैं। एक बार जब चिड़िया बर्फ में गिर गई थी तो मार्च ने उसे अपनी हथेलियों में पूरा भर लिया जब तक कि उसने थरथराना बंद नहीं कर दिया। मार्च ने ही फिर वापस उसे कोटर के पास रखा था।

मार्च को देखते ही जाड़ों का मौसम कोटर के बाहर पहरा देना बंद कर देता है, तो छोटी चिड़िया, जब मार्च तुम्हें दिखे तो तुम बाहर जाके अपने मन का गीत गाना, जो सबसे सुंदर हो। मार्च तुम्हें अपने कंधे पर बैठा लेगा और फिर वो जहां जहां जाए तुम गीत गाते रहना। तुम्हारा गीत सुनकर फूल खिलेंगे, तितलियां आएंगी और पेड़ बर्फ झटक कर हरी पत्तियों से भर जाएंगे।

कहानी बहुत लंबी थी। जब तक छोटी चिड़िया ने पूरी कहानी सुनी उसने कोटर के बाहर उस सुंदर से मार्च को देख लिया। वो फुदक कर कोटर से बाहर

उड़ी और मार्च के कंधे पर जा के बैठ गई। नन्ही चिड़िया ने इतना मधुर गीत गाया कि आज तक लोग कहते हैं घाटी में उतने सुंदर और खुशबूदार फूल नहीं खिले जितने उस साल खिले थे। चिड़िया और मार्च तब से सबसे अच्छे दोस्त हैं। मार्च का इंतज़ार करते हुए हर साल जाड़ों के मौसम में चिड़िया बहुत प्यारे प्यारे गाने लिखती है। घाटी के गीत कहते हैं चिड़िया को मार्च से प्यार हो गया था। इश्वर ने चिड़िया के मासूम प्यार को देखते हुए उसे बहार बना दिया। तब से जब जब मार्च का महीना आता है, सब तरफ बहार आती है और पूरी श्रृष्टि अपने सबसे खूबसूरत रंग में रंग जाती है। वो प्यार का रंग होता है न।

26

बीबी साहिबा की धानी चूनर

सरकार, हुज़ूर, बा-अदब, बा-मुलाहिजा, जहांपनाह, मा-बदौलत।

बंदी से क्या खता हो गई जो मौसम से लड़े बैठे हैं। अजी अपनी उमर का कुछ तो ख्याल करो, घर में जवान बेटे, बेटियां घूम रहे हैं और आपको दिन भर नंगे बदन वर्जिश करने से ही फुर्सत नहीं। मैं कहती हूं बहुत हुई आपकी दंड बैठकी। थोड़ा बच्चों पर ध्यान दिया करो। एक बार बिगड़ गए लड़के तो फिर हमसे न कहना, हां। कहे देते हैं। रात भर खांस खांस के हमारी नींद हराम किए देते हैं और जो एक मफलर गले में लपेटने बोलूं तो यूं फुंकार मारते हैं की जैसे काला नाग ही डाल दिया हो गले में।

मति ही मारी गई थी मेरी, हाय कितनी मेहनत से बाज़ार गई थी, इन कलमुहों के भरोसे घर छोड़ कर। साल भर पैसे जोड़े थे कि वूलमार्का असली ऊन खरीद सकूं आपके लिए, मारे कमबख्त हर चीज़ में मिलावट कर देते हैं। अभी पिछले साल ही तो बड़ी बी ने छुट्टन के लिए दस्ताने भिजवाए थे, तौबा-तौबा, किसी करम के नहीं थे, ठंड के मारे उंगलियां नीली ही पड़ी रहती थी। हां, मगर इसमें बड़ी बी का कोई ज़्यादा दोष भी नहीं। उन्होंने तो कितने अच्छे बुने थे, टांके तक एकदम सही लगे थे। मैं कोई जान के नुक्स थोड़े निकालूंगी। हां उन्हें चीज़ों की समझ नहीं है अच्छे से, मैंने कितनी बार कहा कि बड़ी बी, जब कुछ खरीदने जाओ मुझे आवाज़ लगा दिया करो, साथ ही चल लेंगे। घर गिरस्थी का हमेशा तो कोई न कोई काम लगा ही रहता है। पर वो कभी मुझे अपना समझें तब न, देखो ये नहीं कह रही की उनके मन में कोई मैल है, खुदा झूठ न बुलवाए।

उनके जैसा साफ मिजाज़ मैंने किसी का नहीं देखा, हां।

तो मैं कह रही थी छुट्टन के अब्बा, अब आपकी उमर होने को आई, ज़रा मफलर लपेट के घूमा कीजिए। वरना हम देख रहे हैं ज़फर की निगाह है उस मफलर पर, ले उड़ेगा आपका शहज़ादा फिर न कहिएगा हमें कि तांगे में हवा लगती है और रात भर कान बजते हैं। सारे बच्चों को बिगाड़ रखा है, मैं दिन भर गालियां बक बक के पढ़ने को बिठाऊं और सरकार आते साथ सब बच्चों को बैठ गए अलिफ लैला की कहानी सुनाने। अरे फेल करेंगे तो आपका जिन्नात आएगा इनके लिए नौकरी लेकर। हाय अल्ला, किस तरह मारा मारी मची हुई है बताओ, एक हमारा ज़माना था किसी ने बारवीं पढ़ ली तो बस पूरे खानदान का महिना खर्ची आ जाता था। कितने तो काम थे पढ़े लिखे नौनिहालों के। एक आज का दौर है, जाने कौन खा जाता है नौकरियां। अबकी तो फौज में भी भर्ती मुश्किल होने लगी है। पता है दरोगा की बहाली के लिए लाइन लगाए खड़े थे छोकरे कोतवाली के लेकर नुक्कड़ तक। मैंने ऐसी लंबी लाइन तो खैरात बांटने की भी नहीं देखी। हाय हाय जाने कैसे कमाएंगे खाएंगे बच्चे।

इधर बीबी साहिबा का कोरस जारी था उधर हुज़ूर कंघी करके, किमाम वाला पान मुंह में दाब चुके थे। उनके पास अब चुप रहने के सिवाए चारा भी नहीं था। महीने के आखिरी दिन चल रहे थे और घर के खर्चे के पैसे ख़तम हो चुके थे। सरकार जानते थे कि जब बीबी साहिबा का हाथ तंग होता है तो उनकी ज़बान और खुलती है। दिल भर बच्चों की पिटाई होगी, पड़ोसिनो से खिट-पिट होगी और उनका मन लगा रहेगा। आज पहली बार हुज़ूर का ध्यान गया था कि बीबी साहिबा खास महीने के अंत में इतना बोलने लगती हैं। पर उन्हें बीबी साहिबा पर बहुत प्यार आ रहा था। गौर से देखा तो बीबी साहिबा में आए बदलावों में निकाह के कितने बरस जी लिए। ज़रा भरा भरा शरीर, उदास से रंगों के कपड़े, कि सलवार का रंग कुछ और, कुर्ती का कुछ और, चूनर एक ज़माने में गहरे लाल रंग की होगी, फिलहाल उसपर कई रंग के दाग और धूप के असर ने मटमैला सा कोई रंग कर छोड़ा था। घर परिवार में उलझी एकदम ही घरेलू औरत, जैसे उनके बचपन में अम्मा लगा करती थीं। उन्हें शादी के तुरंत बाद का वक्त याद आया जब कि मोहल्ले की छोकरियां बीबी साहिबा को घेरे बैठी रहती थी। कमाल की रौनक थी चेहरे पर और जिस्म के कटाव कुछ ऐसे थे कि जो भी पहनती फब जाता। अब चेहरे पर झुर्रियां पड़ गईं थी पर खून में गर्मी अभी भी बाकी थी। बीबी साहिबा की झुर्रियां देख कर हुज़ूर को अपनी उम्र का भी लिहाज हो रहा था। बांके तो वो अब भी थे, पर आजकल ठंड थोड़ी जल्दी लग जाती थी,

बस यही एक तकलीफ थी।

शुरूआती जाड़ों के दिन थे। बच्चे अलाव के इर्द गिर्द सिमटे बैठे थे। उन्होंने आज पुराना कुर्ता निकाल के पहना था। पहले तो मिजाज़ भन्ना गया कि कुर्ता पेट के पास फंस कर कुछ ज़्यादा ही चुस्त हो गया था। जेब में हाथ डाला तो एक पुराना, मुड़ा तुड़ा नोट निकला, हज़ार रुपए का। अब बस पूरी दुनिया ही हरी हरी दिख रही थी। हुज़ूर की इच्छा थी कि बीबी साहिब के लिए एक धानी रंग की नई चूनर ला दें। बाज़ार के लिए निकलने वाले थे। जब बीबी साहिबा ने चिराग से किस्सों का जिन्न निकाल दिया।

सुबह यही उन्हें चीज़ें आम लग रही थीं। पर जेब में जब भी हाथ डालते और नोट उंगलियों से रगड़ खाता उनकी आंखों में उन्नीस साला बीबी साहिबा का चेहरा कौंध जाता था, धानी चूनर सर पे लिए हुए। मौसम सुहाना हो गया था। दस्तानों की ज़रूरत नहीं थी। पैसे में एक बड़ी शदीद क़िस्म की गर्मी होती है। अल्लाह का शुक्र करते हुए उन्होंने मफलर लपेटा और चौक की और निकल पड़े। दुनिया में बहुत सुख था, चैन था और इस शाम उन्हें बीबी साहिबा की धानी चूनर के अलावा ज़िंदगी में और किसी चीज़ की इच्छा नहीं थी।

27

उसकी गर्दन का नीला आर्किड आंसुओं के इंतज़ार में प्यासा था

वे शब्द बड़े ज़िद्दी थे। उस लड़की की ही तरह। अपनी ही चाल चलते, मनमानी। कलम की निब के साथ भी दिक्कत थी थोड़ी, ज़रा सी बस उत्तर अक्षांश की ओर झुकी थी, जैसे धरती चलती है न डगमग डगमग, वैसे ही कलम भी चलती थी उसकी, ज़रा सी नशे में झूमती। कलम में समंदर का पानी भरा हुआ था कि जिससे लड़की कहानियां लिखा करती थी। लिखते हुए उसे कुछ मालूम न होता कि वो क्या लिख रही है। कई दिनों बाद सूखे हुए कागज़ पर ब्रेल लिपि जैसा कुछ लिखा रहता जिसे बस वो लड़का पढ़ सकता था जिसकी कलम से पहली बार लड़की ने कहानी लिखी थी।

लड़का भी ज़िद्दी था अजीब, ये नहीं कि रोज़ मिल कर कहानियां पूरी कर जाए। कभी सदियों में एक बार आता। लड़की भी वैसी ही पागल, इंतज़ार के आंसुओं को बचा कर रखती। लड़की की गर्दन के पास फूलों की बेल उगने लगती जिसमें वॉयलेट रंग के ऑर्किड खिलते। लड़के को आर्किड बहुत पसंद थे, वो जाने के पहले लड़की को गले लगाता तो खुश्बू में डूबे ऑर्किड्स उसके होटों को छू जाते। लेकिन ऑर्किड्स में खुद की कोई खुशबू नहीं होती, वे लड़की की गंध से पलते बढ़ते थे। लड़के को मालूम नहीं था कि आर्किड परजीवी होते हैं, उनका स्वतंत्र कोई वजूद नहीं होता। इश्क़ भी ऐसा ही होता है न कुछ।

पिछली बरसातों में जब लड़का उससे मिलने आया था तो खपरैल वाली

छत से पानी लगातार बह रहा था। लड़की के लिखे हुए कागज़ों में सीलन लगने लगी थी। नमक यूं भी पानी बहुत सोखता है। लड़की को कहानियां सुनाना पसंद नहीं था, कि वो अक्सर लिख कर भूल भी जाती थी किरदारों को। लड़का इस बार लैपटॉप लेकर आया था कि ये लिखने पढ़ने के झमेले से हमेशा के लिए निजात मिल जाए। लड़की की कहानियां मगर हुस्नबानो को टक्कर देतीं। हर रात उसकी कहानी के किरदार बदल जाते। कभी कोई नया किरदार उग आता। लड़का बड़ी मुश्किल से कागज़ों के पुलिंदे को कम करता मगर अगली सुबह उठते ही पाता कि रात भर में ही लड़की ने नए कागज़ों का अम्बार लगा दिया है। लड़की बंजारन थी, हवाओं पर थिरकती, लड़का उसके साथ देश देश घूमता। हर किस्सा लिखता। उसे मालूम नहीं चला कब लड़की उसका हाथ पकड़ कर सड़कों पर चलने लगी, कब लड़की की कलम ने लड़के की आंखों के काले रंग से किरदार रचने शुरू कर दिए। ये किरदार मायावी होते थे, लड़के के जानी दुश्मन। ईर्ष्या और डाह में जलते हुए ये नित काला जादू करते थे। उनका उद्देश्य था लड़के की कलम में इत्र भर देना कि वो जो भी लिखे लड़की की खुश्बू में डूबा लिखे। वे चाहते थे वो लड़की का गुलाम बन कर ताउम्र उनके साथ समंदर किनारे उस छोटे से एक कमरे के घर में रहे। एक तरह से देखा जाए तो उनका डाह प्यार का ही एक रूप था। उस प्यार का जो लड़की कभी उससे कर नहीं पाई, कह नहीं पाई। ये वही अधूरे, प्यासे किरदार थे।

इक शाम साथ टहलते हुए उनके हाथ हौले से आपस में छू जा रहे थे। लड़की दाहिने हाथ में घड़ी पहनती थी, लड़का बाएं। हाथ टकराने से घड़ियों के खराब हो जाने का अंदेशा था। तो लड़के ने अपनी घड़ी उतार कर दाएं हाथ में पहन ली थी। उस लम्हे से लड़का वक्त की सारी गिनती भूल गया था। उसकी सुबहें लड़की की मुस्कुराहटों से होती और शामें गुमे हुए पन्नों से धुंधलाए शब्द तलाशते गुज़रतीं। किरदारों का काला जादू असर कर रहा था, लड़की की कहानियां लिखते लिखते उसकी उंगलियों में भी आर्किड उगने लगे। उसके नाखून नीले पड़ने लगे और आंखों का रंग भी काले से नीले में परावर्तित होने लगा।

उसे मालूम नहीं चला कब पूरी तरह से एक नीले रंग के आर्किड में परिवर्तित हो गया। लड़की के लिखे में अब इश्क़ नहीं होता, उसके आंसू जब गालों से ढुलक कर कभी गर्दन पर गिर पड़ते तो उस इकलौते नीले आर्किड से समंदर की खुशबू आती।

28

एक वल्नरेबल गल्प

और जैसे ही मैं ज़रा सा पीछे मुड़ कर गाने की लिरिक्स को सुनने को हुई, कागज़ पर के शब्दों नें झट से मेरी पीठ में खंजर भोंक दिया। शब्द चाकू होते हैं, खंजर और आरी भी। इनके कत्ल करने का तरीका अलग अलग होता है। बचपन से सावधानी बरतने की सीख सुनने के बावजूद, मैं गलतियां कर जाती हूं। मेरी दुनिया इस विश्वास पर चलती है कि मैंने किसी का क्या बिगाड़ा है जो मेरे साथ कोई बुरा करेगा। मैं भूल जाती हूं कि सब कुछ रैंडम है, इतना रैंडम कि तयशुदा पैटर्न पर चलती हैं चीज़ें।

हमारे पुश्तैनी घर में सदियों पुराने प्रशस्ति पत्र मौजूद थे, नालंदा विश्वविद्यालय के अधिपति ने खास तौर से मेरे पुरखों को शब्दकोश का निर्माण करने के लिए निमंत्रण भेजा था। गंगा किनारे इस गांव में हम पीढ़ी दर पीढ़ी बसे आ रहे हैं। मेरे पुरखों ने शब्दों का कारखाना लगाया था। दुनिया के कुछ चुनिंदा कारखानों में हमारे कारखाने की भी गिनती होती थी। मेरे पुरखे दूर दूर शब्दों की खोज में भटकते रहते और नए शब्दों का जन्म और उनकी नियति निर्धारित करते। किसी भी नामकरण संस्कार में मेरे परिवार के एक सदस्य की उपस्थिति अनिवार्य रहती। हर राज्याभिषेक में प्रजा द्वारा निर्धारित उपाधि मेरे पुरखे ही पहुंचाते। हम अक्सर दुनिया की नज़रों से दूर ही रहते, ज़रूरत भर लोगों से घुलना मिलना और कम से कम नए संबंध बनाना। हमारे जीवन का उद्देश्य था शब्दों का बेहतर उत्पादन, समाज में सही जगह पर उनका परिचालन और मृतपाय शब्दों का दाह संस्कार। भाषा के पूरे जीवनचक्र में हम अनिवार्य रूप से गुंथे हुए होते।

उस समय राजाओं का मुख्य मनोरंजन आखेट था। जब उन्हें कोई नया कौतुक चाहिए होता तो मेरे परिवार में से किसी को बुलावा भेजा जाता कि एक संधिपत्र का निर्माण किया जाए। जब सम्राट उस पत्र से संतुष्ट हो जाते थे तो सारे राज्य के तपस्वियों का आह्वाण करते और अश्वमेघ यज्ञ किया करते। हमारे बनाए हुए शब्द दूर अफगानिस्तान और म्यांमार तक पाए गए हैं। जापान और सुदूर चीन तक पहुंचे बुद्ध के उपदेशों में भी हमारे कई शब्दों का योगदान रहा है। मगर ये सब बहुत पुरानी बात है। उन दिनों शब्दों की शुद्धता एक बहुत महत्वपूर्ण नियामक था। हमारे कार्य को कला का दर्जा हासिल था। उन दिनों हमारे परिवार के अलावा किसी और को कारखाना तो क्या छोटा सा छापाघर खोलने के लिए भी हमारे घर के सर्वेसर्वा से सम्मति लेनी पड़ती थी। चूंकि शब्दों का बहुत सारा इस्तेमाल कर्मकांडों में होता था इसलिए कारीगरों की अनुवांशिकी महत्वपूर्ण थी। हमारे घर की बाहरी दीवार पर एक पुराना शिलालेख था जिसमें हमारी वंशावली दर्ज थी।

समाज के प्रचलन के विपरीत हमारा घर मातृसत्तात्मक था। जनने और पोषण के लिए स्त्रियां बेहतर हैं, इस विश्वास के साथ प्रथा घर में चली आ रही थी। हर पीढ़ी की पहली बेटी को अपना वर चुनने का अधिकार था। जब लड़की अपने अठारहवें साल में प्रवेश करती तो उसके जन्मदिन पर एक छोटा सा अनुष्ठान रखा जाता जिसमें लड़की के जाने की दिशा निर्धारित होती। वो सबका आशीर्वाद लेकर अपने जीवनसाथी की तलाश में निकल पड़ती। योग्य वर के लिए कोई और बाध्यता नहीं थी सिवाए इसके कि उसे अपना प्रांत छोड़कर अपनी पत्नी के साथ वापस आना होता और इस मातृसत्तात्मक परिवार में अपना स्थान सम्हालना होता। वे अधिकतर जल्दी लौट आतीं मगर कई बार ऐसा भी हुआ है कि उन्हें वापस लौटने में कई साल लग गए हों।

हमारे परिवार की स्त्रियों ने अनेक किम्वदंतियों को जन्म दिया है, इनमें जो मेरी सबसे पसंदीदा कहानी रही है वो है तेजस्विनी की, यथा नाम, तथा गुण। उसपर मां सरस्वति की विशेष कृपा थी। बचपन से उसकी विलक्षण प्रतिभा अनेक कार्यों में दिखने लगी थी। सव्यसाची अर्जुन की तरह वो अपने दोनों हाथों का बेहद कुशलता से इस्तेमाल कर सकती थी। बाएं हाथ से लिखने के कारण उसने अक्षरों की नई शैलियां विकसित कीं थीं। यही नहीं, उसमें क्षत्रियों के बहुत से गुण थे, वह आयुध विद्या में पारंगत थी और शब्दभेदी बाण चलाना जानती थी। इसके अलावा उसे घुड़सवारी का बहुत शौक था। जब तेजस्विनी 18 साल की हुई तो परंपरा के मुताबिक उसने यात्रा की तैय्यारियां शुरू कर दीं। घर पर उत्सव

का सा माहौल था। सब को पूर्वाभास हो रहा था कि यहां से एक नए युग की शुरुआत होगी। तेजस्विनी जिसे वरेगी उससे भाषा का ब्रम्हांड और वृहत होगा। दिशा निर्धारण की प्रक्रिया काफी मुश्किल थी। एक श्वेत आसन पर आमने सामने लड़की और उसकी मां, जो कि कारखाने की प्रमुख भी हुआ करती थी, बैठा करती थीं। लड़की इश्वर को याद कर के आंखें बंद कर लेती थी। अब उसकी मां, उसके सामने हवा में चार कौड़ियां उछलती थी जिनमें से उसे एक पकड़नी होती थी। ये अभिमंत्रित कौड़ियां सदियों सदियों लड़की के साथ साथ भाषा का दिशा निर्धारण भी करती आईं थीं। कभी कभी प्रक्रिया कई बार दोहरानी पड़ती थी क्योंकि एक बार में ही छोटी सी कौड़ी पकड़ना मुश्किल हुआ करता था। तेजस्विनी ने एक ही बार में बिजली सी फुर्ती कौड़ी मुट्ठी में भर ली। पूरा प्रांगन 'साधु साधु' की गूंज से भर उठा। मगर जैसे ही उसने मुट्ठी खोली, सब पर वज्रपात हो गया। तेजस्विनी के लिए उत्तर दिशा आई थी। सारे नियमों के अनुसार ये एकमात्र निषिद्ध दिशा थी। जब से इस परंपरा का निर्वहन हो रहा है, किसी भी स्त्री ने उत्तर दिशा का रुख नहीं किया था। अनिष्ट की आशंका से पूरा परिवार शोकाकुल था। विधि के विधान को कौन टाल सकता है, तेजस्विनी ने ईश्वर का नाम लिया और अपना घोड़ा दौड़ाते उत्तर की ओर निकल पड़ी।

उस घटना को बीस वर्ष होने को आए, तेजस्विनी की कहीं से कोई खबर नहीं आई। उसके अनथक इंतज़ार ने उसकी मां को असमय वृद्ध कर दिया था और वे कारखाने को सम्हालने में नित असमर्थ होती जा रही थीं। सर्वसम्मति से निर्णय लिया गया कि तेजस्विनी की छोटी बहन अनाहिता को परिवार का प्रमुख बना दिया जाए। तेजस्विनी के इंतज़ार में इतने सालों में घर में कोई उत्सव का आयोजन नहीं हुआ था। बच्चों के नामकरण, शादियां, सब में चुपचाप ही रस्में निभा दीं जाती थीं। आज लेकिन दुःख को तज कर घर के सारे लोग हर्ष से एक नई शुरुआत के लिए तैयार हो रहे थे। अनाहिता ने पवित्र सियाही में तर्जनी डुबो कर ताड़पत्र पर अपने नाम का पहला अक्षर ही लिखा था कि घोड़े की टापों की आवाज़ से सबका ध्यान भंग हो गया। घर के प्रांगन में जिस नवयुवती ने प्रवेश किया, उसे अपना परिचय देने की कोई आवश्यकता नहीं थी। ये बिलकुल उसी तेजस्विनी की छाया थी जो बीस वर्ष पहले अपना जीवनसाथी तलाशने उत्तर दिशा को गई थी। बस तेजस्विनी के ताम्बई रंग की जगह अपूर्वा का रंग शफ्फाक गोरा था, उसकी त्वचा से जैसे चांदनी छिटकती थी। उसके चेहरे पर वैसा ही ओज था और आंखों में वैसी ही आग। ये तेजस्विनी की बेटी के सिवा और कोई नहीं हो सकती थी। अनाहिता अपनी जगह जड़ थी। उसने हाथ धोने को गंगाजल

उठाया ही था कि अपूर्वा ने आगे बढ़ कर रोक दिया। उसने सबको अपनी प्रतिज्ञा सुनाई कि न तो वो स्वयं, न उसकी आने वाली संतानें कभी भी इस पद पर अपना दावा करेंगी।

अपूर्वा ने बताया कि तेजस्विनी के बारे में कुछ न बताने के प्रति वो वचनबद्ध है। उसके पिता पहाड़ों के देश के अधिपति हैं और उनका साम्राज्य दूर अफगान तक फैला हुआ है। वे मंगोलों के वंश से संबंध रखते हैं और उनके राज्य से कई नदियों का उद्‌गम होता है। अपूर्वा को शब्दों का सारा ज्ञान अपनी मां से प्राप्त हुआ था। कारखाने के अपने कार्यभार को न केवल वो बेहतर तरीके से समझती थी बल्कि उसने कारखाने को बेहतर करने के लिए कई नई तकनीकों को अपनाने की प्रथा भी शुरू की। उसने जब अविवाहित रहने का फैसला सुनाया तो घर में सभी अवाक रह गए। शब्दों के निर्माण में पुरुष की बेहद महत्वपूर्ण भूमिका होती थी, मगर अपूर्वा ने अपना जीवन किसी और मकसद को होम कर दिया था। वह बेहद कुशल कारीगर थी, उसके बनाए शब्दों में जीवंत आत्मा होती थी। उसने कुछ नई रस्मों की शुरुआत भी की, जैसे कि घर की सारी स्त्रियों का आयुध विद्या सीखना अनिवार्य होना। उसने घर को धीरे धीरे किले में बदलना शुरू कर दिया, सुरक्षा के नए इंतज़ाम किए। शायद उसे आने वाले तूफान की कुछ खबर हमेशा से थी।

छह महीने बाद जब अपूर्वा ने एक बेटी को जन्म दिया तो किसी ने भी उसके पिता का नाम नहीं पूछा। हमारे परिवार के लिए इतना काफी था कि तेजस्विनी की बेटी वापस लौट आई है। हमारे शिलालेख में अपूर्वा और उसकी बेटी का नाम जोड़ा गया। कई सालों तक जीवन में शांति रही, भाषा खूबसूरती से कई रूपों में बढ़ रही थी। मगर शांति से रहने का युग शायद तेजस्विनी के उत्तर जाते ही हमेशा के लिए समाप्त हो गया था। हमारे घर तक खबर पहुंची कि सुदूर उत्तर में एक और परिवार है जिसने शब्दों का कारखाना खोल रखा है। नदियों में आते केवट कई बार उनके बनाए शब्दों को लिए आते। जो बाकी दुनिया को नहीं दिख रहा था वो हमारे घर के कर्ताधर्ता को लम्हे भर में दिख गया। उन शब्दों में बहुत धार थी और इस तीक्ष्ण धार की एक मात्रा हमारे खुद के घर की थी। मगर हमारे घर में तो कभी किसी ने शब्दों का हानिकारक इस्तेमाल नहीं किया था। ये कैसे शब्द थे जिनमें उत्पात था, नरसंहार था, भीषण दर्द और अमानवीय क्रूरता थी। ये कैसे शब्दों से बदला लेने की कहानी थी?

कहानियों को हम तक पहुंचने में और भी ज़्यादा वक्त लगा। तेजस्विनी की ओज का जीवनसाथी उसे बहुत सुदूर उत्तर में मिला। राजकुमार मंगोल वंश

का था। उसने तेजस्विनी को कभी वापस न लौटने की शर्त पर अपनाया था। यही नहीं उसने बिना राजकुमारी को बताए बहुत से कामगारों को बुला कर एक शब्दों का कारखाना भी खोल लिया। उसे इंतज़ार था तो बस इतना कि जिस दिन तेजस्विनी की बेटी का जन्म होगा, वो उसे कारखाने का संचालक बना देगा। तेजस्विनी ने कई बार बताने की कोशिश की कि शब्दों का कारखाना ऐसे नहीं चलता है मगर राजकुमार ने एक न सुनी। नियत समय आया और तेजस्विनी के जुड़वां बच्चे हुए, एक लड़का, एक लड़की। तेजस्विनी ने इस दिन की बहुत दिनों से तैयारी कर रखी थी, उसने अपनी एक विश्वासपात्र दासी के हाथों अपनी बेटी को उसी वक्त राजधानी से बाहर भेज दिया। राजकुमार बेटे को देख कर निराश हुआ लेकिन ज़िद पर अड़ा रहा। तेजस्विनी ने कारखाने का काम बुझे मन से शुरू किया। लेकिन मन की उदासी भी उसके ओज को मिटा नहीं पाती थी। उस कारखाने में रहते हुए उसने सिर्फ संधिपत्र लिखे। राजकुमार के राज्याभिषेक के पद प्रजा में सालों बाद तक गुनगुनाए जाते रहे।

इस कारखाने में सब कुछ बाकी कारखानों की तरह पुरुषों के द्वारा किया जाता था। वक्त के साथ साथ तेजस्विनी के बेटे ने कारखाने का सारा काम सम्भाल लिया। हमारे परिवार के बारे में जब उसे मालूम हुआ तो वह हमारे कारखाने का सर्वेसर्वा बनने की अभीप्सा पाल बैठा। उसे मालूम नहीं था कि कारखाना तपोभूमि सामान है जिसमें कई पीढ़ियों ने अपना पूरा पूरा जीवन समर्पित किया है। दोनों कारखानों के बीच कई सारे खतों का आदान प्रदान हुआ। देश के इस छोर से उस छोर तक जब तीखे शब्द भेजे जाते तो बीच में पड़ने वाले सारे राज्यों में सूखा पड़ने लगता। एक तो राजपुत्र उसपर तेजस्विनी का बेटा, अहंकार उसमें कूट कूट पर भरा था। वह हरगिज़ यह बर्दाश्त नहीं कर पा रहा था कि दुनिया के जिस छोर उसकी मां का परिवार है, वहां न उसके राजपुत्र होने का मान है न उसके पौरुष का दर्प। कई पीढ़ियों तक ये शब्दयुद्ध चलता रहा।

तेजस्विनी के बेटे और उसके सभी वारिसों में हिंस्र भाव प्रमुख था। उन्होनें और सारे भावों की उपेक्षा कर के सिर्फ उन शब्दों को प्रमुखता दी जिनमें उनका पौरुष उभरे। वे भूल गए कि शब्दों का काम है व्यक्ति के मन का भाव दर्शाना, न कि रचयिता के मन का भाव आरोपित करना। उनके शब्द जहां पहुंचते वहां के लोगों में सद्भावना घट जाती और वे युद्ध की तैय्यारी करने लगते। प्रथम विश्वयुद्ध के दरमियान संधिपत्र लिखने के लिए जब एक परिवार को चुनने का मौका आया तो गठबंधन देशों ने नए शब्दों के निर्माताओं को चुना और हमारे परिवार के शांतिप्रिय शब्दों की अनदेखी की। उन्हें स्वयं शब्दों की गहराई मालूम

नहीं थी। वर्साय की संधि लिखने के लिए उनके परिवार का मुखिया स्वयं पेरिस गया। उनके अंदर हिंस्र भाव इतना मुखर था कि उसने जान बूझ कर ऐसे शब्दों का उपयोग किया जिनकी आयु और धार बहुत सालों तक ज़ख्मी करने के काबिल रहे। द्वितीय विश्वयुद्ध में उन्होंने क्रूरता और अमानवीयता के कई शब्द गढ़े। हिटलर के प्रोपोगैंडा में कई सारे शब्द उनके परिवार ने रचे थे। धीरे धीरे उनका परिवार सत्तासीनों के लिए इतिहास लिखने के कार्य में संलिप्त होता गया।

इस दौरान हमारे देश में भी क्रांति की चिंगारी सुलग रही थी। हमने सत्य, अहिंसा और मौन को चुना। देश के स्वतंत्रता संग्राम में हमारे शब्द कई बार लोगों में जोश भरते, निराश लोगों के हाथ में उम्मीद की मशाल थमाते। हमारे शब्दों ने वो नारे लिखे जिन्हें भारत को स्वतंत्रता मिली। जनता के मन में बस जाने वाले ऐसे शब्द जो उनके ही खून, पसीने, मिट्टी से बने होते थे। उनके अंतर्मन की आवाज़ों को हमने शब्दों में ढाला। अंग्रेजों भारत छोड़ो से लेकर इंकलाब ज़िंदाबाद लोगों की रगों में इस तरह बह सका क्योंकि इन शब्दों को अपनी आत्मा की ऊर्जा से रचा था।

हर युद्ध के बाद विराम आता है। वक़्त रहते हमारी लड़ाईयां कम होते होते लुप्त होती रहीं। हम ज़रा राहत की सांस लेने लगे। लेकिन हर लड़की को बचपन में शब्दों के खतरनाक पक्षों के बारे में जानकारी दी जाती। यही नहीं, शब्दों पर सान चढ़ाने का काम भी छोटे में ही दे दिया जाता कि धार और उससे कटने पर होने वाले दर्द का अहसास हमें जागरूक रख सके।

जब मेरा जन्म हुआ तो बचपन से प्रतिरक्षा के इन नियमों के प्रति बहुत ज़िम्मेदारी बरती। कई बार लोगों से बात करने के पहले सोचती, कई बार कुछ कहने के पहले सोचती। नए शब्द मिलते भी तो उनका कई तरह से परीक्षण करती कि इनमें कोई छुपा भाव तो नहीं हैं जिसमें विध्वंस के बीज छुपे हों। मगर चाहे घर के संस्कार कैसे भी हों, आखिर तो रगों में उसी तेजस्विनी का खून दौड़ता था, कैशोर्य की दहलीज़ टापते ही मन में दुर्दम्य साहस भर गया। मेरे आक्रामक तेवरों को देख कर मेरे ही परिवार के लोग आश्वस्त हो गए और शब्दों के खतरों के प्रति मुझे आगाह करना भूल गए। खास तौर से छुपे हुए खतरों का जैसे कि मीठे बोलों में छुपा ज़हर पहचानना मुझे नहीं आया। मैं प्रेम में पगी हुई भाषा में शब्दों की सान नहीं देख पाती। मुझे मालूम ही नहीं चला मैं कब लापरवाह होती चली गई। शहर में इतने बेहतरीन लोग थे कि उनसे इतर किसी गहरी काली दुनिया पर यकीन नहीं करने लगी। मुझे सिर्फ शुद्ध शब्दों क़ा निर्माण ही नहीं उनके बीच के संधि और उनके बीच के रिश्तों पर भी काम करने की इच्छा

होने लगी। शब्दों से इतर कहानियां, कविताएं, कल्पनाएं...सब मेरी ज़िंदगी का हिस्सा बनती चली गईं। घर की छोटी बेटी होने के कारण मेरे ऊपर ज़िम्मेदारियां भी कम थीं और मैं अपनी मर्ज़ी का काम कर सकती थी।

जब मां को दिल्ली जा कर डॉक्टरेट की डिग्री लेने के बारे में बताया तो उसने इतना ही कहा, दिल्ली उत्तर में है। इसी दिशा ने हमसे कई हज़ार सालों का सुख चैन छीना है। मगर तर्क में मुझसे जीतना असंभव था। मैं अपना जीवनसाथी चुनने नहीं, आज के ज़माने में शब्दों की कारीगरी सीखने जाना चाहती थी। शहर आई तो अपने कवच कुंडल पुश्तैनी संदूक में धर आई थी। मुझे एक आज़ाद दुनिया में सांस लेने की ख्वाहिश थी कि दीवारें सिर्फ रक्षा ही नहीं करतीं, बंधन भी बांधती हैं। उस वक़्त क्या मालूम था कि किले के संरक्षण में पलने से मेरा प्राकृतिक रक्षातंत्र कमज़ोर हो गया है। यूं भी प्रेम में होने पर स्वयं से ज़्यादा उस दूसरे की चिंता सताती है। उस तक कोई घातक शक्ति खींचती थी मुझसे ऐसा महसूस होता था। मैं सब भूल गई थी, भाषाएं, शब्द...रहा था तो बस उसके आलिंगन में होने का अहसास। मां को जिस दिन अपने गर्भ में पल रही नए शिशु की जानकारी दी, मेरा परिवार मुझे सर्वेसर्वा बनाने की रस्मों की तैयारी करने लगा। तेजस्विनी के जाने के बहुत साल बाद आज मैं वापस उस घर में अपनी जगह लेने जा रही थी। उत्सव का उल्लास मुझे फोन पर बात करते परिवार के सारे लोगों की आवाज़ से महसूस होता था।

मैं बह गई थी। अपने आपे में नहीं थी। पहली बार उसके कमरे में प्रवेश किया तो मंगोल वंश के राजकुमार की नज़र से पहली बार उसे देखा। जिन शब्दों ने मुझ पर सबसे तीखा आघात किया वे आदिम स्वर थे, किसी दूसरी भाषा के। मृत्यु के इतना करीब हूं तो अपने घर के और लोगों को आगाह कर देना चाहती हूं। वे तीन शब्द मारक होते हैं। उनसे प्रतिरक्षा के लिए नए अस्त्र बनाए जाएं। सारी लड़कियों के हृदय पर अभेद्य कवच चढ़ाया जाए जिसमें संजीवनी के गुण हों। काल के ग्रास से जो उन्हें वापस खींच लाए। उसका 'आई लव यू' एकदम रैंडम था, जितनी मुझे शब्दों की समझ थी उससे कहीं ज़्यादा। बात सिर्फ इतनी नहीं थी कि हम दोनों की रगों में उसी तेजस्विनी का खून दौड़ता था। ज़्यादा खतरनाक बात ये थी कि उसने ऐसा जान के किया था या अनजाने। मेरे पास ये जानने का कोई तरीका नहीं था। वो सुबह जहर खा चुका था। घर पर लोग मेरी वापसी और गोदभराई की रस्म की तैयारियां कर रहे थे, मैं समंदर किनारे खुद को होम करने के मंत्र लिख रही थी, मेरे शब्द उसकी डायरी की आखिरी एन्ट्री से मिलते जुलते थे।

29

स्मोकिंग। इश्क़

लड़की थी। सिगरेट का आखिरी कश। तलब। इंतज़ार का चुभता स्वाद। ऐब्सिन्थ विद शुगर। टकीला शॉट। नीट स्कॉच विदाउट आईस। प्योर ड्रग।

आधी भरी डिब्बी से सिगरेट निकाली, बहुत देर तक उसे यकीन नहीं हुआ कि खुदा ऐसी गलती भी कर सकता है। दरगाह के बाहर के फकीर ने उसके माथे पर हाथ रख कर दुआ दी थी, तुम्हारी रूह को तुम्हारे जिस्म से आज़ाद करता हूं। चाहे कितनी भी खरोंचें आ जाएं जिस्म पर, तुम्हारी रूह हमेशा यूं ही रहेगी, दुआओं की खुश्बू से सराबोर, इश्क़ से लबालब। बांटने में कभी तुम्हारा हाथ तंग नहीं होगा। फिर कैसे हो गया था ऐसा, जिस्म पर खरोंच का एक निशान भी नहीं। दर्द इतना गहरा कि लगता था रूह में जख्म हों। झूठा फकीर था या कि इश्क़?

इस न समझ आने वाली दुनिया में उसकी सुरक्षा के लिए सिर्फ चुप्पी थी। ख़ामोशी से उसे सारी जद्दोजहद महसूस करनी थी। उसके सारे ख़त उसके सीने में दफन होने वाले थे। सिगरेट की डिब्बी पड़ी हुई थी। उसने पहली सिगरेट निकाली और गहरी सियाही वाली कलम से ऊपर लिखा 'आई लव यू'। कितना कुछ कहना चाहती थी उससे मगर इससे ज़्यादा तकलीफ होती तो मर जाती वो। दूसरी सिगरेट पर लिखा 'ही लव्स मी नॉट', सेल्फ प्रिज़र्वेशन भी ज़रूरी है। लाइटर की लौ उसकी आंखों में इस तरह लपकती जैसे सब कुछ ख़ाक करना का माद्दा रखती हो। हर स्पर्श, हर चुम्बन, मुस्कराहट का हर लम्हा जो रूह पर छाप छोड़ गया है जलता जाता। उसका नाम लेना चाहती मगर हर कश के साथ होंठ जल

उठते। 'ही लव्स मी'। हर दूसरी सिगरेट के साथ दुनिया एक गहरा समंदर बन जाती जिसमें उसके पैर ज़मीन से बहुत ऊपर थे। किनारा बहुत दूर। सांस एक ही थी। गहरी। डूबने के ज़रा सा पहले। 'ही लव्स मी नॉट'।

चेन स्मोकिंग। इश्क़ जैसा ही है न। एक ख़त्म होते ही दूसरे की तलब लगती है।

पहला पैकेट ख़त्म होने पर भी होश बाकी थे। जबकि ऐसा कोई वादा नहीं था, फिर भी लड़की को धोखा होता था कि इश्क़ कहीं होगा आसपास ही, छुपा हुआ। इश्क़ को होना चाहिए था। इतनी तकलीफ में वो उसे अकेला कैसे छोड़ सकता है। कहीं तो छुप के बैठा होगा। आखिरी सिगरेट के आखिरी कश में शायद। बाकी सिगरेटों में उसकी तलाश जारी रही। 'ही लव्स मी, ही लव्स मी नॉट'।

ब्लैक सी...सियाह सागर...लिक्विड आंखें थी उसकी, गहरी सियाह। लड़की ने घूंट घूंट उतारा है उन आंखों को खुद के अंदर। कितनी मुखर। कितने सारे कवियों की भाषा समझतीं। उसकी आंखें कुछ कहने नहीं देती लड़की को। सिर्फ चूमते हुए चुप होतीं मगर उस वक्त लड़की के शब्द खो जाते। उन आंखों को देख कर उसका ब्लैक इंक से लिखने को जी चाहता।

गहरे जख्म थे। खुले हुए। यूं भरने में बहुत वक्त लगता। सिगरेट पर उसने लिखा था 'यू टच्ड मी हियर'। सिगरेट सुई थी, धुएं का धागा और सारे जख्मों पर टांके लगाने थे। धुआं बहुत रहमदिल था। चूमता जाता जैसे कि जादू हो। हर टांके के साथ लड़की का यकीन कुछ और पक्का होता जाता कि आंसुओं के खारे पानी में एक दिन गोता लगाने का हुनर सीख लेगी। जिद्दी थी बहुत। अपनी तकलीफों से कहीं ज़्यादा।

समंदर ने लड़की की सांसें अपने पास जमा रखी थीं। उसे मालूम था कि बिना तैरना जाने, बिना किसी ऑक्सीजन मास्क के, पगली फिर से डीप डाइव मारने आएगी। उसके क़त्ल का इल्ज़ाम समंदर अपने सर नहीं चाहता था। उसने लहरों के हाथ संदेशे भेजे। लड़की की आंखों का खारा पानी समंदर को पागल किए जा रहा था। समंदर पूरी दुनिया को बांहों में भर कर तोड़ देना चाहता था। डुबा देना चाहता था वो टापू जिसके किनारे लड़की ने उसके होंठ चूमे थे और अब जान देने की ज़िद किए बैठी थी। समंदर के पास कोई चांद वाली बुढ़िया भी नहीं थी जो लड़की को समझाती कि इश्क़ को वोलंटरी रिटायरमेंट लिए बहुत वक़्त हुआ। डांट का असर लड़की पर होना नहीं था।

मजबूर समंदर के पास कोई चारा नहीं बचा था। उसकी लहरों ने लड़की की सिगरेट पैकेट से सारे लफ़्ज़ मिटा दिए। उसकी यादों से वो सारे लम्हे धुल गए कि जो उसकी सांस में अटक रहे थे। लिक्विड आंखें। सीली मुस्कुराहटें। उसकी बांहों का कसाव। उसकी आवाज़ में पुकारा गया नाम। बस आखिरी सिगरेट पर का आखिरी लफ़्ज़ मिटाते हुए समंदर भी रो पड़ा...बेहोश लड़की की उंगलियों में फंसी हुई आखिरी सूखी सिगरेट थी...उसपर लिखा हुआ था 'ही लव्स मी नॉट'।

30

नीले पांवों वाली लड़की

बहुत सालों पहले जब घर बनवाया गया था तो सड़क से लगभग दो फुट ऊंचा बनवाया गया था। अनगिन घपलों और सावनों के कारण सड़क साल दर साल बनती रही। अब हालात ये थे कि हर बारिश में पानी बहकर अंदर चला आता था और वो लड़की जो सिर्फ खिड़की से ही बारिश देखा करती थी उसके तलवे हमेशा सीले रहने के कारण पपड़ियों से उखड़ने लगे थे।

उसे कुरूप होते अपने पैरों से बेहद लगाव होने लगा था। वैसे ही जैसे गालों से लुढ़ककर गर्दन के गड्ढे में जो आंसू ठहरता था उससे होता था। वो अक्सर दीवार में सर टिका कर रोती थी। पलंग भी नीचा था तो उसके पैर गीले फर्श से ठंडे होने लगते थे। खून की गर्मी का उबाल भी सालों पहले ठंडे हो गया था, बात बेबात तुनकने वाली लड़की अचानक से शांत हो गई थी। उसी साल पहली बार सड़क के ऊंचे होने के कारण पानी घर में रिसना शुरू हुआ था।

लड़की ने बहुत कोशिश की, टाट के बोरे, प्लास्टिक की शीट्स दरवाज़े के बीच में फंसा कर पानी अंदर आने से रोकने की, पर ये पानी भी आंखों के पानी जैसा बांध में एक सुराख ढूंढ़ ही लेता था। अगले साल तो पानी में उसकी चप्पल तैर कर इस कमरे से उस कमरे हो जाती थी। देर रात चप्पल ढूंढ़ना छोड़ कर उसने नंगे पांव ही चलना शुरू कर दिया। वो पहला साल था जब उसके पांव ठंड में गर्म नहीं हो पाए थे। वो पहला साल भी तो था जब बारिश के बाद धूप नहीं निकली थी, सीधे कोहरा गिरने लगा था। वो पहला ऐसा साल भी था जब वसंत में उसकी खिड़की पर टेसू के फूल नहीं मिले थे।

उसने वसंत के कुछ दिन खुद को बहलाए रखा कि शायद इनारावरण में जंगलों की कटाई हो गई हो, भू माफिया ने ज़मीन पर मकान बना दिए हों। वो चाह कर भी नहीं सोच पाई की वो लड़का जिसका कि नाम अरनव था और जिसने कि वादा किया था उसके लिए हर वसंत टेसू के फूल लाने का, वो अब बैंक पीओ है और चाहे उसे हर चीज़ के लिए फुर्सत मिले, हर सुख सुविधा उपलब्ध हो। वो अब दस किलोमीटर साईकिल चला कर उसके लिए टेसू नहीं लाएगा। लड़की को यकीनन सुकून होता जान कर कि जिसे वो हर लम्हा उम्मीद बंधाती आई है उसके सपने सच हो गए।

लड़की के कुछ अपने सपने भी थे। होली में टेसू के फूल के बिना रंग नहीं बने, होली फीकी रह गई। वो इतनी बेसुध थी कि मालपुए में चीनी, दही बड़े में नमक...सब भूल गई। उसकी आंखें काजल तो क्या ख्वाबों से भी खाली हो गईं। इस बार सबने बस पानी से होली खेली। जब रंग न हों तो होली में गर्माहट नहीं रहती बिलकुल भी। वो घंटों थरथराती रही, पर उसके गालों को दहकाने अरनव नहीं आया।

सरकार ने सिंचाई की किसी परियोजना के तहत एक नदी का रुख दूसरी तरफ मोड़ दिया, इसमें इक छोटी धारा ठीक उसके घर के सामने वाली सड़क पर भी बहने लगी। उसके कागज़ की नाव तैराने के दिन बीत चुके थे, वैसे भी बिना खेवैया के कब तक बहती नाव। यादों में जब वो डूबती उतराती है तो उसे बहुत साल पहले की एक शाम याद आती है जब अरनव ने जाने कैसे हिम्मत कर के उससे पूछा था 'एक बार तुम्हें गले लगा सकता हूं, प्लीज' और लड़की कुछ शर्म, कुछ हड़बड़ाहट में एकदम चार कदम पीछे हट गई थी। आज इन भीगी, सर्द रातों में वो एक लम्हा तो होता। उसकी लौ में हौले हौले पिघल जाने वाला एक लम्हा। एक खून में गर्मी घोल देने वाला लम्हा, कि तब ऐसी ठंड शायद नहीं लगती कभी भी।

उसके पैर नीले पड़ने लगे थे। चप्पल जाने कहां खो गई थी। सामने का रास्ता नदी बन गया था। वो अपने ही जिस्म में कैद हो के रह गई थी। ज़िंदगी भर के लिए।

31

खुशबुओं का सौदागर

दुनिया उसे खुशबुओं के सबसे बड़े संग्रहकर्ता के रूप में जानती थी। हर साल वो एक महीने के लंबे टूर पर निकलता और दुनिया के अनछुए कोनों तक सफर करता। तरह तरह के इत्र इकठ्ठा करता। उसका इत्र खरीदने का तरीका भी अद्भुत था और इस तरीके ने उसके बारे में कई किंवदंतियों को भी जन्म दिया था। इन्ही किंवदंतियों में से एक थी उसके अमरत्व की गाथा, कि उसकी उम्र ठहर गई है कि वो हमेशा एक अठ्ठाईस साल का खूबसूरत नौजवान दिखेगा। उसकी तस्वीर कहीं, किन्ही अखबारों में नहीं छपी थी, लोगों ने बस उसकी आवाज़ सुनी थी, वो भी रेडियो पर। एक कॉलेज की छात्रा उसपर एक रिसर्च पेपर कर रही थी और बेहद मेहनत के बाद एक दिन उससे मिलने गई थी। वह इंटरव्यू उसने रिकॉर्ड कर लिया था, उस यायावर के मौजूद होने का एकमात्र यही प्रमाण था।

वो साल भर अपने आलीशान ऑफिस में डूब कर काम करता। बहुत कम बोलता, लोगों से ना के बराबर मिलता, कहीं किसी पार्टी में नहीं जाता, घर पर उसकी एक केयरटेकर हुआ करती थी और एक पाला हुआ कुत्ता, 'जिल'। उसकी भी अजब कहानी थी, वो अपनेआप यायावर का पीछा करता हुआ उसके अपार्टमेंट में चला आया था और बहुत कोशिशों के बाद भी कहीं नहीं गया। जिल जानता था कि साल में एक महीने उसका मालिक घर में नहीं रहेगा और इस एक महीने वो खुद ही घर से बाहर चला जाता था। दोनों के बीच में गहरी आपसी समझ थी।

साल भर वो खुशबुओं के बारे में खबरें इकठ्ठा करता। नियत महीने में

आंख बंद करके एक जगह पसंद करता और दूर देश के रास्ते चल देता। किन्ही गलियों में, विशाल स्टोर्स में या किसी गांव के प्रतिभाशाली युवक के पास। उसका खुशबुएं खरीदने का तरीका अलग था, एकदम अलग। सफर में चलने से पहले वो एक लड़की को पसंद करता, उससे गोपनीयता अनुबंध साइन करवाता और अपने साथ हर जगह रखता। इत्र को उस लड़की को लगाने को कहता, लड़की अपनी गर्दन के गड्ढों में रुई के फाहे से इत्र लगाती, वो थोड़ी देर ठहर कर उसके करीब जाता। इतने करीब कि लड़की को देख ना सके, आंखें बंद कर कर एक गहरी सांस लेता, कुछ पल ठहरता। उसके बालों को चूमने के करीब जा के फिर से एक गहरी सांस लेता और कहता, थोड़ी सी ऐसी ही थी वो। ये खुशबू मुझे चाहिए। या फिर कहता, नहीं, ये बहुत तीखी गंध है...वो ऐसी नहीं थी। बिलकुल नहीं...कहां है इसमें वो भीगी स्ट्रॉबेरी की खुशबू...तुम लोग झूठ बोलते हो। ये वो खुशबू नहीं है जो तुम बेच रहे हो।

उसके आने जाने की कोई खबर नहीं होती थी दुनिया को। मगर अक्सर ऐसा होता था कि किसी सुदूर कोने में बनाए किसी इत्र की छोटी सी दुकान की बिक्री इतनी बढ़ जाती थी कि बड़ी बड़ी कम्पनियां उसका नाम खरीदने के लिए जंग छेड़ देती थीं। ऐसा जब भी होता था बाजार में बहुत तेज़ी से शोर होता था कि उसी अजनबी यायावर ने उस इत्र को पसंद किया है मगर सबूत कोई भी नहीं होता था। इत्र बनाने वाले उसे मसीहा मानते थे, कि उसके हाथों में किस्मत पलट देने की ताकत है। उसका आना शुभ होता था, चाहे वो इत्र पसंद करे या ना करे।

एक ऐसी ही यात्रा पर यायावर एक 21 साला युवती को लेकर निकला था। उसकी ज़ुल्फें बहुत घनी और काली थीं और जब उसके बाल खुले होते थे तो गोरे चेहरे पर उसकी आंखें और भी काली लगती थीं। लंबी, छरहरी, वो लड़की हिन्दुस्तान के एक छोटे से कसबे में अपने पिता के इत्र के कारखाने पर काम करती थी। यायावर ने उससे अपने सफर का हिस्सा बनने को कहा तो उसे लगा कि उसके सारे सपने सच हो गए। उस सफर में यायावर ने जितनी खुशबुएं देखीं, उसने सारी ही खरीद लीं। वो लड़की पूरे सफर चुप चुप ही रहती थी, मुस्कुराती भी थी तो एक ठहराव के साथ।

सफर का आखिरी पड़ाव लड़की के कस्बे के बाहर एक टीले पर था। पूरे चांद की रात थी। हवा में चन्दन की लकड़ियां जलने की गंध घुली हुई थी। यायावर एकदम अचंभित था, उसने लड़की से पूछा कि ये कैसी खुशबू है। लड़की ने दूर श्मशान की ओर इशारा करके कहा उधर कोई विरह में दुनिया छोड़ के

गया है। हमारे यहां रिवाज़ है कि जब कोई प्रेमी अकेला मरता है तो उसकी चिता चन्दन की लकड़ियों की जलाते हैं ताकि उसकी आत्मा को शांति मिले और वो खुशबू का रास्ता पकड़ पर अपने प्रेमी से मिल सके। लड़की ने और भी कहानियां सुनाईं पुनर्जम की, हीर रांझे, शीरी फरहाद की और अपनी खुद की भी। अगले दिन सफर ख़त्म होता था। यायावर ने लड़की को उसके घर छोड़ा और पिता की शुभकामनाएं लीं।

अपने घर वापस आ कर उसने अपनी प्रयोगशाला में एक बड़ी सी आग जलाई और उसमें एक एक करके सारी इकत्रित शीशियां फेंकता गया। सारे इत्र धू धू कर के जल उठे थे, कभी संदल, कभी गुलाब, कभी कस्तूरी, दहकती लपटों में यायावर के सामने एक बहुत पुरानी याद चलचित्र सी दौड़ने लगी। एक 21 साल की लड़की अपने बालों में गुलाबी रंग के जंगली गुलाब लगाए आती थी, उसके बाल समंदर के किनारे की धूप जैसे गमकते थे और उसके होंठ स्ट्रॉबेरी जैसे। जब वो उसके पास आके उसके होंठों को चूमना चाहता तो वो लड़की ना होकर खुशबू बन जाती पूरी की पूरी। तब वो यायावर नहीं हुआ करता था। वो आंखें बंद करता और सुलगती चंदन सी उसकी बाहें थाम लेता, वो वहां हो कर भी नहीं होती। वो खुद वहां हो कर भी नहीं होता।

इत्र ज्वलनशील होता है, बहुत तेज़ी से फैलता है, इश्क़ की तरह। जिस्म के पोर पोर को महकाता है। लम्हा भर में पूरा घर एक मादक गंध से भर गया। इश्क़ फना होने का नाम है। यायावर आंखें बंद कर गहरी सांसें ले रहा था। उसकी बांहों में वही 21 साल की लड़की थी और उनके होंठों के बीच ज़िंदगी भर का फासला।

उस घर से जो खुशबू हवाओं में फैली कि लोगों को प्यार पर यकीन आने लगा। बहुत ऊंची इमारतों में भी लोग ढूंढ़ ढूंढ़ के इश्क़ की दास्तां पढ़ने लगे। बागों में लगे गुलाब किताबों में सजने लगे। वो शहर इश्क़ का शहर हो गया। आज भी इश्क़ करने वाले लोग उस शहर में अपनी आखिरी सांस लेना चाहते हैं। कहते हैं वहां मरने वाले रूहों के रिश्ते बना लेते हैं और हर जन्म में अपने प्रेमियों से मिल जाते हैं। दुनिया उस शहर को... बुलाती है।

(बहुत साल हुए वो शहर दुनिया के मानचित्र से धीरे धीरे गायब हो गया... हर खंडहर में उस शहर को ढूंढ़ने की तलाश जारी है। शहर का पता चलते ही सूचित किया जाएगा)

32

आत्मदाह के दिन

दोपहर के ठीक पहले का पहर। किसी से इस तरह इश्क़ करना...समय जैसी किसी चीज़ के अस्तिव पर सवाल उठाते हुए...प्यार करना जैसे कि इस लम्हे से आगे कुछ नहीं है...कि इस लम्हे के बाद कुछ नहीं आएगा। वो इजाज़त मांगे तो उससे हां कहना कि वो तुम्हें बुरादे में तब्दील कर दे, कि उसकी बांहों के कसाव में सांसें दम भी तोड़ दें तो उसे रोकना मत कि इश्क़ हमेशा बस एक लम्हे का होता है। उस लम्हे में जी लेना या मर जाना। उसके आगे का मत सोचना कभी।

एकदम शांत चित्त से बैठे हुए प्रेम की क्रूरता के खिलाफ़ अपनी जंग लड़ना। समाधि में बैठे हुए दर्द की परतों को फौलाद की तरह अपने चेहरे पर जमा लेना कि कोई जान न सके कि आग बाहर जितनी लगी है, अंदर उतनी ही लगी है। आत्मदाह करना...शांत चित्त से...बिना कुछ मांगे, बिना कुछ बताए...बिना विदा लिए। किसी मटमैले रस्ते पर से गुज़रना कि जिधर पगडंडियां हों।

सुबह गंगा में डुबकी लगाना। उससे कहना कि वो तुम्हारे सारे पाप क्षमा कर दे। उससे ये भी कहना कि कोई जलसमाधि लेने आए तो उसे वापस लौटा दे। गंगा से कहना कि तुमने इश्क़ को क्षमा कर दिया है तुम्हारे जिस्म के हज़ार टुकड़े करने के घृणित पाप के लिए, कि जितनी बार इश्क़ ने तुम्हें अपवित्र किया है तुम्हारे जिस्म का एक टुकड़ा ज़मीन में दफन हो गया है और उसके आसपास की जगह पत्थर में तब्दील हो गई है। गंगा से कहना कि तुम्हारे होंठ जूठे हो गए हैं इसलिए पत्थर हैं, कि तुम्हारे पास बोलने को कुछ बचता नहीं है कि

आवाज़ तुमसे रूठ गई थी जिस दिन तुम्हारे होंठों को उस अभिशप्त प्रेम ने छुआ था। गंगा तट पर क्षमा कर देना सारे पाप और मांग लेना माफी...कि अगले जन्म मन से बैरागी पैदा होने की इच्छा है तुम्हारी।

गंगा तट से वापस आते हुए एक कफन खरीदना और साड़ी के आंचल से बांध लेना उसे। इस तरह मौत को वर लेना कि सातवें फेरे में दोनों बराबर चलना। फिर ठीक उसी चौक पर जहां कि कोई नहीं रहता, जहां कोई खिड़कियां नहीं खुलतीं, पद्मासन में बैठना...चेहरे पर कोई भाव न लाना...फिर धूप और अगर की गंध में घुलते हुए आंखें बंद कर लेना। कपूर की तरह लपटें तुम्हें अपने आगोश में ले लेंगी। उस दर्द को जीना कि जीवन के आखिरी क्षण का सत्य वही है। दर्द।

और इतना सब करते हुए भी जानना कि इश्क़ पर तुम्हारे आत्मदाह का कोई असर न होगा। वो चिरकाल तक इतना ही क्रूर रहेगा कि उसकी हुकूमत में किसी को इन्किलाबी झंडा उठाने का हक नहीं है। वो जब चाहे किसी को भी देश निकाला दे सकता है और उस देश से कहीं दूर बाहर जाने के बावजूद तुम्हारे खून के हर कतरे पर उसकी हुकूमत रहेगी। वो जब चाहेगा तुम्हें खून के आंसू रुलाएगा। जिस्म के पैरहन में कुछ भी मौजूद न होगा। तुम खाली हो जाओगे। अंदर से रीत जाओगे।

तब उस एक आत्मदाह से लोगों को आत्मबल मिलेगा और वो काला झंडा लिए निकल पड़ेंगे...

जलना क्या...जीना क्या...मिटना क्या...इश्क़ क्या...

इन्कलाब! इन्कलाब! इन्कलाब!

33

बट टाइम माय फ्रेंड, इज़ लीनियर

कोई नई भाषा है जो मेरे और तुम्हारे दरमियान उगने लगी है। नीले आसमान से लेकर दूर नीले समंदर तक एक नया व्याकरण रच रहा है। शरद, वसंत, ग्रीष्म और पावस, सारे मौसम हमारे लिए सिर्फ कुछ शब्द बन जाना चाहते हैं। नदियों में इकठ्ठा हो रहा है मेरे तुम्हारे बीच का संवाद। पक्षी सुना रहे हैं तुम्हें मेरी याद का गीत।

आसमान भर जाता है धूल से और हवा का रंग पीला पड़ जाता है। तुम किसी पतझड़ वाले जंगल में खो गए हो। थक कर बैठे हो एक पीले पत्तों वाले पेड़ के नीचे। तुम्हारे पैरों के पास की ज़मीन पर कोई उकेर जाता है कविता की वो पंक्तियां जो मैंने रात अपनी डायरी में लिखी थीं। तुम मिटाते हो मेरे शब्दों को एक एक रेखा को महसूसते हुए। शब्द तुम्हारी उंगलियों की पोर में जज़्ब हो जाते हैं। तुम भटकते हुए पहुंचते हो किसी नदी किनारे, चुल्लू में पानी भर के चेहरे पर छींटे मारते हो। नदी तुम्हारी उंगलियों से बहुत सी सियाही सोख लेती है और भुला देती है तुम्हें एक कविता की दो पंक्तियां।

बारिश होती है तो बादल उस नदी से चुराए शब्द बरसाते हैं मेरी आंखों में। मैं रात को सोती हूं तो ख्वाबों के समंदर में ज्वार-भाटा आया होता है। खारा पानी त्वचा के जख्मों को नमक से सींचता है और आत्मा की खरोंचों को शंख की कोख में रख आता है। तुम विजयादशमी को शंख फूंकते हो और सीने में दर्द लिए लौटते हो। तुम्हारी एक सांस चुरा के रख लेता है शंख अपने अंदर।

वेंटिलेटर पर पड़ा शरीर एक सांस मांगता है। कोई तुम तक पहुंचा देता

है खबर। तुम गहरे पानी में गोता मारते हो। पूरे तीन मिनट तक गंगा भी बह नहीं पाती। तीन मिनट मैं कोमा से जागती हूं। डॉक्टर कहता है लौ बुझने के पहले एक आखिरी बार भड़कती है। मैं तुमसे कहती हूं कि मुझे अंतिम विदा चाहिए। तुम मगर नहीं कहते हो वो एक शब्द। तुम यकीनन मैं जितना जानती हूं उससे ज़्यादा सख्त पत्थर के बने हो।

इस नई भाषा में पूर्णविराम नहीं है, अर्धचंद्रबिंदु भी नहीं है, अल्प-विराम भी नहीं है। ये भाषा सांसों की तरह है, एक बार शुरू होती है तो सिर्फ आखिरी बार रूकती है। वक़्त एक सीधी रेखा में नहीं चलता है, वक़्त एक वृत्त है, वापस उसी बिंदु पर आ जाता है जहां पहला अक्षर लिखा था। भाषा का पहला अक्षर। तुम्हारे नाम का पहला अक्षर। हमारी भाषा में घड़ी की सुइयां सारी बैले नर्तकी की तरह अपनी अक्ष पर ही घूमती रहती हैं। हमारी भाषा में संख्याएं नहीं हैं। सब कहीं शुरू नहीं होता और कहीं ख़त्म नहीं होता।

तुम मुझे अपने नाम से पुकारते हो। मैं तुम्हें मेरे नाम से। एक एक शब्द हम रचते हैं और ज़िंदगी की स्लेट पर से मिटाते जाते हैं। एक दिन जब मैं सारे शब्द लिख कर मिटा चुकी होती हूं और तुम सारे शब्द भूल चुके होते हो, हम दुनिया के दो अलग अलग छोरों पर चले जाते हैं। हम एक दूसरे से विपरीत दिशा में चलते जाते हैं, पहाड़, नदी, रेगिस्तान, शहर, गांव, खंडहर, समंदर। चलते चलते आधी ज़िंदगी बीत जाती है।

फिर अचानक से पाते हैं कि हम एक दूसरे के सामने खड़े हैं कि हमें मालूम ही नहीं था कि दुनिया गोल है। फिर हम नाम नहीं लेते हैं, कि आवाज़ का एक ही शब्द बचा है। 'सुनो!'।

34

एक अम्ल का माफीनामा

आपको कभी लगा है कि उम्रकैद सबसे बड़ी सज़ा होती है...फांसी से भी बड़ी?

मैं चाहती हूं कि तुम रहो। बेहद तकलीफ में, बेइन्तहा अकेलापन महसूस करने के बावजूद, पागलपन के दौरों के कारण बिजली के झटके दिए जाएं तुम्हें फिर भी तुम रहो। मेरे अपने स्वार्थ के लिए। दुनिया के किसी भी कोने में, कैसी भी परिस्थिति में.मगर रहो। मेरे दिल में ज़रा भी दया होती तो मैं तुम्हें ज़हर भिजवा देती, मगर मेरे लिए ज़रूरी है कि तुम ज़िंदा रहो। तुम्हारे लिए नहीं, मेरे लिए। कैसी भी बेजार दुनिया हो। मालूम है तुम्हारा होना क्यूं ज़रूरी है? क्यूंकि उम्मीद है, कि एक दिन चीज़ें ठीक हो जाएंगी। एक दिन दर्द नहीं होगा और मेरी जो जगह है वहां नर्म रुई के फाहे जैसी कोई याद होगी...हलकी गुलाबी।

मुझे पहले नहीं मालूम था कि मेरी कैफियत अम्लीय है, वो भी अतिसान्द्र। शीशे की पारदर्शी बोतल के पार जो दुनिया है उससे मेरा कोई मेलजोल नहीं था। तुमने कैसी गलती कर दी। सियाही के धोखे में अम्ल भर लिया अपनी कलम में। वो तुम्हारी सबसे पसंदीदा कलम थी। उसके बर्बाद होने का अफसोस मुझे आज भी होता है। कैसे कैसे धोखे हो जाते हैं दुनिया में। मेरा पारदर्शी होना दिखा मगर पारदर्शी होना हानिरहित होने की निशानी नहीं होता, सुरक्षित नहीं होता। तुम्हें किसी ने रसायनों के बारे में नहीं बताया? रंगहीन, गंधहीन होना ज़्यादा खतरनाक है। मालूम भी नहीं चलता कि पदार्थ की तासीर कैसी है। इंसान की इंस्टिंक्ट उसे बहुत से खतरों से बचा लेती है मगर प्यार ऐसा खतरनाक है कि कोई गुण पहचान नहीं आता, बहुत देर हो जाने तक।

मुझे तुम भी तो समझ नहीं आते। कलम का बर्बाद होना सूचक था कि मैं कोई अच्छी चीज़ नहीं हूं, तुम्हें उसी वक़्त उस शीशी का ढक्कन बंद कर के लैब से बाहर निकल जाना था। ज़िंदगी को प्रयोगशाला बना रखे हो। ज़िंदगी से खेलना कोई अच्छी चीज़ नहीं है। सारे एक्सपेरिमेंट अपने ऊपर करने जरूरी हैं? तुम्हें देख कर मुझे उन पुराने डॉक्टर्स की याद आती है जो वैक्सीन बना रहे थे, उन्हें सारे टेस्ट खुद पर ही करने होते थे। तुम्हें क्या लगा था, प्यार का एंटीडोट बनाना इतना आसान है?

डॉक्टर्स ने कहा कि तुम्हारे दिल में छेद हो गया है। तुमने उन्हें बताया भी कि तुमने मुझे दिल में जगह दी थी? तुम्हारी एक एक शिरा का झुलसना याद है मुझे। तुम्हारी रातों की चीखें मुझे नींद में सुनाई देती हैं। ऑक्सीजन की कमी के कारण तुम्हारे सारे क्रिया कलाप धीमे हो गए हैं। तुम दौड़ नहीं सकते, हांफने लगते हो। ज़्यादा टेंशन लेने पर भीषण माइग्रेन तुम्हारा जीना मुहाल कर देता है। तुम्हें अब एक मेंटल असायलम की ज़रूरत है जो कहीं दूर पहाड़ों पर बना हो, दुनिया से दूर। वहां खूबसूरत नर्सेस हों और तुम्हारी पसंद की किताबें और तुम्हारे पसंद का संगीत। वहां के लोग तुम्हें चैन से जीने दें। तुम्हें एक ब्रेक की ज़रूरत है। इस दुनिया में रहते हुए अनगिन और तकलीफें हैं, तुम कैसे जियोगे?

दरअसल तुम्हें कुछ हो गया तो गिल्ट मेरी जान ले लेगा, शायद इसलिए मैं चाहती हूं कि जल्दी ही तुम्हारे जख्म भर जाएं। मुझे कभी कभी समझ नहीं आता कि मैं तुम्हें तुम्हारे लिए चाहती हूं या अपने खुद के लिए। लोग इसे मेरा बड़प्पन कहते हैं कि मुझे तुम्हारी तकलीफ से वास्ता है। वे बड़ी बेरहम दुनिया में पले हुए लोग हैं, उस दुनिया में कातिल एक बार मुड़ कर देखता भी नहीं। मुझे देख कर उन्हें लगता है कि कातिल के भी दिल होता है, भावनाएं होती हैं। उन्हें ये बात बहुत अद्भुत लगती है और वे इस बात के लिए मुझे कोई तमगा देना चाहते हैं। मुझे ऐसा नहीं लगता। अंत में कैसा भी कातिल हो, किसी को तकलीफ पहुंचाने वाला सिर्फ गिल्ट फील करके मुक्त तो नहीं हो सकता। यूं तो शास्त्रों में लिखा है कि प्रायश्चित्त से सारे पाप धुल जाते हैं।

तुम्हारी ज़िंदगी में मेरा आना एक दुर्घटना था। यकीन मानो, मैंने जान कर कुछ नहीं किया। तुम्हें मालूम है, एक तरह का ड्रग होता है, उसे भी एसिड कहते हैं। उसके बाद लोगों को हैलुशिनेशन होते हैं और दुनिया बहुत सारे रंगों और आयामों में दिखती है। काश मैं वैसा कुछ होती।

काश कि सब पहले जैसा हो जाता। तुम्हारे दिल का ये जो बड़ा सा गैप

है, वो भर जाता। मैं कहती हूं पुरानी चीज़ों पर मिट्टी डालो और उस मिट्टी में कुछ सफेद फूलों के बीज रोप दो। वे जड़ें तुम्हारे दिल को जकड़ लेंगी तो तुम धीमे धीमे ठीक हो जाओगे। मुझे लगता है कि मर जाना एक लंबी तकलीफदेह ज़िंदगी से बेहतर है। लिव फास्ट। डाई यंग। लेकिन तुम्हारे लिए, मैं चाहती हूं कि तुम रहो कि एक अच्छे दिन की उम्मीद रहे।

तुम मेरी दुआओं में हमेशा रहोगे।

35

टूटे हुए कलाईडोस्कोप से चुभते हैं चूड़ी के टूटे टुकड़े

'तुम खो गए हो।' कागज़ पर लिखे तुम के 'त' को अचरज से देखती हूं, समझ में नहीं आता है कि 'तुम' कौन हो। अचानक से कोई शख्स 'तुम' से उठता है और कुर्ते की आस्तीनें तीन चौथाई बेतरतीबी से मोड़ता हुआ मेरे सामने से कहीं जाने को होता है। ये क्या हो रहा है कि अचानक से पूरा शहर कहीं और जाना चाहता है। जैसे सड़कें, दुकानें, हमारे क़दमों के निशान वाली पगडंडियां सब कहीं चले जाना चाहती हैं। मुझे यकीन नहीं होता है कि उस शहर में मेरे बगैर भी तुम्हारा कोई वजूद भी है, कि मेरे चले आने के बाद भी तुम उस शहर में हो। शायद उसी दूकान से अब भी फोटोस्टेट कराते होगे, शायद छोटू को याद हो कि मेरे पास उसके कोई पांच रुपए बाकी हैं। उसने हो सकता है तुमसे एक दिन मांगे होंगे और तुमने बेदर्दी से झिड़क दिया होगा, कि जिसके हैं उससे ही मांगो, मैं कौन होता हूं उसके पैसे देने वाला। इस तरह तुम पांच रुपए में मेरे तुम्हारे बीच जो कुछ भी बचा होना चाहिए था उसके खत्म होने की मुहर लगा देते हो। यूं मालूम नहीं कि पांच रुपए का स्टैम्प पेपर मिलता भी है कि नहीं, पर उसपर हम दोनों के हस्ताक्षर चाहिए होंगे क्या?

पर्पल। पर्पल माने? तुम पूछते हो। मैं हंस कर बताती हूं, बैगनी, बैगन के रंग का। तुम कहते हो, हल्का हरा? मैं हंस पड़ती हूं। नहीं, हल्का हरा वाला बैगन नहीं, भंटा बैगन, वही जिसका चोखा बनता है। इस तरह कितनी चीज़ें

तुम्हें सिखाती और समझाती रहती हूं। जाने कैसे लगता है कि मेरे बिना तुम रह नहीं पाओगे, कि मेरे बिना तुम शायद हमारे घर का रास्ता भी नहीं खोज पाओगे। लेकिन ऐसा कैसे हो सकता है, वो तो तुम्हारा कमरा था। बस मेरे कभी कभार चले जाने से हम उस रूम की जगह घर कहने लगे थे। रूम कितना निर्वैयक्तिक लगता है जबकि घर की अपनी आत्मा होती है। घर के पर्दों का रंग याद रह जाता है। घर में खुशबू होती है, जली रोटियों की, गिरे हुए दूध की, सीली हुई माचिस की। अंधेरे में कहना याद आता है, हम आ रहे हैं, हमसे टकराना मत, और इसके बावजूद माथा भिड़ जाना। ओह! मैं क्या जानती थी कि याद आएगा कि हमारी हाईट लगभग एक ही हुआ करती थी, कि तुम्हारे साथ रहते हुए कभी हील नहीं पहन पाई। उफ, कितनी हसरत से देखा करती थी अपनी पसंद की सैंडल्स को।

लैवेंडर। मेरा फेवरिट इत्र हुआ करता था और रंग भी, लेकिन तुम्हारे कारण लिरिल से नहाना पड़ता था कि ये एकलौता साबुन था जिसपर हम दोनों एक मत हो सकते थे। तुम्हें पियर्स बहुत माइल्ड लगता था और मुझे मार्गो किसी हॉस्पिटल की याद दिलाता था। मैं तो फिर भी लैवेंडर परफ्यूम लगा लेती थी, तुम नहाने के बाद नीम का परफ्यूम कहां से लगाते। वो वक्त याद है जब तुम्हारी उंगलियों से लैवेंडर की खुशबू आने लगती थी? लैवेंडर, हल्के गुलाबी में उदास सा नीलापन लिए हुए, मैं तुम्हें रंग और इत्र ऐसे समझाती थी जैसे तुम्हें आंखों से नज़र नहीं आता है। पर तुमने मुझे चकित कर दिया था कि एक दिन कलाई में वेन को ट्रेस करते हुए कहा था, तुम्हारी शिराएं लैवेंडर रंग की हैं।

तुम आजकल कहीं नज़र नहीं आते। वो शहर भी अब सिर्फ तुम्हारा हो गया है, मुझ तक तुम्हारी कोई खबर नहीं पहुंचाता। यहां तक कि लाल इमारतें भी, ईंट की दीवार पर लिखे सिर्फ तुम्हारे नाम को याद रखती हैं। लाल तुम्हारा पसंदीदा रंग हुआ करता था, क्रांति का रंग, तुम्हारी कविताओं से रिसता इंकिलाब का रंग और जिस आखिरी दिन मुझे ट्रेन पर छोड़ने आए थे, ट्रेन के डिब्बे का लाल रंग। जाने किसने मुझे बताया कि आजकल तुम्हें लाल रंग से नफरत सी हो गई है। लाल खतरे का रंग है भी तो है। तुम मानते ही नहीं। कितना झगड़ा करना पड़ा था तुमसे कि रेड बेडशीट से बुरे सपने आएंगे, लाल रंग उत्तेजना का रंग होता है, नींद नहीं आएगी, हल्के नीले रंग की चादर लेते हैं। फाइनली रेड तकिया-खोल खरीदने पर तुम मान गए थे। अब यूं तो मेरे तुम्हारे बीच कुछ नहीं बचा है फिर भी कभी मुझसे मिलने आए या मेरे मरने के बाद अगर शोक प्रकट करने आए तो प्लीज़, लाल गुलाबों का गुलदस्ता ही लाना। तुम मेरे लिए

किसी और रंग के फूल लाओ ये मुझे कभी अच्छा नहीं लगेगा।

कल तुम्हारी बड़ी शिद्दत से याद आई। जैसे हिचकी में कहीं अटक गए हो तुम। मेरे शहर में कोई इत्तिफाकों का चौराहा नहीं है। इस शहर में तुम कहीं भी नहीं दिखते। कभी कभार तुम्हारी याद में जान जाने लगती है तो फैब इंडिया चली जाती हूं। वहां अब भी तुम्हारी पसंद के कुर्ते मिलते हैं। उन्हें छू कर लगता है कि तुमसे झगड़ा होने के बाद गुस्से में तुम्हारा कुर्ता पहन कर घर से निकल गई हूं कि जब वापस आउंगी तो कई दिन तक ये कुर्ता पहन नहीं पाओगे कि लैवेंडर की भीनी खुशबू कई बार धुलने के बाद भी कपड़ों से नहीं जाती। अब भी तुम्हारे पसंद का वो ऑरेंज कुर्ता देखती हूं तो खरीदने का सोचती हूं। कोई शख्स फैब इंडिया के बैंगलोर शोरूम से गुस्से में पैर पटकते निकलता है। मैं तेज़ी से उसके पीछे जाती हूं, कि जाने क्यूं लगा कि तुम नए हो मेरे शहर में और खो जाओगे।

थोड़ी दूर पर देखती हूं, तुम खो गए हो। वापसी का रास्ता तलाशती हूं तो पाती हूं कि ये कोई और ही शहर है अनजाना। और यहां हम दोनों खो गए हैं।

36

उस लड़की में दो नदियां रहती थीं

मेरे अंदर दो बारामासी नदियां बहती हैं। दोनों को एक दूसरे से मतलब नहीं। अपनी अपनी रफ्तार, अपना रास्ता। आंखें इन दोनों पर बांध बनाए रखती हैं पर हर कुछ दिन में इन दोनों में से किसी एक में बाढ़ आ जाती है और मुझे बहा लेती है।

एक नदी है ख़ुशी की, जब इस नदी में बाढ़ आती है तो दुनिया में कुछ भी हो जाए मैं उदास नहीं हो सकती। किसी की तकलीफ, दुःख, परेशानी का हल ढूंढ़ लेती हूं। हर वक़्त मुस्कुराती रहती हूं। कभी कभी तो ऐसा भी हुआ है कि पूरी शाम मुस्कुराने के कारण गालों में दर्द उठ गया हो। मैं उस वक़्त आसमान की ओर आंखें करती हूं और उस उपरवाले से पूछती हूं 'व्हाट हैव यु डन टु मी?' मैं शाम से पागलों की तरह खुश हूं, अगर कोई बड़ा गम मेरी तरफ अब तुरंत में फेंका न तो देख लेना। ऐसे मूड में मैं भगवान से मसखरी करती हूं। चिढ़ाती हूं। दुनिया को भी बड़ी आसानी से माफ कर देती हूं। लोग मेरा दिल दुखाते हैं तो उन्हें समझने की कोशिश करती हूं कि शायद उनकी ज़िंदगी में कुछ बुरा चल रहा हो।

ख़ुशी की नदी का पानी साफ है और एकदम मीठा है। इसे मैं कभी कभी बोतल में भर कर अपने दोस्तों को भी भेजती रहती हूं, या जो खास दोस्त हैं, एकदम खास, उनकी व्हिस्की के पैग के लिए खास इस पानी से बने आइस क्यूब्स डाल देती हूं। ये मेरे दोस्त भी मेरी तरह ऑन द रॉक्स पीते हैं। खुशियों की नदी दिल के एक अतल कुएं से निकलती है, जिसका पानी कभी सूखता

नहीं, जिसकी गहराई का कोई अंदाज़ा नहीं। इस नदी पर रोज़ धूप खिलती है और पूरा पानी सुनहला हो जाता है। सूरज की गर्मी से मेरी बैटरी भी चार्ज हो जाती है। मैं अक्सर इस नदी में अपनी यादों की नाव तैराती रहती हूं। इसी नदी में मैं चिट्ठियां भी लिखती हूं, पते के साथ, बिना टिकट लगे, बैरंग, कि अपने खास लोगों तक चिठ्ठियां पहुंच जाएं।

मेरे अधिकतर दोस्तों ने इसी नदी को देखा है और उन्हें लगता है कि मैं यही नदी हूं। बस यही नदी। कलकल, खिलखिलाती। हमेशा उन्हें हंसाती, आंखों में मानों शरारत, ऐसी नदी जिसमें डूबकर लोग अपने सारे कष्ट भूल जाएं। ऐसी नदी जिसका गीत मुस्कुराने पर विवश कर दे। जो हमेशा आपके अंदर का सबसे उजला कोना ढूंढ़ कर आपको दिखा दे। कभी भी, किसी भी समय ये नदी चाहने भर से उनकी अंजुली में भर आती है।

एक और नदी है। अवसाद की, दुःख की, तन्हाई की, ख़ामोशी की। देर रात बेआवाज़ चीखों की। ऐसी नदी जिसका पानी सदियों ठहरा ठहरा सड़ गया है, जिसमें दलदल हो गई है। गहरी काली नदी, जिसका पानी न केवल खारा है, बल्कि अम्लीय और ज़हरीला भी है। इस नदी में डूब कर कभी कुछ बाहर नहीं निकलता। ये नदी बांध तोड़ कर नहीं बहती, दरके हुए दिल की दरारों से रिस रिस कर भर आती है पूरे शरीर में और मुझे अंदर से खोखला करती रहती है।

ये नदी पाताल के किसी अतल कुएं से बहती है। इस कुएं में भूल से भी मत झांकना कि इसमें भटकती हुई रूहें बंद हैं। उनकी यातना से भरी आंखें देख लोगे तो ज़िंदगी भर का करार खो जाएगा। इस नदी को मैं जितना भर संभव होता है खुद में समेटने की कोशिश करती हूं। सब से कह रखा है कि उधर खतरा है, बोर्ड भी लगा रखा है। ये नदी जिस दिन बांध तोड़ कर बहती है मेरा पूरा घर, छत और आसमान मुझपर टूट के गिरता है। गर्म, पिघले कोलतार जैसी ही गंध भी है इसकी कि सांस भी लो तो अंदर तक सब जलता जाए।

इस नदी के ऊपर सूरज निकलता भी है तो एक भी किरण लौटाती नहीं है ये। सब कुछ पी जाती है। सब कुछ गला जाती है। इसकी सतह बड़ी भयावह है। ये नदी मौत की परछाई जैसी लगती है जिसमें से लौट कर कुछ नहीं आता, कभी भी। इस नदी में भी कुछ चिट्ठियां डालती हूं मैं। जब कोई मेरा दिल कुछ यूं दुखा दे कि जीने में दर्द होने लगे तो मैं उसके नाम एक चिट्ठी लिख कर इस नदी में डाल देती हूं। जानती हूं कि वो चिट्ठी कभी किसी तक नहीं पहुंचेगी। इस नदी से मैंने बहुत कम लोगों को मिलवाया है। इस नदी में उफान आते ही मैं बंद कमरा हो जाती हूं।

कभी हुआ है कि मैंने तुमसे कहा हो, प्लीज़ एक मिनट मुझसे बात कर लो, या फिर तुम्हारी आवाज़ सुनने का मन कर रहा था। ऐसे समय मैं इस नदी की दलदल में बहुत गहरे धंसी हुई होती हूं। मुझे कोई सहारा चाहिए होता है उससे निकलने का, पर अवसाद और उदासी की ये नदी इतनी संक्रामक है कि मैं किसी से बात करने में डरती हूं। वैसे में अगर तुम न भी बात करो तो मैं कभी नहीं कहूंगी कि मैं मर रही हूं, दो मिनट ठहर जाओ। मैं खामोश हो जाउंगी और उंगलियों से रिसते खून से तुम्हें चिठ्ठियां लिखूंगी और इस नदी में ही डाल दूंगी। ये वो चिट्ठियां हैं जिनपर पता तो होता है, टिकट भी लगा होता है पर जो लाल डिब्बा होता है न वो ये चिट्ठियां खा जाता है। डाकिया इन चिट्ठियों से जाड़ों की रात अलाव जला लेता है। तुम ये चिट्ठियां न मिलने पर उदास मत होना। मैं कभी ये सोच के नहीं लिखती कि चिट्ठी तुम तक पहुंचेगी भी।

ऐसे समय में मुझे कोई मिलता है तो मैं रास्ता बदल लेती हूं। फोन आता है तो बहाना बना देती हूं कि जिस वक़्त मुझे सबसे ज़्यादा किसी की ज़रूरत होती है मैं एकदम खुद को अकेला कर लेती हूं। मैं तुमसे कभी भी ज़रूरत के लिए कुछ नहीं मांगूंगी। जब इस नदी में बाढ़ आती है तो मैं बहुत तेज़ और बेहद खतरनाक तरीके से बाईक चलाती हूं। मैं चाहती हूं कि मुझे कुछ हो जाए। ऐसे में मैं वाकई मर जाना चाहती हूं। ऐसे समय मुझे कुछ भी अच्छा नहीं लगता, न संगीत, न फिल्में, न प्यार, न दोस्ती। ज़िंदगी एक बेहद लंबी और तकलीफदेह यात्रा लगती है।

मुझे कभी समझ नहीं आता कि ये दोनों नदियां एक साथ कैसे बहती हैं मेरे अंदर। मैंने खुद जैसा किसी को नहीं देखा। कभी कभी मैं खुद चकित होती हूं। पौज़िटिव और नेगेटिव दोनों फोर्सेस, लगता है किसी दिन आपस में टकरा गए तो विस्फोट हो जाएगा। दोनों में से कोई भी बीच का रास्ता नहीं खोजतीं। दोनों नदियां बहुत पोज़ेसिव हैं, अपना अपना हिस्सा मांगती हैं। अलग अलग।

कहते हैं न, खुद को जानने के बाद आप खुद को जैसे हैं वैसे ही स्वीकार कर लेते हैं। तो मैं भी जानती हूं कि मैं ऐसी हूं और जब भी दोनों में से किसी नदी में बाढ़ आती है...मैं खुद को शांत रखने की कोशिश करती हूं और रटती रहती हूं 'ये गुज़र जाएगा, थोड़ा धीरज रखो।'

बहुत बहुत दिनों से ये दोनों नदियां मेरे अंदर रहती हैं, मेरे अंदर बहती हैं।

मैं इनसे हूं, मैं इन सी हूं। बस। इतनी हूं।

37

उसकी याद में चांद भीगे फर्श पर तड़पना होगा

वो बहुत आम सा शख्स था जिसने मुझे अपने हाथों की लकीरों में बांध के रख लिया था। इन लकीरों से किस्मत गढ़ने की उसकी क्षमता अद्‌भुत थी। वो खास ऐसा माहौल बना देता कि जिसमें किसी को भी उससे प्यार हो जाए। मौसम भी उसकी इस साजिश में उसका पूरा साथ देता। वो जब चाहता सुबह की भोर के साथ कोहरा बुला देता तो कभी बेमौसम बरसात करा देता।

मुझे मगर उसकी सादादिली पर मिटना था, सो मर मिटी, हां उसे इस बात का इल्म नहीं था। उसकी आंखें बहुत खूबसूरत तो नहीं पर बहुत जीवंत थीं। उसकी काली आंखों में खुद को देखती हूं तो लगता है कि उसके दिल में छुप के रहना भी कुछ ऐसा ही होता होगा।

उसके अनगढ़ हाथ जब कलम थामते तो उसके चेहरे पर एक मासूम सा उजाला उतरने लगता, धीरे धीरे उजाले की परछाई उतर जाती और उसके चेहरे पर बहुत सा दर्द आ जाता। इस दर्द में भी एक कोमलता होती, मर्मान्तक पीड़ा भी उसके चेहरे को विद्रूप नहीं कर पाती। मैंने उसे खुल कर हंसते बहुत कम बार देखा था, पर जब भी देखती थी मेरा दिल धड़कना बंद कर देता था। ऐसा ही कुछ तब भी होता था जब वो मुझे आई लव यू बोलता था। ये ऐसे अचानक होता था कि हर बार नया लगता था। भोर के हरसिंगार के फूल इकठ्ठा करते हुए जैसे किसी अप्सरा की छूटी हुई पायल का नूपुर मिल जाए।

वो बड़ी खूबसूरत बातें करता था। उसकी दुनिया में बहुत से रंग थे। बहुत से खूबसूरत लोग और घटनाएं। मैं हमेशा कहती थी उससे कि वो जादू जानता

है। इतने सारे अच्छे लोग किसी एक शख़्स की ज़िंदगी में हों ये इत्तिफाक तो नहीं हो सकता। कि मेरी ज़िंदगी में उससे खूबसूरत कोई कभी आया भी नहीं। पर उसकी ज़िंदगी के सारे लोग जैसे गंगा मिट्टी से बने हुए थे या कि संगमरमर से। कोई किसी से कम होता ही नहीं। खुदा उसकी दुआएं प्रायोरिटी बेसिस पर सुनता था। वो तो अच्छा हुआ उसे शराब पसंद नहीं थी वरना उसके देश में शराब की नदियां बहतीं। सुबह सुबह साकीबालाएं अपनी मटकी लेकर नदी से शराब भरने जातीं और उधर से झूमती, गाती, गुनगुनाती लौटतीं। वो मंद स्मित बिखेरता उनसे चुहल करता रहता।

कल पानी भर ही रही थी ग्लास में कि उसका फोन आ गया। घर में घूम घूम के बातें कर रही थी। ध्यान नहीं रहा। उससे बातें भी तो बेखयाली में करती हूं। सारी बातें पानी में घुलती रहीं। वाटर इज़ द युनिवर्सल सौलवेंट। घूंट घूंट नशा हुआ। रात उसकी बहुत तलब लगी फिर मगर उसके आने का कोई तरीका न था। इश्क़ और नशे का कंबीनेशन बहुत कातिल होता है। यहां तो समझ भी काम नहीं कर रही थी कि कोई तीसरा एलेमेंट भी था। मैंने कहा था न उसे लकीरों से किस्मत गढ़ना आता था। उसने मेरी शामों में एक शाम वो भी लिख दी थी कि उसकी याद में चांदभीगे फर्श पर तड़पना होगा। गीत के बोल मुझे नीमबेहोशी से उठाने की कोशिश करते करते थक गए और मैं सिर्फ एक बार उसे छू लेने की खातिर मौत के दरवाज़े तक पहुंच गई। रात फिर बेमौसम बरसातें हुईं और मेरे हाथों से लकीरें बहा कर ले गईं।

यूं तो मुझे हमेशा मालूम था कि वो यायावर है। आवारा है। पर जाने क्यूं लगता था कि कुछ ऐसी ही फितरत मेरी है और मैं उसे कभी बांधना नहीं चाहूंगी। वो मेरा है इसका यकीन मुझे उस लम्हे तक नहीं था जिस लम्हे वो किसी और का हो गया।

अब बदन में खून प्यास बनके दौड़ता है उसका नाम पुकारते हुए और मैं दुनिया के चारों किनारों तक उसे तलाशती हूं। काश धरती वाकई गोल न होकर कोई चपटा टेबल सा होती तो मैं उस छोर के बाद धरती की आखिरी सरहद से कूद कर जान दे सकती।

38

दिल के टाइपो एरर

दिल का अपना ऑटोकरेक्ट होता है। मैं जहां जहां भी कहानी में तुम्हारी जगह कोई और नाम लिखना चाहती हूं, वहां लाल अंडरलाइन आ जाती है कि ये शब्द मौजूद नहीं है। पूछता है ये नया नाम है, डिक्शनरी में शामिल कर दूं? नाम एक बार शामिल करने के बाद ऑटोमैटिक करेक्ट हो जाता है। मैं कोई और नाम भी लिखती हूं तो खुद से तुम्हारा नाम टाईप हो जाता है।

मैं लिखती हूं 'मैं तुमसे प्यार नहीं करती', एक हरी रेखा खिंच जाती है उसके नीचे, डिलीट करके लिखती हूं 'मैं तुमसे प्यार करती थी' फिर से हरी रेखा आ जाती है। राईट क्लिक करती हूं तो ऑप्शन में देता है 'वर्ब करेक्शन' यानी मैंने गलत क्रिया का इस्तेमाल किया है। बाकी ऑप्शन देना है 'मैं तुमसे प्यार करती हूं'। कहता है 'भूल सुधारें', वर्ब कनफ्लिक्ट। क्रिया यानी वर्ब। जिसमें कुछ होने का अर्थ आता है। मुझे हिंदी का व्याकरण कुछ याद नहीं है। बस पढ़ कर मालूम रहता है कि सही है या गलत है। दिल भी मेरी तरह व्याकरण में अनाड़ी ही है। कितना भी समझाती हूं, चूंकि उसके एरर उसकी समझ पर होते हैं वैयाकरनिक नियमों से बंधे नहीं होते तो कोई हल नहीं निकलता।

मैंने दिल का ऑटोकरेक्ट बंद करने की कोशिश की मगर ऐसी किसी ऑप्शन तक पहुंचना इतना मुश्किल है कि किसी फ्यूचर की टु-डू लिस्ट में चिपका देती हूं। कभी किसी दिन सारे ऑप्शंस खोलूंगी और कहूंगी कि मुझे फर्क नहीं पड़ता मेरी भाषा कैसी है, मैंने कितनी मात्रा की गलतियां की हैं। मुझे बस वो लिखने दो जो मेरा दिल करता है। मुझे परफेक्ट नहीं लिखना। मुझे वो लिखना है जो

मैं हूं। मेरा मूड। मेरी कहानियां। मेरी कल्पनाएं। दिल के सिस्टम में एरर है वरना ऐसा कुछ नहीं है कि मैं सही भाषा सीख नहीं सकती। मुझे ख़राब, टूटी हुई चीज़ें अच्छी लगती हैं। उनमें मेरे कुछ करने की गुंजाइश होती है। वहां मेरे आने से कुछ अच्छा होता है, बुरा होता है, पर वैसा का वैसा नहीं होता जैसे मेरे होने के पहले था। न मेरे जाने के बाद सब पहले जैसा हो पाता है। परफेक्शन में विविधता नहीं होती, एकरस होता है, सारी चीज़ें करीने से और अपनी अपनी सही जगह पर।

केमिस्ट्री लैब में कोई तो टेस्ट करते थे, टेस्टर की एक बूंद डालने के बाद रसायन का रंग बदल जाता था। पता चलता था कि इसमें कौन सा साल्ट है। वैसी ही हूं कुछ। मेरे आने के बाद सब कुछ बदल जाता है, पता चलता है कि आंखों से गिरने वाले आंसू में कौन सा कम्पाउंड है। ज़िंदगी का इतने पर भी दिल नहीं भरता तो स्पिरिट लैंप पर एक पतले प्लैटिनम के तार में मुझे लपेट कर आग में धीरे धीरे तपाती रहती है। सारे टेस्ट करने के बाद पता चलता है मेरा मूल कंपोनेंट पोटासियम साइनाइड जैसा कोई रंगहीन, गंधहीन पदार्थ है। दिखने में चीनी जैसा होता है। मिठास का धोखा होता है मगर इतना खतरनाक कि जान ज़ा सकती है।

लिखने का भी तो ऑटोकरेक्ट नहीं होता। व्याकरण से शुरू करके रसायन तक पहुंच गई। हल्का सिप लेती हुई सोचती हूं चुप रातों में मैगी और एक कप ब्लैक कॉफी बड़ी अच्छी चीज़ होती है। कोई सुनसान सा गीत बह रहा है, जैसे हाइवे पर अकेले खड़ा हो कोई। बंजारामिज़ाजी कोई अच्छी बात है भला, फिर भी एक आइस क्यूब ज़ुबान पे रखती हूं तो बताशे जैसी घुलती है। टीवी पर कुछ म्यूट पर है, दूसरे कमरे में विंड चाइम बजती है।

नींद के शहर में तुम्हारा रुमाल आया है हाथ में। सुबह उठी हूं तो दिल की रेखा के पास एक मेहंदी का छोटा सा पौधा उग आया है और कमरे में धूप की खुशबू है। तुम्हारे शहर में धूप का रंग कैसा था जानां?

39

दिल का डिफेन्स कमज़ोर है ज़रा और ज़रा सा खुदा बेईमान

चाहना। अभीप्सा जैसा कुछ। मन के कितने अंतरतम कोने से पुकारा होगा तुम्हें सोच रही हूं। इतनी दूर दुनिया से मेरे लिए चले आना मुमकिन तो नहीं होगा। उफ इतनी शिद्दत से कुछ और ही मांग लिया होता। और मांगा भी क्या था। तकलीफ का एक गहरा समंदर था जिसे जज्ब किए बैठी थी। आंखों में खारे पानी की झीलें अबडब कर रही थीं और मैं ज्वारभाटा को रोकने के लिए बांध बना रही थी। मगर पागल चांद कभी सुनेगा भी मेरी। मुझे तो मालूम भी नहीं था कि पूरे मोहल्ले में लोग झीने दुपट्टे ओढ़े चांद का दीदार कर रहे हैं। चांद भी मुआ भाव खाने की जगह बेशरम सा सारे बादल हटा कर झांक रहा था। अरे तमीज़ तहज़ीब भी कोई चीज़ होती है कि नहीं। उसके आने से सैलाब उमड़ता है, फिर होश कहां रहता है कि नहीं देखना है उन आंखों में, नहीं कहना है तुमसे कि आई मिस यू। बस दूर ही रहना है तुमसे कि तुमसे तकलीफों की पूरी पूरी फौज चली आती है मेरे दिल पर धावा बोलने। तुम बेहतरीन सिपहसलार हो, मैं हर बार हार जाती हूं। इस बार लेकिन मेरे दिल ने हथियार डाल दिए थे कि मुझे इस बेरहम फौज से बचाओ। मैं डिफेंस खेल रही थी तुम्हारे साथ कि तुमने अचानक सारा प्लान गड़बड़ कर दिया।

मान लो तुमने प्रोग्राम करके कुछ गलत किया होता तो मैं फिर भी झगड़

लेती तुमसे मगर उस इत्तिफकों वाले खुदा से कौन झगड़ा करे! उससे कुछ छिपता भी कहां है। मैं लाख दिल के ऊपर बांध बनाऊं, तहखाने में अपने जज़्बात छुपाऊं, खुदा को तो मालूम था कि तुम्हारी आंखों को देखने के लिए मरी जा रही हूं। हम दोनों के शहर से बहुत दूर एक मेला लगा था, मालूम। मैं तो बस वहां छुटकी के लिए झुनझुना खरीदने गई थी। इत्तिफाक की बात है कि बच्चों ने घेवर खाने की ज़िद पकड़ ली, उसपर मेरा भी केसर वाला पेठा खाने को दिल कर रहा था। मुझे क्या मालूम होना था कि तुम्हारे घर में तुम्हारी दीदी को देखने के लिए लड़के वाले आएंगे और तुम दूर मेले में उनके लिए ख़ास छेने की मिठाई के लिए साइकिल उड़ाते आओगे। मगर बताओ तो सही, ऐसे भागम भाग में कोई मेला देखने भी आता है। कैसे भुक्खड़ बर्तुहारी करते हो तुम लोग जी। ये नहीं कि मेहमान के आने के पहले से सब इंतज़ाम करके रख लें। किसी का तो ध्यान जाएगा ही अगर लड़की का भाई सबके सामने आंगन में से साइकिल निकाल कर कहीं जाएगा और मान लो तो इतनी देर में चाची को कोई काम ही याद आ गया तो, घर में और कोई है भी या ऐसे ही चले आए हो बुड़बक जैसे? तुमरा बुद्धि पर बलिहारी रे।

हम भी लेकिन गज़ब हैं। ठीक से लजाना भी हमको कहां आया कभी। भरे बाज़ार में ऐसे लपके तुम्हारी ओर जैसे बच्चा चांद की ओर मुट्ठी कर के उछलता है पूरनमासी की रात को। कितना साल हो गया था तुमको गांव छोड़े हुए। इस बार आना भी तो अचानक हुआ था तुम्हारा। हालांकि हमको थोड़ा उम्मीद तो था कि दिदिया को देखने लोग आएंगे तो शायद तुम भी आ जाओगे कुछ दिनों के लिए मगर दिल इस तरह टूट गया है कि ऐसी कोई उम्मीद नहीं बांधना चाहता है तुमसे। मगर वो जो इत्तिफकों का खुदा है न, एकदम होपलेस रोमांटिक है। उसने DDLJ कोई डेढ़ सौ बार देखी है। एकदम यश चोपड़ा जैसे रोमांस में यकीन रखता है। ऊपर से उसके खोजी गुप्तचर गजब के होते हैं, आई हेट यू की अनगिन परतों के नीचे से सुलगता, बिसरता तुम्हारी आंखों को एक बार देखना खोज लेते हैं। आज शाम यही तो सोच रही थी न कि मन की बात भी खुदा को मालूम होती है क्या और फिर एक तुम्हें देख लेने के ख्याल को अनगिन उलूल जुलूल बातों से भर रही थी कि खुदा कमसे कम कन्फ्यूज़ तो हो जाए कि मुझे क्या चाहिए। खुदा लेकिन खुदा है, उसको बेवकूफ बनाना कोई इतनी आसान बात तो नहीं है। मैं झूठा गुस्सा कितना भी कर लूं, तुम्हें देखते दिल मोम हो जाता है...न न...मोम नहीं...ठाठें मरता विस्की का समंदर कि जिसकी घूंट घूंट में नशा होता है।

तुम तक पहुंच जाती है मेरे कांधे से उड़ती खुशबू और कहां तो ड्रामा कर रहे थे कि हफ्ते भर से सर्दी, खांसी, बुखार में पड़े हो। ऐसे कोई मानेगा भी तुम्हारा बात रे झूठे। खुशबू महसूस होती है भला? जैसे कि खुशबू मेरा सिग्नेचर हो, नाक बंद होने पर भी मालूम होने से महसूस हो कि मैं हूं तो वही खुशबू होगी। हां मैं आज भी वही परफ्यूम लगाती हूं। इतने सालों बाद भी। नहीं, मुझे कोई आईडिया नहीं था कि तुम आने वाले हो। इतने शौक़ से ईद के लिए मलमल की कुर्ती बनवाई थी और उसपर बारीक ज़री का काम करवाया था। अब तो ख़ाक ही उसे पहनने का मन होगा। मैं तो मेले में लोगों का ज़्यादा ध्यान न जाए इसलिए साधारण सी कुर्ती पहन कर आ गई थी। फिर इतने हड़बड़ी में प्रोग्राम बना था कि ज़्यादा सोचने की फुर्सत नहीं मिल पाई। तुम्हें तो मालूम है कि घर में कहीं बाहर जाने का प्रोग्राम कितनी मुश्किल से बनता है। जब तक तुम गांव में थे कम से कम कहीं भी जाने के लिए सोचना नहीं पड़ता था। तुम्हारी मोटरसाइकिल से कहीं भी पहुंचा देने के लिए तुम हमेशा तैयार रहते थे। जब से आगे की पढ़ाई के लिए शहर गए हो कहीं आना जाना बंद है। मन मगर तुमसे कैसा तो प्यार करता है, तुम्हारी इस एवोन की साइकिल के कैरियर पर आराम से गुनगुनाती चली जाती मैं। शायद उतनी खुश कभी नहीं होती, या कि रुको, होती, अगर तुम आगे बिठाते और तुम्हारी बांहें मेरे इर्द गिर्द रहतीं। साईकिल का रोमांस भी ऐसा है कि बचपन से कभी मरा नहीं है। गांव की सड़कों पर जब साईकिल चलती है तो इधर उधर के पंजर कैसे मद्धम मद्धम टिन टिन करके बजते हैं न। तुमने कभी गौर किया है? नदी ऐसे ही हंसती है न, लजाए हुए, या तुम ऐसे ही देखते हो कनखियों से मुझे। मेरे दुपट्टे में तुम्हारी देहगंध घुलती जाए कि बहुत साल बाद भी मैं संदूक से तह किया हुआ नीला दुपट्टा निकालूं तो तुम्हारी हंसी कमरे में धूप जैसी घुलती जाए।

तुमसे प्यार इतना करती हूं। इतना ज़्यादा कि तुमसे नाराज़ रहना ही नहीं आया कभी। पिछले साल बिना मुझे बताए शहर चले गए थे। मुझे इतना रोना आया कि गुस्सा ही नहीं हो पाई तुमसे। इतना तो दुश्मनी भी निभा जाते हमसे ...ऐसे विरक्त जैसे हम लगते ही क्या हैं तुम्हारे। गलतफहमी से तकलीफ मेरे सिवा और किसे होनी थी। पिछले सावन लड़के वाले देख कर गए और सबको पसंद आ गई मैं। छेका में आया हुआ टिकरी सब उछल उछल कर खा तो लिए लेकिन अब शादी के नाम पर घिग्घी बंध रहा है। सुनो न, तुम्हारी बात सब लोग मानेंगे, एक बार बाउजी से बात कर लो न। हमरे बारे में। तुम हमको न भी प्यार करोगे तो चलेगा। हम अपने भरोसे ज़िंदगी बिता लेंगे। सिर्फ इतने

में खुश हो लेंगे कि तुम्हारे हिस्से का खाना बनाना मेरे ज़िम्मे आता है। तुम हमें अपने साथ शहर न भी ले जाओ तो चलेगा। वहां कोई मेरी सौत रख लोगे तो भी हम तुमको उलाहना नहीं देंगे। बस इतना हमरा मान रखना कि हमारी जगह किसी और को मत देना मन में। बाकी तो तुम्हारा दिल इतना बड़ा है कि मेरे जैसे जाने कितनी औरत समा जाए उसमें और किसी को तकलीफ न हो।

सुनो, तुम्हारे बिना जिया नहीं जाता है हमको। चांद कसम किसी और के नाम हमारा डोली उठ्ठा तो जान दे देंगे। भगा के ले चलो हमको कहीं...बियाह करोगे हमसे?

40

दुख के बाज़ार में सट्टा

मन क्या क्या ना दुख पाले रहता है। तुम सुनोगे तो हंसोगे मुझपर वाकई। अक्सर देखा है किसी से बहुत दिन हो जाए बात करते हुए तो जिनसे तुम, ताम, बे, तबे सब हुआ करता था उन्हें आप कह के बुलाने लगोगे। वो जो सदियों की पहचान थी खत्म हो जाती है। सब कुछ फिर से शुरू करना होता है। लेकिन ऐसा हमारे बीच क्या इतना मज़बूत सा बना हुआ है कि आजतक कभी तुम्हें चोट्टा बोलने में कभी सोचना नहीं पड़ा, इन फैक्ट तुम्हारे बारे में सोचती भी हूं तो तुम्हें इन्ही विषेशणों से नवाज़े बिना नहीं सोच सकती। लतखोर, हरपट्टी.. .वगैरह।

तकलीफ किस बात की है मालूम, बहुत दिन हो गए किसी नाम के साथ 'वा' लगाए हुए। सोच रहे हैं सच में तुम्हारा नाम लिख दें तो? जितना लोग किताब पढ़ेगा, जान जाएगा। तुम जो इतना इज़्ज़त कमाए हो इतने साल साल में उसका तो धज्जी उड़ जाएगा जब लोग जानेंगे कि हम तुमको तुम्हारे घर के नाम से बुलाते हैं और उसपर भी तोड़ कर। पर डब्बू भी कोई नाम हुआ भला, इससे बढ़िया कलछुल रख देते। हम जो तुमको डबरवा बोलते हैं तो कितना तो क्यूट लगता है। डाबर दंत मंजन वाली फील आती है। वैसे भी तुम जैसे करकुट्टे हो कि खाली दांते दिखता है और आंख।

किसी को तुम्हारे जैसे बुलाया नहीं जबकि ये स्पेशियालिटी बिहारी लोग सब को बिना भेदभाव के प्रोवाइड करते हैं। हम सबको ऐसे बुलाते तो भी क्या फर्क पड़ जाता। तुम जानते हो कि तुम्हारा नाम लेते हैं तो एक कोमलता आ

जाता है चेहरे पर, जैसे किसी मां का जो सबसे बिगड़ैल बच्चा होता है उसके प्रति वो थोड़ा सा ज्यादा उदार होती है। उसके सौ गुनाह माफ, लेकिन सबसे ज्यादा प्रेशर भी उस पर ही होता है, क्योंकि बाकी लोग तो किसी तरह बन ही जाएंगे मगर इस खुराफाती के बर्बाद होने का सारा इल्जाम मां पर आएगा और फिर मौसियां, भाभियां, फुफ्फियां ताने दे दे कर जीना मुहाल कर देंगी। अब सारे लोग अगर शहर ही चले जाएंगे तो गांव में फसल की देखभाल कौन करेगा। लेकिन जैसा कि दस्तूर है, बाहर जाने वाले को हमेशा बेहतर मान लिया जाता है। उनकी कितनी तो इज्जत की जाती है।

मगर तुम चिंता मत करो, तुम मेरे सबसे फेवरिट रहोगे। जितने लड़के मेरी जिंदगी में आए उनसे भी ज्यादा। मुझे किसी ने सबसे ज्यादा समझा है तो वो तुम हो। मेरे उलूल जुलूल दुनिया के फंडे तुम्हारे सिवा कौन समझता। तो जितनी शामें मैंने तुमसे गपियाते बिताई हैं किसी और के साथ तो क्या ही बिताई होंगी। मगर तुम्हें एक बार मुझसे मिलना चाहिए था। कभी तो मंटो की कोई किताब वाकई फेंक कर मारती तुमको। सर में गुम्मड़ होता तो कितने दिन याद रखते हमको। याद में क्या क्या आता है रे। मालूम नहीं कैसे। ये ब्रेन की वायरिंग कैसी तो है। एकदम मेरी समझ से बाहर। एक दिन सपना देखे कि सब बच्चा लोग के साथ कबड्डी खेल रहे हैं, तुम लाइन के एकदम पास हो कि पैर में गुदगुदी लगाने लगते हैं। फिर दिन का सारा खेल ही गड्डमड्ड है। सब लोग मिल कर खाली एक दूसरे को गुदगुदी लगा रहे हैं, इस चक्कर में नया टाली लगा हुआ पुआल पर जो धांगड़मस्ती शुरू हुआ कि अभी तक देह लहर रहा है। घर में सबका बराबर कुटाई हुआ था वापस आने के बाद।

मालगाड़ी गुजर रहा था, स्टेशन पर। तुम्हारा याद क्यों आया मालूम नहीं। एक बार वो वाला गाना सुन रहे थे, शम्मी कपूर वाला, मुझको देखे बिना करार न था, एक ऐसा भी दौर गुजरा है। वाकई कैसे भूलना मुमकिन है। याद है एक वक्त तुम्हारे शहर में बारिश होती थी तो मुझे बताते थे। दिल्ली कभी भीगी होगी वैसे कभी, शायद नहीं। मेरे तुम्हारे बाद शहर भी कितना खाली हो गया होगा ना। इंटरनेट से दूर हो अच्छा कर रहे हो, गांव में सच के लोग होते हैं। यहां तो सब माया है बाबू। तुम जाने क्यों लगता है कि सच में होगे कहीं, मेरे ख्यालों, मेरी कहानियों से इतर भी कहीं। कभी सोचते हैं कि फिल्म बनाएंगे तो डायलॉग तुम्हारे सिवा क़ोई नहीं लिख पाएगा, कि तुम मेरे किरदारों को समझोगे, जैसे मुझे समझते आए हो अभी तक।

भगवान जाने कौन दुनिया में रहते हो, और मुहब्बत किस शय का नाम

है। तुम्हारे मेरे बीच क्या है ये भी मालूम नहीं। तुम कभी थे नहीं तो क्या है जिसकी इतनी कमी महसूस होती है। तुम्हारी उलट पुलट मात्राओं में अपना हंसना क्युं दिखाईदेता है। किसी लड़की से झापड़ खा के आते हो तो किसको बताते हो आजकल...मेरे जैसी कोई ढूंढ़े हो क्या? तुम तो बड़े हीरो हो, बड़के साहित्तकार भी बनोगे जल्दी, ए गो शब्द दो ना, हमारे तुम्हारे बीच में चलता क्या है?

जैसा कि तुम कहते हो, हमरा तो जिंदगी गुजर जाएगा ई झगड़ा करते कि दुन्नो को प्यार था कि नहीं था।

41

जिसने सफ्हों में जिलाए रक्खा है, उस तक हमारा सलाम पहुंचे

ओ कवि,

तुम्हारा शुक्रिया। कि तुम्हारे बनाए बिम्बों में उलझ जाती है लड़की और कर देती है आत्महत्या का इरादा मुल्तवी। कि उसे कई बार लगता है कि तुमने उसके लिए ही रची हैं बेतरह खूबसूरत उपमाएं। चाहे किसी और को उसकी ज़रूरत हो न हो, तुम्हें नई कविताएं लिखने के लिए उसकी ज़रूरत है। ये सोचते हुए उसका चोर मन उसे ये भी कहता है कि दुनिया की सबसे खूबसूरत कविताएं विरह में लिखी गई हैं। तो अगर वाकई तुम्हें दुनिया के साहित्य की परवाह है तो जान दे दो। तुम्हारे गम में कवि की लेखनी में ऐसी धार आ जाएगी कि देखने वाले चमत्कृत हो जाएंगे।

लड़की मगर अपने चोर मन को धमकाती है और कहती है कि वो अपने कवि को बेहतर जानती है। अगर वो जान दे देगी तो कवि अवसाद में चला जाएगा। उसकी कविताएं पढ़ कर भले दुनिया उसपर जान छिड़कती हो, भले दूर देश की औरतें उसके लिए प्रेम पत्र लिखती हों, अगर वो उसकी कविता नहीं पढ़ेगी तो कवि लिखना बंद कर देगा। कवि वैसे ही हिसाबी है हर चीज़ में, सब कुछ फायदे के लिए करता है। उसके लिखने से जब फायदा होना बंद हो जाएगा तो क्यूं लिखेगा।

आज की रात कयामत की रात थी। लड़की अपने सांसों का गट्ठर गांव

के बाहर के पुराने पीपल पर छोड़ आई थी और पोखर किनारे चली गई थी। गले में चांद बांध लेती और डूब कर जान दे देती, लेकिन तुम्हारा एक ख़त मिल गया वहीं कोटर में रखा हुआ। तुम्हारी आदत भी न, एक तो इतनी लंबी चिट्ठी लिखते हो उसपर इतनी मुश्किल। हर वाक्य पढ़ने के साथ उस दौर में पढ़े हुए लेखकों की याद आती रही। कहीं तुम्हारे लिखे में किसी गायिका की खुशबू महसूस होने लगी। उलझनों का एक ऐसा जंजाल बनता जा रहा था कि कहीं छूट कर जाने की गुंजाईश नहीं रही।

तुम्हें पढ़ कर महसूस हुआ कि ज़िंदगी कितनी खूबसूरत है। सिर्फ चांद तारों में नहीं, पकी धान की बालियों में, होली में गए गए गीत में और औरतों के रचे हुए कोहबर में भी। तुम्हारी आंखों से देर तक दुनिया देखती रही। तुम्हारे जख्मों के निशान उसके जिस्म पर उभरने लगे हैं। मगर लड़की तुम्हारे जज़्बे को सलाम करती है। अगर तुम दर्द की इस दुनिया को महसूसते हुए जीने की वजहें खोज पाने में कामयाब रहे हो तो लड़की हार क्यूं माने?

रात भर कैसे तो ख्याल दबोच लेने को तैयार थे। दर्द आंखों से बहता रहा मगर धुला धुला सा महसूस नहीं होता। तुम्हारी कविताओं की पहाड़ी नदी में देर तक उतराती रही। उनकी मुस्कुराहट...उनका शोर...झरने पर से उनकी उछलकूद। वहीं बनता इंद्रधनुष। तुम्हारी आंखों को छूने पर ऐसा ही इंद्रधनुष उगता होगा न उंगलियों में। रात फिर अपने गांव गई थी, सोचा तुम्हारे गांव भी हो आऊं। कुछ भी पहले की तरह नहीं रहा। अब हर मौसम में गिल्ला गुड़ और गम्कौउआ चूड़ा नहीं मिलता। दीदी प्लेट में डाल के बिस्कुट मिक्सचर दे दी हमको। आजकल तो पेप्सी भी रखने लगा है सब लोग। पहले तो घर जाते ही निम्बू का शरबत मिलता था। तुम्हारा गांव मगर अब भी जरा बचा हुआ है। तुम्हारी मां तुलसी चौरा पर बैठी चावल चुन रही थी। पता नहीं कैसे तो एक बार में पहचान गई हमको। तुम्हारी कविता में इतना साफ चेहरा दिखता है क्या हमारा?

क्या मिला बड़े शहर आके? दिन भर नौकरी करो और फिर भी पैसा जोड़ जोड़ के घर चलाओ। बाबा ठीक ही न कहते हैं कि यहां पैसा कम मिलेगा मगर यहां कम पैसा में जिया भी तो जा सकता है। सब छोड़ छाड़ के चलते हैं रे। आम के बगान के पास छप्पर टाप लेंगे। कोई न कोई काम धंधा मिल ही जाएगा करने को। वैसे भी आजकल गांव में रहता कौन है। तुम कविता लिखना, हम तुम्हारे सिरहाने पंखा झलेंगे। तुम भात दाल खाना हम लोटा लिए खड़े रहेंगे। तुम हाथ धोना...हम अपना दुपट्टा बढ़ा देंगे हाथ पोंछने को। गोहाल के पास वाला कुआं के मुंडेर पर से दूर डूबते सूरज को देखेंगे। पैसा कम

होगा, लेकिन संतोष बहुत रहेगा। तुम जितना कमा कर लाओगे, मैं उतने में ही घर चला दूंगी।

मैंने नौकरी छोड़ दी है। अगले हफ्ते गांव जा रही हूं। तुम्हारा टिकेट कटाऊं? चलोगे?

प्यार

तुम्हारी...

42

भारी राड़ है ई बादल

इ बादलवा नम्बरी बदमास है, कोने में नुका के बैठल रहेगा और जैसे ही कपड़ा लार के आएंगे दन्न से बरसेगा जैसे केतना जो एमरजेंसी है। भोरे से बैठ के एतना चादर धोए हैं, तनी कमर सीधा करने लगे के आंख लग गया। भर दुपहर सुतले निकल गया। साम में माथा में ऐसा दर्द ऊठा के लगा के अबरी तो कपार फट जाएगा, बड़ी मुस्किल से चाय बना के पीए। तनी गो दर्द रुका तो जा के सब ठो चादर उलारे। संझा बाती देईए रहे थे कि बस, ई बादलवा का बदमासी सुरु। अब एक जान संझा दे की भाग के छत से कपड़वा उतारे।

छत पर अन्हेरा में छड़ से छेछार लग गया। चादरवा धर के सांसो नहीं लिए हैं कि बारिस खतम। भारी राड़ है ई बादल, ई कोई मौसम है बरसने का, ई कोई बखत है। बेर कुबेर देखे नहीं मनमर्जी सुरु हो गए। अबरी तो सेकायत लगा के मानेंगे। एकरा का लगता है कोई देखने वाला हैय्ये नहीं है का। पूरा एंगना में पिच्छड़ हो गया है, के गिरेगा इसमें पता नहीं। सब बच्चा सब एक जगह बैठ के पढ़ाई नहीं कर सकता। घर भर में भागते फिरेगा। हाथ गोड़ टूटेगा बोलते रहो कुछ बूझबे नहीं करता है।

अब लो! लालटेन में बत्ती खतम है, रे टुनकी भंसा से बत्ती लाओ, ऊपर वाले ताक पर है। ठीक से जाना आंगन में बहुत पिच्छड़ है, फिसलना मत। उठी रे? बाप रे, केतना मच्छर हो गया है, एक मिनट चैन से नहीं बैठने देता है तब से भमोर रहा है। ई गर्मी के मौसम में मच्छर का ई हाल है कि बरसात में तो बाप रे! उठा के ले जाएगा। कछुआ बारो रे कोई।

गांव की कच्ची पक्की यादों में से मेरे, दीदी, दादी, चाची और बहुत से लोगों के बीच का होता एकालाप जो ऐसी ही टूटी भाषा में मुझे याद रह पाता है। याद की लालटेन बुझाते सोचती हूं, वो कौन सा मौसम है जब तुम याद नहीं आती हो मम्मी।

43

तुम रे हम्मर पोखर के चंदा

ऐ सुनो न, महादुष्ट और चोट्टेकुमार, मुझे एक चिट्ठी लिखो न! हे आलसावतार, तुमसे कोढ़ी भी लजा जाए। हमरा एतना चिट्ठी पढ़े हो बैठ के जाड़ा में, चूल्हा में पकाया अल्लू खाते हुए। भुक्खड़ रे, ई सब से ऊपर उठ के एक ठो हमको चिट्ठी लिखो न। ऐसे कईसे चलेगा, खाली कोहरा पी के जिए आदमी, बतलाओ, ठंडा का दिन आया, हाथ गोड़ अकड़ रहा है। ए गो तुमरा चिट्ठी आता तो हम भी न बैठ के अलाव तापते हुए पढ़ते। बचवन सब को बतलाते ई हमार चोट्टा दोस्त है। तुम लोग अगर बेसी सुधरे हुए निकल गए कहीं गलती से तो तुम सबको इसी के पास भेज देंगे, चोट्टागिरी का ट्यूशन लगाने।

ऊ पिछला जाड़ा याद है तुमको? कैसा एकदम भरदम पानी पड़ा था? खेत का मेड़ बह गया था। भोरे भोर भागे थे कुदाल ले कर। यादे से बिसरता नै है रे। कंपकपाते लौटे थे तो माई तुमरे लिए धाव लगा के रखी थी। तुम नै होते तो चार बेटी के घर में खेती बाड़ी कैसे चलता रे। मैय्या कहबे करती थी तुमको 'तारणहार', ठिक्के न कहती थी। तुम नै होते तो कुच्छो नै होता घर में ठीक से। ऊ साल याद है जब दिदिया ज़िद्दी एकदम पकड़ ली थी कि मेला जईबे करेगी। भर दिन खाना नै खाई, फिर तुमरे बोलने से उसको भरोसा हुआ था और कोई तरह दू फांक चूड़ा निगली थी। तुम नै होते तो दिदिया मर जाती न उही साल।

घर में सब केतना अच्छा तो है रे...मेरे घर में...तुमरे घर में...एक हमीं दोनों चोट्टे निकल गए। ऊ कहते हैं 'एक पिता के विपुल कुमारा, होइ पृथक गुण शील अचारा', इसके आगे वाला याद है तुमको, जिसमें हम हमेशा तुमको

गंवारा कहते थे। वैसे देखो तो गंवारा होना कोई गाली नहीं है। उसपर हम दोनों एक्के गांव के थे...तभियो...गंवार तुम्ही कहलाए हरदम। इस्कूल में तो कक्षा चार तक हम हरदम तुमरे साथ में बैठे थे। सब खेला भी तो हमको तुमसे बेसी बढ़िया आता था। केतना दिन तुमको गुरुजी के मार से बचाए। तुमरा कोपी सब हमरे पास रहता था, नै तुमको कभियो होस रहे, कहीं भुतला आओगे। एक बार हमको बात बात में ध्यान नै रहा, तुमरे कॉपी में लिख लिए सब, तुम उही वाला कोपी पर रामनौमी का लिस्ट बना के चल दिए थे अदरास। बाकी सामान तो ठीक आ गया था मगर कितना कुटाए थे हम दोनों। दिमाग कहां भटकल रहता था तुम्हारा भगवान जाने। झगड़ा जो करें तो बरगला दिए हमको हरदम्मे।

हमको लगता है तुमरे में बदमासी का गुण तुमरी दादी से आया है। अजनास थी एकदम्मे। उसके जैसा कहीं कोई नै था जिसको हम तुम कभी जाने...नहीं? तुमरी दादी हमको बेसी मानती थी तुमसे, हमरा रंग तुमसे बेसी था, एहिलिये। तुम केतना भी गंगा मिट्टी रगड़ के नहा लो तुम्हरा रंग हमसे बेसी साफ कभियो नै होगा। हमरे जैसा गोरा तो चार गांव भर में कोइय्यो नै था। हंसो नै बेसी दांत चियार के। मजाक नै सुनाए हम। दादी कहती थी कि हमरे जैसन सुंदर लड़की का हरदम जल्दी बियाह हो जाता है, लेकिन हमरी दिदिया सब है एही लिए टाइम लगेगा। ऊ टाइम में दादी हमको पढ़ के कलक्टर बनने बोलती थी। दादी को के बताया कि कलक्टर का जिंदगी अच्छा होता है। बेचारा कैसा तो खटारा जीप में गांव गांव भटकता है। पिछले बार जो टायर पंचर हुआ था घर के बाहर कैसा बोका जैसा देख रहा था नया कलक्टर हमको। ऐसा पढ़ के कौन गांव का नाम रोशन किया जी। सब पढ़ाई लिखाई में इतना नै बताया कि लड़की को ऐसे आंख फाड़ फाड़ के नै देखते हैं। बेसी पढ़ाई लिखाई डुबाई और क्या। हमको सब बुझाता है। दादी लोग एकदम भोली होती है, जरा सा अखबार पढ़ के सुना दिए उसी में सपनाने लगी कि लड़की कलक्टर बनेगी। बताओ रे, के जा के पढ़ने देता मुंगेर में। जरा जो अच्छा बतियाने लगते हैं उसी में सब हल्ला करता है कि लड़की बहस गई है।

तुम तो हमसे उमर में दू साल बड़े हो, तुम तो हमसे बेसी दुनिया देखे होगे। बेसी जानते होगे सब चीज। तुमको कैसे नै बुझाया कि हमरा बियाह कहीं और होएगा तो हमको दुखाएगा। हमको थोड़ा पहले बुझा जाता तो हम मना कर देते। बाबूजी हमरा बात एक बार सुनते तो, सीधे थोड़े न ऊ कलक्टर से बियाह देते हमको। हमको नै बनना था कलक्टरनी रे। हम तुमरे घर रहते, दादी का गोड़ दबाते, करकी गैय्या को पहलका रोटी खिलाते। इसी में हमरा सुख था। काहे ला जाए रे आदमी तीन नदी तेरह पहाड़ दूर। घर का केतना याद आता है के

तुमको का बताएं। हम छोटे थे न तुमसे, हमको समझने में देर हो गया के एक दिन तुम सब से दूर चले जाएंगे। बाकी लोग के बिना जीने का घुट्टी तो माय बचपन से घोर के पिला दी थी, तोरे बगैर जीने का कोई बोलबे नै किया रें। हमको कोई बताता ना, हम बूझ जाते। बुड़बक थोड़े न हैं हम।

दीदी को जब बिट्टू होने वाला था हम गए थे न उसका ससुराल, आरा। कैसा तो जी लगता था ऊ शहर में, हरदम जैसे दम घुटता रहे। दिदिया बोलती थी हमरे दिमाग में है खाली सब खुराफात। केतना बढ़िया सहर है। चमचम लाईट हैं। दिन रात बिजली रहता है। शाम को लैंप, लालटेन कोई चीज जरूरी नहीं। बटन दबाव और भक से उजियार हो जाता है। हम ऊ उजियार में तुमको बहुत्ते याद किए रे। जीजाजी भी बहुत मानते थे। रोज मिठाई लेते आते थे घर लौटे समय लेकिन बोली बहुत रुक्खा। एकदम करेला जैसा। स्कूल में बिन्नी बोलबे करतीं थी, आरा छपरा वाला आदमी का बोली बहुत खराब होता है। दिदिया बताएगी नै लेकिन हमको लगता है उसको जीजाजी मरबो किए हैं रे। यहां केतना हल्ला करती थी तुमको याद है। वहां कुछ नै बोलती है, कोई जिद नै करती है। एकदम कैसी तो...एकदम...माय जैसी हो गई है रे। सब पानी चला गया उसका। हम रोज लिखते थे न तुमको पोस्टकार्ड, बताओ। हमको चिन्नी बतलाया कि तुम रोज घर आते थे। माई तुमको अल्लू भून के देती थी और तुम हंस हंस के हमरा चिट्ठी पढ़ते थे। तुम हैय्ये हो चोट्टा रे। हम का कोई लतीफा भेजे रहते थे तुमको!

अच्छा रे, एक बात बताओ, तुम ऐसे दुखाओगे का जिनगी भर, टीस जैसन? कभियो तो कम होगा न दरद? भागो फुप्फू से बतियाए तो बोली बाल बच्चा हो जाएगा तो ई सब नै याद आएगा। ऊ और बहुत समझाई रे, लड़की बियाह के बाद ई सब नै बोलना चाहिए। ई सब सोचना भी नै चाहिए। मेहमान जी बहुत अच्छे हैं। उनका खाली ख्याल करना चाहिए। चाहिए तो बहुत होता है रे, होता काहे नहीं है हमसे कभी चाहिए वाला चीज? इतना सारा सवाल का के जवाब देगा?

बड़का बड़का सवाल सब जाने दो। ई बताओ, हमको एगो चिट्ठी लिखोगे न? पोस्टमैनवा को तकते तकते पथरा गए रे...एतना तो अहिल्या भी नै इंतजार की थी रे भगवान राम का।

अच्छा चलो, हमरा कबीता सुनो, तुमरे लिए लिखे हैं...

सुग्गा रे मोर, पाहुना रे, ललका गोटी हमार
तुम रे हम्मर पोखर के चंदा, तुम हमरे चोट्टाकुमार
एगो चिट्ठी लिखो रे हमको।

44

फाल्टलाइन पर बसा शहर कि जिसे दिल कहते हैं

दिल फाल्टलाईन पर बसा एक शहर है, माउंट वेसुवियस के करीब। बसता है, उजड़ता है। हर कुछ दिन में यहां बने मकानों पर झटके महसूस होते हैं। भूकंप से बचने वाली इमारतें बनाईं गईं हैं यहां। उनकी नींव में लगे हैं रोलर प्लेट्स कि बड़े झटकों के साथ पूरी इमारत झूम जाए मगर गिर कर बर्बाद न हो।

यहां के कवियों की हैंडराईटिंग बेहद ख़राब होती है। कई बार तो इतनी कि डाकिए ने गलत लोगों के पास चिट्ठियां दे दी हैं। अब डाकिए की गलती भी नहीं कह सकते कि हर ख़त पर बस इतना ही लिखा होता है 'जानां'। खुदा इन्हें समझाए कि महबूब का नाम भी होता है। उनके लिए तो दुनिया में उनके महबूब के सिवा और कोई रहता ही नहीं। कवि वैसे भी समझ से परे का जीव होता है। डाकिए की दुविधा के लिए उसके पास वक़्त नहीं होता। वो तो महबूब के लिए उर्वर काली मिटटी में लाल और नीले गुलाबों की कलमें रोपने में व्यस्त रहता है कि बीते वसंत जानां ने कहा था कि उसे नीले गुलाब बहुत पसंद हैं।

थरथराहट में गुम ये शहर नशे में डोलता रहता है। यहां हर चौराहे पर मयखाने हैं। इस शहर में आने वाले मुसाफिर ताउम्र यहीं तम्बू गाड़ कर रहने सपने देखते हैं। वे खुद से हर बार कितने सारे झूठे वादे करते हैं। इस शहर की लड़कियां मुसाफिरों पर जान देती हैं। इंतज़ार के अश्कों में खिलखिलाता इस शहर का चश्मे-शाही इतना मीठा पानी देता है कि यकीन करना मुश्किल होता है कि ये आंसुओं से सदाबहार रहता है। शहर के दो छोरों पर दो बड़ी झीलें हैं और उन्हें जोड़ती नदी है...अश्कगंगा...पुरखे कहते हैं कि वो आकाश गंगा

की सहेली है। आकाश गंगा के कितने सितारे इस नदी पर मर मिटे थे, लेकिन नदी की किस्मत में प्यास लिखी थी। मुसाफिर सितारे इसी नदी में डूब कर जान दे देते थे। आज भी गहरे गोता मरने वालों को सितारे के टूटे हिस्से मिलते हैं।

इस शहर के सारे लोग किस्सागो हैं। वे पूरी दुनिया घूम कर वापस इसी शहर के किसी मुसाफिरखाने में पाए जाते हैं। जैसा कि हर शहर में होता है। लोगों के बहुत सारे काम धंधे हैं मगर इस शहर के लोगों की खासियत कलम बनाना है। बाहर की दुनिया में लोग ऐसा कहते हैं कि इस क्षणभंगुर शहर के लोगों पर खुदा की नेमत है। उनकी बनाईं हुई कलमों में सियाही कभी नहीं सूखती। शहर के कवियों को जब अपनी प्रेमिकाओं के लिए गुलाब की कलमें लगाने से फुर्सत मिलती है तो वे कमाल की कविताएं लिखते हैं।

दिल तो कर रहा है आपको एक कहानी सुनाऊं, इस शहर में एक जो लड़की रहती थी, नाम था जिसका ज़िंदगी...मगर जाने दो...फिर कभी।

45

तुम मेरा दर्द हो कि मॉरफीन?

ये मेरे तुम्हारे बीच चुप की नदी कब बहने लगी पता नहीं, फिर सोचती हूं कि पुल तो मैंने बनाया था अपनी ओर से, तुम्हारी ओर से तो हमेशा ख़ामोशी थी। जब तक मैं बातें करती, हंसती, खिलखिलाती, नदी पर एक पुल बन आता जिसपर हम दोनों कुछ देर खड़े होकर एक साझा सूरज डुबा दिया करते।

'मॉ...र...फी...न'।

उसके चेहरे पर लगभग कोई भाव नहीं बचा था। सिर्फ जिस्म ही नहीं आंखें भी जल्द संज्ञाशून्य होने लगीं थीं। टूटे अक्षर कह पाती थी कभी कभी। 'स...म...र' एक ही नाम हुआ करता था। डॉक्टर समझ नहीं पाते थे कि उसे किस चीज़ की ज़्यादा ज़रूरत थी, मॉरफीन की या समर की, वो बीमारी की आखिरी स्टेज में थी और यहां से वापस लौटने की कोई राह नहीं निकलती थी। इंतज़ार था बस कि मौत आए और ये दर्द का रिश्ता टूटे। दिन भर उसे मॉरफीन की नियत डोज़ दी जाती थी लेकिन शायद दर्द इस हद तक था कि फिर भी नीमबेहोशी से जब उसके बोल फूटते तो पहला शब्द या तो मॉरफीन होता या समर।

रोड एक्सीडेंट का केस था। कोई क्लेम करने नहीं आया था। ट्रेनी डॉक्टर सोचता था कि कोई दुनिया में इतना अकेला होता है क्या। ज़िंदगी में अकेला। ज़िंदगी और मौत के बीच की इस लड़ाई में भी अकेला। अभी अभी मेडिकल कम्प्लीट हुआ था, पहली इंटर्नशिप थी, ज़िंदगी की पेचीदगियों को उतनी अच्छी तरह से नहीं जानता था। शायद इसलिए भी केस उस दिया गया था। स्पाइनल कॉर्ड फ्रैक्चर होने से गर्दन के नीचे पूरा शरीर पैरालाईज़ हो गया था। वो अधिकतर

बेहोश ही रहती मगर कई बार डॉक्टर को शक होता कि वो आंखें मूंदे सब सुनती रहती है। उसे डर लगता था कि लड़की अपनी मौत में भी अकेली रहेगी। कोई उसका हाथ पकड़ कर नहीं कहेगा कि 'आई विल मिस यू, फिर भी तुम जाओ, चली जाओ कि तुम्हारा दर्द मुझसे देखा नहीं जाता। वहां जाओ जहां दर्द न हो, खुशी हो, रोशनी हो, खुशबुएं हों।'

डॉक्टर को कई बार ये भी लगता कि वो बोल सकती है, पर उसका किसी से बात करने का मन नहीं है। उसकी आवाज़ में बस एक ही नाम होता, एकदम नीम बेहोशी में, वो नाम किसी पेनकि़लर से बढ़ कर होता था, क्षण भर ही सही, उसके चेहरे पर स्निग्धता आ जाती थी, मुस्कान कोमल हो जाती थी। वरना पूरे चौबीस घंटे उसका चेहरा दर्द सफेद पड़ा रहता था। जाने कौन सा दर्द था कि इतनी मॉरफीन पंप करने के बाद भी होश में आती थी तो बस मॉरफीन की ही रट लगाए जाती थी।

वो भी बाकी दिनों की तरह का ही एक दिन था पर आज उसकी स्पेशल पेशेंट को शायद कोई बुरा सपना आया था कि वो पूरी रात चीखती रही 'मॉरफीन ...मॉरफीन'। अब उसके बदन में और मॉरफीन डाला जाता तो वो निसंदेह मर जाती। उसकी ड्यूटी पचास घंटे के आसपास हो गई थी। वो किसी जौंबी की तरह हॉस्पिटल के गलियारे में घूम रहा था जब कि सीनियर ने उसे एक शिफ्ट के लिए रिलीव किया। मुश्किल से आधे घंटे सोया होगा कि हॉस्पिटल से कॉल आ गया और वो भागते हुए स्पेशल केयर वार्ड पहुंचा। लड़की पानी से बाहर मछली की तरह छटपटा रही थी। पूरे शरीर में झटके लग रहे थे।

उसके कमरे में पहुंचने से थोड़ा अफरातफरी रुकी। नर्स ने सर हिला कर इशारे में कहा 'शी इज़ सिंकिंग'। वो भी जानता था कि वो डूब रही थी। पर याद के किस तलघर में? अगले लम्हे सब ठीक हो गया। उसकी सांस नोर्मल थी, बाकी वाइटल्स भी ठीक दिख रहे थे। डॉक्टर जानता था कि ये आखिरी बार सब ठीक होना है। फिर कुछ नहीं बचेगा।

'डॉक्टर, विल यू होल्ड माय हैंड फॉर अ मोमेंट'

वो जानता था कि लड़की कुछ महसूस नहीं कर सकती। शायद यही आश्चर्य उसके चेहरे पर दिख गया था। लड़की ने ही फिर कहा...

'टच इज़ नॉट अ स्किन सेन्स...इट्स अ हार्ट सेन्स'। फिर जैसे उसे समझाने के अंदाज़ में बोली, 'स्पर्श को हम दिल से महसूस करते हैं। आपको ऐसा नहीं लगता?'

'शायद'

लड़की की आवाज़ ऐसी डूबी हुई थी जैसे ज़िंदगी के उस पार से आ रही हो।

'मुझे ऐसा ही लगता है। अच्छा डॉक्टर। मुझे आपसे दो फेवर चाहिए। डेथ विश कह लीजिए'

डॉक्टर उसका हाथ थामे बैठा था। बस हां में सर हिलाया उसने।

'विल यू होल्ड माय हैंड टिल माय लास्ट ब्रेथ? मैं अकेले मरना नहीं चाहती। आई एम अ लिटल स्केयर्ड टू डाई।'

डॉक्टर ने फिर से सिर्फ हां में सर हिलाया और आश्वस्त करने वाली आवाज़ में कहा। 'मैं हूं। यहीं हूं।'

'कोई मुझे ढूंढ़ने आएगा। कभी। समर नाम होगा उसका। आप वादा करेंगे कि मैंने कभी उसका नाम नहीं लिया?'

ये बड़ा अजीब सा वादा था, पर डॉक्टर जानता था कि गिनती की आखिरी सांसों में कई वो आलरेडी खर्च कर चुकी है। बहस करने को ज़िंदगी नहीं बची है उसके पास। उसने सिर्फ हां में सर हिलाया। उसकी आखिरी इच्छा किसी झूठ को जीने की है तो कोई गहरा कारण रहा होगा। आखिरी सांस लेते हुए उसके चेहरे पर संतोष था। जैसे ज़िंदगी में कोई अफसोस बाकी न रहा हो।

दूसरा इंतज़ार दस साल लंबा खिंच जाएगा डॉक्टर ने उस वक़्त सोचा नहीं था।

लड़की के चले जाने ने बुरी तरह झकझोर दिया था उसे। उसी समय उसकी इच्छा एक ऐसा घर बनाने की हुई थी जहां मौत की ओर बढ़ते आखिरी कदम किसी खुशनुमा बाग से गुज़रें जहां धूप हो, रोशनी हो और ऐसे लोग हों जो आपको बिना कुछ चाहे प्यार कर सकें।

उसे शहर से बेहद लगाव था इसलिए उसने वहीं एक बड़ा सा क्लिनिक खोला था जिसमें एक हौस्पिश भी था जिसमें टर्मिनली इल पेशेंट्स को रखा जाता था। लड़की के चेहरे की याद धुंधलाने लगी थी जब एक दिन एक फोन कॉल आया...कोई समर था...उसके बारे में पूछ रहा था।

थोड़ी देर बार कॉफी शॉप में थे दोनों...ये बड़ा न्यूट्रल सा वातावरण होता है...कोई भाव नहीं...कोई दर्द नहीं...कोई फ्यूचर नहीं, कोई अटका हुआ अतीत नहीं। समर...सफेद कुर्ते और नीली जींस...राइटर वाला चश्मा, कच्चेपक्के बाल ...बड़ी नफासत से भरा हुआ शख्स लगा था। अपना परिचय दिया और ऐसी आत्मीयता से बात करने लगा जैसे ज़िंदगी भर के दोस्त हों...लड़की का नाम पाखी था...लव मैरिज की थी समर और उसने...अनगिन किस्से उनके पहली बार

मिलने के...उनके दोस्तों के...पाखी की सनक के...पाखी जैसे मन की तरह ही चंचल थी...ठहरना नहीं आता था उसे।

एक दिन बहुत ही छोटी सी बात पर झगड़ा हुआ था और वो आदत के मुताबिक गुस्सा ठंडा करने के लिए गाड़ी लेकर ड्राइव पर निकल गई थी...समर भी जल्दी में था, एयरपोर्ट जाना था उसे, अगले दिन उसकी दिल्ली में एक ज़रूरी मीटिंग थी। ऐसे छोटे-मोटे झगड़े तो सब में होते रहते हैं। अगले पूरे दिन पाखी का फोन ऑफ...शाम को वापस आया तो पाखी का कोई ठिकाना नहीं था। सब जगह फोन करके पूछ लिया कुछ पता नहीं चला...कितने सालों से लगातार ढूंढ़ रहा था...उसे लगता था पाखी नाराज़ हो कर गई है...कभी तो वापस आ ही जाएगी ...अभी कल पता चला है उसे कि पाखी ने अपनी आखिरी सांसें कहां ली थीं।

समर ने पूछा, बार बार पूछा कि उसने कभी तो मेरा नाम लिया होगा...कुछ तो कहा होगा...एक बार ही सही...मगर डॉक्टर ना में सर हिलाता रहा...हर बात को सिरे से नकारता रहा...कि वो कोमा में थी...उसने कभी एक शब्द नहीं कहा...चुप ही चली गई।

कोई तुम्हें अपनी दुआओं में हर रोज़ जिलाए तो तुम चैन से मर भी नहीं सकते...रूह भटकती रह जाती है...जाने के लिए ज़रूरी है कि जितने लोगों की याद में तुम हो वहां से तुम्हें जबरन मिटाया जाए...

ज़रूरी था समर...तुम्हारे जीने के लिए तुम्हारा दिल टूटना ज़रूरी था।

डॉक्टर ने देखा कि समर की आंखें भर आई हैं...इतना तो वो भी जानता था कि विदा कहना हमेशा तकलीफदेह होता है...फिर चाहे कुछ कह कर जाओ या चुप्पे...हां चुप चले जाओ तो यादें कम तकलीफदेह होती हैं...खालीपन को कोई कैसे याद कर सकता है।

कैसे खुशकिस्मत लोग होते हैं न जिन्हें कोई अपनी आखरी सांस में याद किए जाता है...डॉक्टर का मन था कि एक बार समर को गले से लगाए और कहे कि दोस्त किसी ने अपनी आखिरी सांसों तक तुमसे बेहद प्यार किया था...मगर इतना कहने से उसके कहीं भी लौटने का कोई दरवाज़ा नहीं खुलता...मौत की ओर के दरवाज़े सिर्फ वन-वे होते हैं...वहां से किसी सवाल का जवाब तो मिलता नहीं।

जब सवाल बहुत ज़्यादा हो जाते हैं तो सबसे बेहतर होता है किसी का जवाब नहीं दिया जाए।

कहानी तो कहानी है...ज़िंदगी की बात करते हैं...बताओ तो सही...तुम मेरा दर्द हो कि मॉरफीन?

46

तीन रोज़ इश्क़

समर कम्स नौकिंग

नथिंग एक्स्ट्राआर्डिनरी...मुझे उसकी कोई बात याद नहीं है...सिवाए इसके कि ही यूज़्ड टु स्मोक ब्लू डनहिल्स। मैंने उतना खूबसूरत सिगरेट का डब्बा पहले कभी नहीं देखा था। नीले समंदर जैसा नीला...कि लगे प्यार का कोई रंग होता है तो ऐसा ही हो कि ये नीला रंग मेरी आंखों को रंग जाए। सफेद सिगरेटें और उनपर डनहिल का मैरून रंग का लोगो। उसके हाथों में वो सिगरेट जितनी खूबसूरत लगती थी, उसके होटों पर उससे कहीं ज़्यादा कातिल। उसे सिगरेट पीते हुए देख कर यकीन पक्का हो जाता था कि स्मोकिंग किल्स।

दिमाग पर कितना ज़ोर देकर याद करने की कोशिश की थी उसके होने को। कितनी पुरानी बात है...पंद्रह दिन या कि पांच साल? मुझे उसकी सादगी भा गई थी कि सादगी को कैरी ऑफ करना सबसे मुश्किल होता है। वो सफेद शर्ट और ब्लू जींस पहनता। उसके पहनावे में ऐसा कुछ भी नहीं था जो आपका ध्यान भटका सके। किसी भी दिन कोई सरप्राइज़ नहीं कि आज क्या पहन कर आएगा, किस रंग में कैसा दिखेगा, रोज़ का सफेद रंग और रोज़ का दिखना वही...कातिल। सफेद रंग पर कोई भी प्रोजेक्शन किया जा सकता है। सफेद सारे रंगों को सोख सकता है। उसे जानते हुए ऐसा लगता था कि उसका मन भी ऐसे ही कोरा है। समंदर के किनारे हाई टाइड के बाद की सफेद रेत जैसा। कि अभी इसपर किसी का नाम नहीं लिखा गया है। सफेद रंग कोरे कैनवास सा होता है, बहुत कुछ करने को उकसाता है। मेरा अक्सर मन करता कि इंक

पेन झटकते हुए उसकी तरफ हाथ कर दूं...कि फिरोज़ी सियाही की बूंदें... छोटी-गोल-गोल एक दूसरे से थोड़ी छोटी होती हुई उसके दिल को रंग जाएं आसमानी।

इत्तिफाक। बड़े खतरनाक टाईप के होते हैं। दो दिन का वीकेंड था तो पार्क में शांत से बैठ कर कोई किताब पढ़ने का मन था। घर से निकली तो बैगपैक में एक किताब, एक कौपी, कलम, चॉकलेट, एक पैकेट बिस्किट, पानी और वालेट था। पार्क में दिन में कोई आता नहीं तो पेड़ों की खुसपुस और चिड़ियों की खिचपिच के अलावा कोई इंसानी आवाज़ परेशान नहीं करती। अक्सर का जाना है...बेंच पर सर के नीचे बैग को तकिए की तरह टिकाया और लेट कर किताब खोली। दो पन्ने पढ़े थे कि परफ्यूम की खुशबू आई...मस्की सा कुछ...ओल्ड स्पाईस की याद दिलाता हुआ।

'डु यु माइंड?'

ये नहीं हो सकता...मैं फिर से उसके बारे में बहुत ज़्यादा सोचने लगी हूं...मेरा दिमाग ख़राब हो गया है...वो यहां कैसे आ सकता है...सच में आ सकता है क्या...इतना सारा कुछ फ्रैक्शन ऑफ सेकंड में सोच गई...और हड़बड़ा के उठी। वो इतना खुश क्यूं हो रहा था जैसे कोई खज़ाना मिल गया है। इतने बड़े पार्क में मेरी ही सीट पर बैठना ज़रूरी था उसको...माइंड...ऑफ कोर्स आई माइंड.. .माय फुट। एक दिन चैन से रहने नहीं देता कमबख़्त। वो ज़ाहिर तौर से मुझे सरप्राइज़ करके बहुत खुश था।

'सो...तुम यहां?'

'मैं यहां रहती हूं।'

'पार्क में...ओहो हो...बुरा हुआ यार...मुझे नहीं मालूम था तुम ऐसी गरीब और बेघर हो, मुझसे कहा क्यूं नहीं।'

'ए, मैड और व्हाट...पार्क में नहीं...यहां पास में रहती हूं।'

'अच्छा...तो साफ बोलना था न, कन्फ्यूज़ कर रही हो...मैंने सोचा मैं भी टेंट वेंट लेकर आ जाऊं...यहीं पास में रह लेंगे, मैगी खा कर तुम जी तो लोगी न।'

'क्या?!'

जब वो इस तरह बक-बक किए जाता था तो मुझे वो पुरानी कहावतें और किताबें याद आती थीं जिनमें लिखा होता था कि द बेस्ट वे तो शट समवन अप...इज़ विद अ किस। मैंने किताब से उसे कंधे पर मारा तो इतना ड्रामेटिक पोज़ बना कर गिरने की एक्टिंग की जैसे बेहोश ही हो जाएगा। उसे सम्हालने

की कोशिश की तो कहता है 'इसे गले लगना नहीं, गले पड़ना कहते हैं। तुम्हें हग करना था तो कह देती, इतना ड्रामा करने की क्या ज़रूरत थी।' गया मेरा संडे और गई मेरी किताब...मालूम नहीं दो गैलेक्सीज़ के बीच फंसे आंद्रे इवानाविच किस विच के चक्कर में पड़ेगा...कौन से प्लैनेट पर उतरेगा...मुझे चिंता हो रही थी उसकी मगर सोचा जाने दो...किताब लिखी जा चुकी है...अब जिस भी प्लैनेट पर इवान जाएगा उसके लेखक की टेंशन है। मैं इस सरफिरे को सम्हालती हूं पहले।

उसमें कोई जेंटलमैन वाले मैनर्स नहीं थे...मेरा बैग खोल के बैठ गया...ओहो...कैडबरी टेम्पटेशंस, अब मेरी क्या गलती है, यू टेम्पटेड मी। रम एंड रेज़िन। वैसे तो मुझे किशमिश एकदम अच्छी नहीं लगती पर तुम्हारे लिए स्वीटहार्ट...हम ज़हर भी खा लें। ये लड़का पागल है क्या...कितनी लड़कियों को स्वीटहार्ट बुलाता है? इसे किसी ने बताया नहीं कि लड़कियां इन बातों को सीरियसली लेती हैं। और मेरी चौकलेट क्यूं खा रहा है...अरे मुझसे पूछो तो सही...हद्द है। मैं किसी भी ऐरेगैरे के साथ चौकलेट नहीं शेयर करती। दिल ने गालियां दीं. ..झूटी...वो ऐरागैरा नहीं है...चुप बैठ। मैं बेंच पर बैठी पांव हिला रही हूं और देख रही हूं कि आज उसने शॉर्ट्स और टी-शर्ट्स पहनी हैं यहीं कहीं रहता होगा शायद...किसी खिड़की से मुझे देखा होगा क्या?

'सो, आज का क्या प्लान है माय लव?'

कसम से उसे बहुत बहुत सारा पीटने का मन किया...मैं उसकी 'माय लव' कब से हो गई...और इतने प्यार से मुझसे क्यूं बात कर रहा है...कटखना...वैसे तो हमेशा खिंचाई करने को दौड़ता है। दुष्ट। पापी।

'प्लान्स की तो तुमने बत्ती लगा दी...अब बोलो मेरे दिन का क्या करना है...जो आप कहें हुज़ूर। दिन आपका हुआ।'

'सच्ची?'

'पक्का'

'प्रोमिस कि जो बोलूंगा वो करोगी?'

'हां, मर्डर करने का प्लान करोगे तो नहीं, वरना कुछ भी चलेगा'

'ना...मगर उससे ज़्यादा टफ काम है'

और एक सेकंड के अंदर वो एक घुटना ज़मीन पर टिका, नीचे बैठ गया ...मेरा एक हाथ अपने दोनों हाथों में ले लिया। कसम से मेरे दिल की धड़कन रुक गई थी। मुझे लगा वो प्रपोज़ करने वाला है।

'प्लीज़ मेरे घर चल कर मेरे लिए आलू के पराठे बना दो प्लीज़'

'तुम पागल हो क्या?'

'तुमने प्रोमिस किया था'

'मुझे खाना बनाना एकदम पसंद नहीं है...और तुम ये परांठे वरांठे कब से खाने लगे?'

'जब से तुम्हारे हाथ का पराठा खाया है, कसम से...तुम बहुत ऑसम पराठे बनाती हो...प्लीज़, प्लीज़, प्लीज़।'

ये लड़का एकदम पागल और ज़िद्दी है...अब उसके घर तो नहीं जाउंगी ...अपने अपार्टमेंट जाना सही रहेगा क्या...वैसे तो उसे जानती हूं...आलू पराठे का रोना रो रहा है तो उसके अलावा किसी चीज़ को देखेगा भी नहीं...फिर भी...घर पर...अकेले?

घर के होम थिएटर सिस्टम पर लास्ट प्लेड लिस्ट में नैट किंग कोल किसास किसास गा रहा था हां और ना के बीच शायद की किसी कड़ी थामे हुए, इश्क़ में हां की उम्मीद बांधे हुए और ये खुराफाती घूम घूम कर मेरे घर की चीज़ें देख रहा था...उसका कौतूहल कभी कभी एक बच्चे जैसा लगता था मुझे। हर चीज़ पर सवाल...जैसे पहले कभी देखा न हो। आखिरकार मेरे ड्रेसिंग टेबल पर जा कर अटक गया।

'मैं हमेशा सोचता था कि तुम कौन सा परफ्यूम लगाती हो...मगर तुम्हारा परफ्यूम भी तुम्हारी खुशबू नहीं देता...क्या तुम्हारी भी नाभि से सुगंध फूटती है?'

'नहीं...मेरे हाथों से सुगंध फूटती है...देखो, प्याज, अदरक, लहसुन और हल्दी...कमबख्त आलू का पराठा...मेरी छुट्टी का दिन बर्बाद कर दिया।'

'इसके बदले में तुम कुछ भी कहोगी मैं करूंगा।'

'बस...झूठे वादों पर ज़िंदगी कट रही है मेरी...प्रोमिस माय फुट'

कितना सारा दर्द अचानक से याद आ गया था कि आंखें भर आईं। रिश्तों से ऐसे ही डर लगता है मुझे। कई बार टूटने के बाद दिल को समझा तो लिया था कि अब किसी से जुड़ना नहीं है। मगर वो कब सुनने वाला था।

'एक दिन खाना बनाने में इतना ड्रामा, बाकी ज़िंदगी क्या भूखा रखोगी मुझे?'

और मैं सोच रही थी कि हमने कब वादा किया पूरी ज़िंदगी साथ रहने का कि मुझे याद नहीं है...और कि इसको कोई समझाए ऐसी बड़ी बड़ी बातें मजाक में नहीं करते। वो एक बार कहेगा पर मैं पूरी ज़िंदगी वहीं अटकी रह जाउंगी।

शामें हमेशा सिंगल माल्ट के नाम होती थीं...मगर आज उसकी ज़िद पर

हम कोनियाक पी रहे थे। फ्रांस के किसी छोटे छोटे सफेद मकानों वाले घर का लैंडस्केप खुल रहा था सामने, अच्छी शराब के साथ कहानियां होती हैं, उनके देश की मिट्टी की महक, वहां के लोगों की ख्वाहिशें। सब कुछ एक सिप में महसूस होता है। मुझे याद भी नहीं मैंने शैम्पेन ग्लासेस कब ख़रीदे थे। आज पहली बार इस्तेमाल हुए थे लेकिन। उसका वादा था। सिर्फ एक ड्रिंक और फिर वो अपने घर चला जाएगा। छत पर मेरी रौकिंग चेयर थी और उसकी नार्मल चेयर फिर भी दुनिया उसकी ज़्यादा घूम रही थी। साइड टेबल पर एक पैकेट ब्लू डनहिल्स, मेरी मार्लबोरो और बहुत से किस्से रखे थे।

द कोनियैक क्लॉक

कैंडल्स की रोशनी में वो दिखता कम महसूस ज़्यादा हो रहा था। उसने कहीं और ही देखते हुए पूछा था मुझसे।

'मुझे तुम्हारे बारे में कुछ भी मालूम नहीं है।'

'मैं तुम्हारी दुनिया की नहीं हूं जान!'। मुझे कोनियाक चढ़ने लगी थी।

'यू जस्ट कॉल्ड मी जान!' उसकी आवाज़ में सरप्राइज़ था...सरप्राइज़...और मैं सोचती थी कि मैं प्रेडिक्टेबल हूं।

'क्या कहूं, जान के दुश्मन? बिना बताए आ जाते हो, छुट्टी के दिन किचन में काम करवाते हो, विस्की की जगह कोनियाक पीने की जिद करते हो'

'मैं इतना बुरा लगता हूं तुम्हें?'

उसमें कुछ तो चार्मिंग लगता है मुझे, एक्ज़ैक्टली क्या, मालूम नहीं। वो पतझड़ की शामों की खुशबू जैसा है। सूखे पत्तों पर चलते हुए एक गंध आती है। ख़त लिखते हुए जो अनगिन कागज़ फेंके जाते हैं वैसा रफ ड्राफ्ट सा है कुछ मेरे और उसके बीच।

कोनियाक मुझे कभी पसंद नहीं थी। कभी कभी कुछ स्पेशल लोगों के लिए मुझे वो चीज़ें करनी अच्छी लगती हैं जो मैं कभी नहीं करती। एक तो कोनियाक पीने का सोफिस्टीकेशन बिलकुल मैच नहीं करता। फ्लूट ग्लासेस को तमीज़ से पकड़ो। हमेशा किसी ईवनिंग गाउन पहने हौले हौले डांस करती किसी युवती की छवि बनती है। कहां मैं शॉर्ट्स और टी शर्ट् में रोकिंग चेयर पर बैठी हूं। व्हिस्की मेरे लिए बिलकुल परफेक्ट ड्रिंक है, ग्लास भी सॉलिड, फ्लैट सर्फेस, गिरने का चांस कम। मगर उसके कहे को ना कैसे कहूं। वो इतना स्पेशल हो गया मेरे लिए? कब?

'तुम मुझे इतनी अच्छी क्यों लगती हो?'

वो मुझसे कह रहा था या अपने आप से। मुझे मालूम नहीं। जब मैं ऐसी किसी हालत में होती हूं तो दिमाग बहुत अजीब तरह के सवालों में अटक जाता है। जैसे मैं अभी याद करने की कोशिश कर रही थी कि ब्लू लाईट का वेवलेंथ ज़्यादा होता है या रेड का...शायद अल्ट्रावायलेट रे वैसी होती हैं जिनका वेवलेंथ सबसे ज़्यादा होता है। ग्रेविटेशनल फोर्स कैलकुलेट करने का कौन सा फार्मूला था? कुछ तो एम वन एम टू टाईप याद आ रहा था। मैं हरगिज़ ये नहीं सोचना चाहती थी कि ऐसी कोई शाम आई है जिसमें मैं उसके साथ बैठी हूं और वो वाकई मुझसे कह रहा है कि मैं उसे अच्छी लगती हूं।

मुझे एक ड्रिंक ख़त्म करने में लगभग घंटे भर का वक़्त लगता है। मैं या तो बहुत बोलती हूं और कम पीती हूं या किताब पढ़ने में भूल जाती हूं कि ड्रिंक भी रखा है। हां एक चीज़ जो मैं रेगुलरली हर चीज़ के साथ रिदम में कर सकती हूं वो है सिगरेट पीना। चाहे लिखना हो, ड्राइव करना हो, किताब पढ़नी हो। मूड है तो सिगरेट हर काम के बीच एडजस्ट कर सकती हूं। धुएं में मगर आज कोई रंग नहीं दिख रहे कि आज शाम उसकी शर्ट ने आसमान के सारे रंग सोख लिए हैं। मैं हूं कहां? फ्रांस की कोई शाम या कि ग्रास के खुशबू के खेत और फिर कहीं से समंदर का शोर आ रहा है। आजकल कोहरा गिरने लगा है। उसकी आवाज़ होती है, बेहद बेहद फीकी। पर जैसे खामोश रात में घड़ी की टिक टिक भी सुनाई देती है, वैसे ही मुझे धुंध की पदचाप सुनाई देती है।

अपनी शामें बांटने की आदत ख़त्म हुए बहुत वक़्त हुआ। पता नहीं कैसे आज के प्रोग्राम में एक ड्रिंक की बात हो गई। डज़ ही रियली इवन एक्ज़िस्ट, या मेरी फ्रैगमेंट ऑफ इमैजिनेशन है। उसकी ओर देखती हूं तो वो वैसा ही है जैसे ज़िंदगी में दिखता है। इमैजिन करती तो थोड़ा तो अलग होता। कुछ तो गलती हो ही जाती। किसी मास्टरपीस की कॉपी करने वाला आर्टिस्ट जानता है कि वो कितनी भी कोशिश कर ले, कभी परफेक्ट कॉपी नहीं बना सकता। ओरिजिनल में गलतियां होती हैं। उनकी नकल करना नामुमकिन है। मैं फिर से उसे गौर से देखती हूं, दाएं आइब्रो के ऊपर कट का निशान है। बचपन में भी भारी बदमाश रहा होगा। ऐसे मास्टरपीसेस खुदा ही बना सकता है, मैं चाहूं भी तो इतनी डीटेल में सोच नहीं पाउंगी।

पुराने ज़माने में जब घड़ियां नहीं होती थीं समय नापने के कुछ तरीके हुआ करते थे। जलघड़ी ऐसा ही एक अविष्कार था। एक बर्तन के तले में एक छोटा सा छेद होता था जिससे बूंद बूंद पानी टपकता था जिसके नीचे एक और बर्तन होता था जो पानी के गिरने को नापने के लिए होता था। गिरे हुए पानी की

मात्रा से पता चलता था कि कितना वक़्त बीत गया है। व्हिस्की के मामले में मेरे विस्की ग्लास और जलघड़ी में कोई अंतर नहीं था। ग्लास आधा यानी आधा घंटा बीत गया है। पर आज तो समय का कुछ पता ही नहीं चल रहा...हम कितनी देर से एक ही ड्रिंक लिए बैठे हैं। आसमान का रंग गहराते हुए सियाह हो गया है।

मुझे लैवेंडर टीलाइट्स बहुत पसंद हैं। पत्थर का जालीदार कैंडिलस्टैंड है जिससे रोशनी की कुछ फांकें बाहर गिरती हैं। उसे भी रोशनी से जुड़ी कोई भी चीज़ बेहद पसंद आती है, मेरे कैंडिल स्टैंड पर उसकी बुरी नज़र है मैं देख सकती हूं।

'सोचना भी मत, ये मेरा फेवरिट है, कैंडिलस्टैंड तुम्हें नहीं ले जाने दूंगी'

'कैंडिलस्टैंड समेत तुम्हें उठा ले जाऊंगा, छोटी मोटी चीज़ों में मेरा कोई इंटरेस्ट नहीं है'

एक ही दिन में मैं उसके साथ कम्फर्टेबल होने लगी थी। जैसे बहुत दिन से जानती हूं उसको...हालांकि जानती तो हूं मगर ग्रुप में। हमारे कौमन फ्रेंड्स थे तो अक्सर हम मिलते रहते थे मगर ख़ास उससे कभी बात की हो ऐसा याद नहीं। यूं देखा जाए तो आज पूरे वक़्त हमने कोई बात ही नहीं की थी। सिर्फ उसके होने से अच्छा लग रहा था। खालीपन भी अजीब होता है। यूं महसूस नहीं होता। पर किसी के साथ वक़्त गुज़ार रहे हो तब उगने लगता है। अचानक से लगता है कि कितनी सारी खाली जगह थी कि एक पूरी शाम समा गई और मालूम भी नहीं चला।

हमारी कोनियाक-घड़ी कह रही थी, मिलने का वक़्त ख़त्म हुआ मुसाफिर। अब इस जेलखाने से दूसरे जेलखाने चलो। मैं कब उठी, मैंने कैसे घर पर ताला लगाया मालूम नहीं। सड़क पर उसके घर की ओर चलते हुए हमने एक दूसरे का हाथ पकड़ा हुआ था। इतना मालूम था कि नशा कोनियाक का नहीं है, कुछ और ही है। उसके हाथ बेहद खूबसूरत थे। नर्म और हलकी सी गर्माहट लिए हुए। कभी मैंने एक फरिश्ते की कहानी लिखी थी, उसके हाथ कुछ वैसे ही थे। ऐसा लगता था कि जब तक वो साथ है, कोई अनहोनी नहीं घट सकती है।

उसे किस मोड़ पर छोड़ कर आई मुझे याद नहीं। फ्लैट की सारी लाइट्स ऑफ कर दी। अपने हिसाब का ड्रिंक बनाया। पांच आइस क्यूब। सिंगल माल्ट। व्हिस्की ग्लास। होम थिएटर में पैसे लगा के अच्छा किया। ऐसा कुछ सोच रही थी। कोई विदेशी वायलिन की धुन थी। शाम के ताने बाने से मेरे लिए दुशाला तैयार कर रही थी। हम कितने अकेले होते हैं। जिसके दोस्त जितने ज़्यादा होते

हैं मैंने उसे उतना ही अकेला देखा है। ज़रूरत होने पर किसी एक को बताया नहीं जा सकता है कि तुम्हारी ज़रूरत है, आ जाओ। क्या घर जा कर उसने भी ऐसे किसी की ज़रूरत महसूस की होगी?

पास्ता विद ब्लैक कॉफी

घुसपैठिया...डाकू...जाने मन के किस किस कोने पैठ गई थी उसकी याद... सुबह कब नींद खुली याद नहीं बस ये याद था कि सपने में उसे देखा है, बहुत पास से। किसी थ्री डी अनिमेशन की तरह, इतने करीब कि हाथ बढ़ा कर छू सकती थी उसे।

बेड से उठती हूं तो तीखा सरदर्द होता है। मुझे शायद ही कभी ज़िंदगी में हैंगोवर हुआ है। मैं हमेशा तमीज़ से पीने वाले लोगों में से हूं। ड्रिंक्स स्पेस आउट करना, बीच में खाना, पानी पीना और कभी ड्रिंक्स मिक्स नहीं करना। लेकिन कोनियैक और व्हिस्की का मिक्स जानलेवा हो गया। सर दर्द के मारे जान जा रही थी। अपने अकेलेपन को अजीब बेतरतीबी से महसूस किया। हालांकि फोन करने से होम डिलीवरी वाले हर चीज़ पहुंचा देते मगर सर फटने वाले दर्द पर अमृतांजन लगाने वाली कोई सर्विस अभी शुरू नहीं हुई है।

एक हाथ से शरबत बनाना मुश्किल होता है, खास तौर से तब जब दूसरे हाथ से खुद का सर दबाना पड़ रहा हो। ऐसे बहुत सारे ज्ञान का कोई हासिल नहीं निकलने वाला था। ज़रूरी था कोने पर की दूकान से जा कर गैटोरेड खरीदना या फिर नारियल पानी पीना। अंडे का कार्टन भी खाली था, संडे की शोपिंग करनी थी आज। आश्चर्य ये था कि इतने पर भी मेरा मूड ख़राब नहीं हो रहा था। अवोकाडो पड़े थे फ्रिज में, टमाटर के साथ मिला कर सैंडविच बनाए तो कुछ चैन आया। हॉट एंड कोल्ड शावर लेने से दिमाग कन्फ्यूज़ हो जाता है और सरदर्द चला जाता है, ऐसा कुछ किसी दोस्त ने बताया था। कब? कितने साल पहले? याद नहीं।

हॉट शावर। दिसंबर की ठंड में जलते अलाव जैसा उसका चेहरा या जेठ की गर्मियां। सोचो सोचो। मैं शायद दुनिया के उन एक्स्टिंट लोगों में से एक होऊंगी जो अभी भी साल को सावन, भादो, आशिन, कार्तिक जैसे महीनों से याद रखते हैं। इन महीनों में दादी के चेहरे की मुस्कुराती झुर्रियां हैं। हॉट शावर, उसके मेरे साथ होने पर मेरी दोस्तों की आंखों में ईर्ष्या की लपटें। दोस्त। कौन? अब तो कोई मुझसे मिलने नहीं आतीं, सब अपने पति को लेकर इनसेक्योर फील करती हैं मेरे इर्द गिर्द। अलोन ऐंड इनविंसिबल। किसी ने मुझे सिखाया था।

तुम अकेली और अजेय हो।

कोल्ड शावर। स्वीटहार्ट। उफ। वो मेरे साथ फ्लर्ट कर रहा था। मैं जानती हूं, सच्चाई, ज़िंदगी, दुनिया। उसे मुझमें कोई इंटरेस्ट नहीं है। मगर वो मुझसे बात क्यूं कर रहा था, मैंने तो उसे कभी ऐसा सिग्नल नहीं दिया कि मुझे किसी की ज़रूरत है। एक सेकंड। मैंने अभी खुद कहा कि मुझे उसकी ज़रूरत है। एक पुरानी याद से पर्दा धुलता है तो पाती हूं एक पुरानी शाम, एक पार्टी की प्लानिंग कर रही थी दोस्त के साथ तो लोगों को फोन करके कन्फर्म करने का काम मेरा था। उसे फोन किया था सिमोन के घर पार्टी है, थीम...लेकिन उसने बीच में ही काट कर कहा था, अरे गोली मारो पार्टी को, ये बताओ तुम कैसी हो। मैंने जाने कितनी बातें की थी उससे। फिर उसे अचानक किसी ने बुलाया और उसने कहा, 'कमिंग, ओके, लव यू, बाय'। मैं इधर भौंचक रह गई थी कि ऐसा भी कोई होता है जिसे लव यू बोलने की आदत होती है, कि कितने लोगों को वो लव यू, बाय बोलता है। बात कहीं खो गई थी मगर आज कोल्ड शावर में जैसे धुल धुला कर सामने खड़ी थी। उसने मुझे लव यू कहा था, बाय कहने के पहले।

सर दर्द थोड़ा कम हुआ तो दिन के काम की लिस्ट सामने पड़ी थी। मेरा आज कहीं जाने का मन नहीं था। घर पर रह कर कुछ काम निपटा लिए जाएं। डिलीवरी के लिए हफ्ते भर की सब्ज़ियां, फल, दूध आर्डर कर दिया। साथ में पास्ता खाने का मन कर रहा था। स्पिनैच मशरूम पास्ता। थिएटर सिस्टम में क्लासिकल म्यूज़िक लगा दिया। पास्ता बनाने में एक रोमांस है जो मेरे बुरे से बुरे मूड और हैंगोवर को ठीक कर देता है। चाहे पास्ता बॉईल करना हो, मशरूम के छोटे टुकड़े करने हो या सौस की तैयारी। मुझे खाना बनाना ख़ास पसंद नहीं है। बस कभी कभी मूड होता है तो मन से खाना बनाती हूं। घर बनवाते वक्त कितनी रिसर्च की थी, जर्मन किचन कैबिनेट्स, हलके से छूते ही बैले डांसर के नाज़ुक डांस स्टेप की तरह खुलते हैं, ज़रा से धक्के से वापस बंद, कोई धड़ाम सी कर्कश आवाज़ नहीं। खाने की खुशबू इतनी अच्छी थी कि अगर कमरे में लाइव म्यूज़िशियंस होते तो तो किसी का कुछ बजाने का मन ही नहीं करता, सब प्लेट लेकर पास्ता मांगने पहुंच जाते। पास्ता के साथ ब्लैक कॉफी। डाइनिंग टेबल पर फूलदान में डेकोरेटेड लिली। कभी कभी तरतीबी से रखी चीज़ों में कितना सुख मिलता है।

पहला कौर खाया था की मोबाईल बज उठा। किसका कॉल हो सकता है? देखती हूं उसका नंबर फ्लैश हो रहा है। उठाऊं? छोड़ दूं?

'क्या कर रही हो?'

'पास्ता खा रही हूं'

'अरे वाह! मेरा भी पास्ता खाने का मन था, आ जाऊं?'

'थोड़ा सा ही बनाया है, सिर्फ अपने लिए।'

'वी विल शेयर। मुझे कोई दिक्कत नहीं है, मैं 2 मिनट में पहुंच रहा हूं।'

अरे कमबख्त मुझे दिक्कत है। भुक्खड़ कहीं का। कितने शौक से पास्ता बनाया था। मैं अरमान से पास्ता की प्लेट को देख रही थी कि दरवाज़े की घंटी बजी। वो शायद शावर से सीधे निकल कर आया था। लाइम सी कोई खुशबू थी उसके इर्द गिर्द। लिरिल जैसी। अच्छा लग रहा था। जींस और लाईट एप्पल ग्रीन का शोर्ट कुरता था, खादी या लिनन का। फोर्क लेकर बैठ गया बगल वाली चेयर पर।

'किसी से सिर्फ इसलिए शादी करना कि उसे बेहतरीन खाना बनाना आता है, कितना सही लगता है तुम्हें?'

'हमें कहा गया है कि खाने की टेबल पर बात नहीं करते'

'फिर भी...कितना सही है?'

'वैरी वैरी सेल्फिश थॉट'

उसके इर्द गिर्द रहते हुए अजीब महसूस होता है, जैसे वो अचानक ही हवा में घुल जाएगा, किसी तिलिस्म सा। हाथ बढ़ा कर शायद छूना चाहूंगी तो वो रहेगा ही नहीं। उसके बारे में कुछ तो एकदम टेंपररी था। लम्हे भर जैसा। जैसे हम किसी दो दुनिया के लोग थे। अचानक से कहीं एक वॉर्महोल खुला और इस दुनिया और उस दुनिया के बीच एक खिड़की बन गई। जल्दी ही वो फिर अपनी दुनिया में वापस चला जाएगा।

'तुमने जो ये दुनिया बनाई है, इतनी खूबसूरत है कि इसमें बस जाने का मन करता है। ऐसा लगता है कि सब कुछ सिरे से ऐसे रखा गया है कि हर जगह बस थोड़ी सी जगह बाकी है, सिर्फ मेरे आ जाने से ये सब कम्प्लीट हो जाएगा...फुल सर्किल।' वो फिर से जैसे खुद से बात कर रहा था।

'मैं तुम्हारे लिए फूल खरीदता तो लिली ही लाता, इसकी पंखुड़ियां देखो, ऐसा लगता है न कि किसी ने हग करने के लिए बांहें फैलाई हों?, सोचो ये लिली के फूल मैं तुम्हारे लिए लाता तो ज़्यादा अच्छे लगते न इस डाइनिंग टेबल पर। जितने हसीं, जितने खूबसूरत अभी लग रहे हैं, उससे बस ज़रा से अच्छे. ..पर वैसे में सब कुछ परफेक्ट होता न?'

ज़ाहिर है, उसे खाते समय चुप रहने को नहीं सिखाया गया था। उसके

आने के पहले मुझे कभी नहीं लगा था कि मेरी दुनिया में वाकई किसी की जगह भी बन सकती है...या उसके शब्दों में किसी की जगह पहले से है। पर अब बार बार लगने लगा था कि उसके जाने के बाद एक वैक्यूम बन जाएगा जिसे मेरे असिमोव के नोवेल्स, पास्ता, व्हिस्की, लॉन्ग ड्राइव्स भी भर नहीं पाएंगे। एक मास्टरपीस पेंटिंग में उसे बनाने वाले के सिग्नेचर की जगह रहती है, भले ही पेंटिंग में आउट ऑफ प्लेस लगे।

एक पूरे दिन की मोहलत थी हमें...भागते लम्हों को किन शीशियों में बंद किया जाए?

द ओलिव किस

सिनेमाहाल का नीम अंधेरा मुझ पर हौले हौले काबिज होता जाता है। बहुत साल पहले नदी किनारे छुट्टियां मनाने गई थी। नदी में चांद की परछाई झिलमिल कर रही थी। सिनेमाहाल का पर्दा मुझे नदी की वैसी ही सतह सा लग रहा था।

कहानी लंबी है, इसलिए आज नाम के पहले अक्षर से शुरू करते हैं 'J' ना ना...मेरी जान वाला जे नहीं...सिर्फ जे। मैं उसे जे कहती थी। मेरी बगल वाली सीट पर बैठा एकटुक सिनेमा स्क्रीन को देख रहा है। जाने पलकें झपकाता भी है या नहीं। फिल्म की अलग दुनिया थी, मेरे साथ बैठे जे के साथ एक अलग दुनिया और एक दुनिया थी आंद्रे इवानाविच की। जिसके प्यार में मैं कई दिनों से पागल थी। पार्क में जे से मिलने के बाद मैं नावेल पढ़ ही नहीं पाई थी। आंद्रे का सफर अभी शुरू ही हुआ था।

'तुम्हें क्या चाहिए आंद्रे इवानाविच?' मैं किसी पैरलल दुनिया से उससे पूछती हूं। परदे पर चलती फिल्म का संगीत मेरे इर्द गिर्द रेशम का ककून बन रहा है। आंद्रे को इस दुनिया में कितनी तन्हाई मिली होगी कि वो कई गैलेक्सीज़ दूर जीवन की खोज में भटकने को तैयार हो गया होगा। अगर उसकी इस दुनिया में ही एक खुशनुमा बीवी होती, दो गोलमटोल बच्चे होते, एक कुत्ता होता तो क्या वो कई प्रकाशवर्ष दूर जा पाता? कहानी में उसका किरदार कुछ कुछ मेरी ही तरह है। भटकता हुआ। ठहराव में उसका भी दम घुटने लगता है। अगर आंद्रे मुझे अपने साथ उस स्पेस-शिप में चलने को कहता तो क्या मैं चल देती? और जे क्या करता फिर?

जे का फ्रेंड सर्किल बहुत बड़ा है, हर वीकेंड उसके पास अनगिन पार्टियों के इनविटेशन रहते हैं। वो पार्टियों की जान है। उसके लतीफों पर ठहाकों की फौज इकठ्ठा हो जाती है और उसकी सेंसुअस कविताओं पर अनगिन औरतें

अपना दिल निछावर किए रहती हैं। कायदे से उसकी ज़िंदगी एक सेटल्ड इंसान की ज़िंदगी है। फिर भी मुझे उसकी आंखों में इतनी बेचैनी क्यूं दिखती है? या कि उसका चेहरा सिर्फ आइना है और मुझे अपनी ही बेचैनी का प्रतिबिम्ब दिखता है? हम दोनों में से किसी को वालेट में ज़्यादा कैश रखने की आदत नहीं है लिहाज़ा दोनों के पैसे जोड़ कर एक पोपकोर्न ही ख़रीदा जा सका। बीच बीच में हमारी उंगलियां एक दूसरे से छू जाती हैं और मैं जाने क्यूं सोचती हूं कि मैं उसके कंधे पर सर टिकाना चाहती हूं। जे ऐसी ख्वाहिशों का पिटारा है जो मैं बहुत साल पहले नदी में बहा आई थी।

किसी दूसरे देश में पहुंच गई हूं जहां बर्फ से ढकी सड़कें हैं। मैं और जे एक बेंच पर बैठे सिगरेट पी रहे हैं। सफेद के उस विस्तार में उसकी ब्लू डनहिल्स किसी राशियन नर्तकी की नीली आंखों की याद दिलाती हैं। अपने दस्ताने वापस पहनने के पहले उसने मेरे हाथों को अपने हाथ में लिया है, उसके हाथ बेहद ठंडे हैं। धीरे धीरे मेरे हाथों से भी सारी गर्मी जाती रहती है, उसकी आंखों में कोई बचपन की शरारत नज़र आती है। हमें सैल्स्बर्ग फेस्टिवल जाना था, मोज़ार्ट को सुनने। वो मुझे पूरी ड्राइव अपने पसंदीदा क्लासिक म्यूज़िशियंस के बारे में बताता रहा है। कार में सिम्फोनी 40 बज रही है। सौल्ज़बर्ग में दूर दूर से आए लोग हैं। हम भी अपना टेंट लगा रहे हैं। हवा में वसंत की खुशबू है। पास ही एक छोटे टेंट में बगल के गांव से आया एक परिवार है। टेंट के बाहर उन्होंने घर में बनाई शराब के बड़े बड़े ड्रम रखे हैं। ड्रम में लगी टोटी से जे और मैंने अपने ग्लास भर लिए हैं।

थोड़े से नशे के बाद सारे लोग अच्छे डांसर हो जाते हैं मगर जे यहां भी अद्भुत था। फेस्टिवल में आए लोगों के साथ किसी लोकगीत में ऐसे घुलमिल गया था जैसे यहीं का बाशिंदा हो। ऐसे ही होते हैं न यायावर...किसी ज़मीन के नहीं और सारी ज़मीनों के एक साथ। उसके साथ डांस करते हुए लगता रहा था कि वाकई धरती किसी के प्रेम में ही अपनी धुरी पर घूम रही है। थोड़ी देर तेज़ संगीत के बाद कोई धीमी धुन बजती है। लोग थोड़ी देर को रुके हैं। मगर जे ने मेरी हथेली अपने सीने पर रखी है और अपनी हथेली से उसे कवर किया है। हम एक बेहद स्लो मोशन में डांस कर रहे हैं। वो संगीत के साथ मेरी धड़कन में घुलता जा रहा है।

शहर के घड़ियाल में बारह बजते हैं। पहली 'टन' की आवाज़ के साथ संगीत तेज़ होता है और सारे लोग फिर से गोल घेरा बना कर डांस करने लगते हैं। घड़ियाल की हर आवाज़ के साथ संगीत तेज़ और तेज़ होता जाता है और

हमारे आस पास के लोग ब्लर होने लगते हैं। इस सारे केओस के बीच मैं जे की बांहों में हूं। मेरे लिए सब रुका हुआ है। उसने मेरे चेहरे को अपनी हथेलियों में भरा है और पूरा आसमान तारों के साथ नीचे झुक आता है कि जब उसने मेरे होंठों पर अपने होंठ रख दिए हैं। ऑलिव्स। उसके होटों का स्वाद। थोड़ा नमकीन, थोड़ा अबूझ। हमने लास्ट ड्रिंक कौन सी पी थी? मार्टीनी। मैंने आखिरी बार सांस कब ली थी? याद...नहीं।

आंखें खोलती हूं तो हलके अंधेरे की नर्म बांहें अपने इर्द गिर्द पाती हूं। सामने पर्दा है और साथ की सीट पर जे. फिल्म के क्रेडिट्स आ रहे हैं। उसने मेरा हाथ अपने हाथों में लिया हुआ है। हाल लगभग खाली हो चुका है। ये पूरी फिल्म पर्दे से उतर आए थी मन में। याद करने की कोशिश करती हूं, फिल्म का नाम क्या था। हां, डॉक्टर ज़िवागो। अगली किसी बार फिर देखूंगी।

ड्राइव करते हुए सिग्नल पर उसके चेहरे को गौर से देखा, उसकी आंखें, रोशनी में हलकी भूरे रंग की, लगभग सुनहली। होंठ। ऑलिव्स। मेरे चेहरे पर कोई रंग उतर आया होगा शायद। उसकी आंखों से मैं कैसी दिखती होउंगी? मैं अक्सर एक हाथ से स्टेयरिंग पकड़ती हूं और दूसरा हाथ गियर पर रहता है। जे ने मेरे हाथ पर हाथ रखा था और जैसे खुद से कहा था 'मुझे कभी कभी डर लगता है, कि मुझे तुमसे प्यार हो जाएगा, मुझे प्यार सम्हालना नहीं आता। फिर तुम भी मुझसे बहुत दूर हो जाओगी, आई कीप लूज़िंग पीपल आल द टाइम'। उसे मेरे खो जाने का डर था। इस इतनी बड़ी दुनिया में, जहां मेरे होने का कोई सबूत नहीं, उसे मेरे खो जाने का डर था। सिर्फ उसके डर से ऐसा लगा जैसे मेरा अचानक से कोई वजूद हो गया हो। मुकम्मल।

मैं बहुत देर शहर की सड़कों पर कार चलाती रही। मेरे हाथ पर उसका हाथ बराबर बना रहा। मोज़ार्ट यहां भी अपना जादू बिखेर रहा था। हमने मैक डी के ड्राइव इन से कुछ खाने का उठाया। शाम के रंग खुली सड़कों पर उतर रहे थे। हाइवे पर कार साइड कर के पार्क कर दी। यहां से डूबता सूरज दिखता था। पुल के नीचे वाइनयार्ड्स थे। सामने एक छोटी पहाड़ी के साथ लगी एक छोटी सी झील थी। यहां बहुत सुकून मिलता था, हमेशा। किसी के साथ सनसेट शेयर करना एक बेहद प्राइवेट सी चीज़ होती है। जैसे वो ज़िंदगी का बहुत ज़रूरी हिस्सा हो। बर्गर, आइस टी और फ्राईज़। शायद सबसे सिंपल चीज़ होती पर उस दिन बेहद ख़ास थी। थर्टी के बाद कौलेज स्टूडेंट्स की तरह खाना नहीं खाते। थोड़ा हार्ट का ध्यान रखना पड़ता है, कैलोरीज़ गिननी पड़ती है। अकेली रहती हूं तो हेल्थ का ध्यान रखती हूं। पर आज इतना सोचना नहीं था।

कल मंडे हो जाएगा। ऑफिस। फिर उससे कब मिलना होगा? हफ्ते भर तो एकदम फुर्सत नहीं मिलती है। अंधेरा गहराने के साथ उससे अलग होने की हलकी उदासी महसूस होने लगी थी। शहर लौटने का वक़्त हो गया था। वो मुझे अपने बचपन के किस्से सुना रहा था। कैसे उसने कार चलानी सीखी। कैसे उसके भाई बहन उसे बेहद चिढ़ाते थे। यहां उसे अपनी मम्मी की बहुत याद आती है। वो कविता भी लिखता है। उसने कुछ पंक्तियां भी सुनाईं मुझे।

पहली पंक्ति के हर शब्द पर ठहरा था वो, उसकी आवाज़ जैसे रेगमाल थी, रूह के तीखे टुकड़े मुलायम कर रही थी। या खुदा! सुकून के पुरकशिश लम्हे। मैं इस लम्हे मर जाऊं तो कितना अच्छा हो। उसके घर के आगे कार रोकी। मैं कोई नदी हो गई थी। कोई समंदर। उसकी पेशानी पर हलके से चूमा था मैंने। 'टेक केयर माय लव'। फिर एक मिनट की ड्राइव घर तक। पार्किंग। लिफ्ट। घर का ताला।

व्हिस्की काफी जल्दी ख़त्म कर दी थी मैंने आज। बर्फ पिघलने के काफी पहले। बचपन में मुझे बर्फ खाना बहुत पसंद था। आज फिर बर्फ का एक छोटा क्यूब मुंह में रखा था। ऑलिव्स याद आए मुझे, ग्रीन, उनका कच्चापन, नमक, समंदर, नींद के आते आते भी कहीं ज्वारभाटा आया था।

अ लॉन्ग ड्राइव इन सर्च ऑफ द सी

सुबह उठी तो सीने में अजीब सा दर्द था, एक अजीब सी हूक। पहली बार अपने किंग साइज़ बेड को देखा तो बहुत खाली सा लगा। कितने शौक से बनवाया था, कितने फर्नीचर डिजाइनर्स के साथ माथापच्ची की थी। लकड़ी की किस्मों को समझा था। पैटर्न्स में कविताएं ढूंढ़ीं थीं कुछ यूं कि हर लकड़ी के पटरे को खुद सेलेक्ट किया था। महीने भर कारीगर लगा के तैयार हुआ था मेरी पसंद का बेड। बॉम्बे डाईंग की चादर, कितने प्यारे प्रिंट्स थे। धुली चादर जब धूप में सूखती है तो खनखनाती हुई खुशबू होती है उसमें। मुझे अपने कमरा बेहद पसंद था। कैसी सुकून की नींद आती थी पहले यहां। सिर्फ इस दो दिन के वीकेंड ने कितना बदल दिया था मुझे। जहां वो कभी नहीं था, वहां भी उसकी कमी महसूस होने लगी थी। जॉगिंग के लिए तैयार होते हुए ऐसा लग रहा था जैसे वो हमेशा से इसी घर में रहता आया हो। टूथब्रश होल्डर तनहा लगा। आंखों में पानी के छींटे मारते हुए अचानक आंखें भर भर आईं। बहुत फूट फूट के रोने को जी चाहा। उसके आने के पहले तो कभी नहीं लगा था कि मुझे किसी की ज़रूरत है। एक शाप की तरह दाखिल हुआ था ज़िंदगी में कि दुआ

की तरह?

शावर लेते हुए सोच रही थी कि जे का दिन भी ऐसे ही कुछ बदला होगा क्या? उसे क्यूं डर लगता है कि उसे मुझसे प्यार हो जाएगा तो वो मुझे खो देगा? मैं कहीं हूं क्या उसकी ज़िंदगी में? दिमाग सवालों का बरच्छत्ता बना हुआ है। खराब मूड में मुझे ड्रेस अप करना अच्छा लगता है। आईने में खुद को देखती हूं तो दुनिया की खूबसूरती पर थोड़ा यकीन पक्का होता है। आज की मीटिंग बहुत इम्पोर्टेन्ट थी। इसके लिए बहुत दिनों से एक्साइटेड थी। चेन्नई की कंपनी है जिन्होंने एक जुलाहों के गांव को अडॉप्ट किया है। उनके हथकरघे पर बुनी कलात्मक साड़ियों की बहुत डिमांड है। अपने सफर को बाकी लोगों को पहुंचाने के लिए उन्होंने कॉफी टेबल बुक का माध्यम चुना था। बुक एजेंट ने कहा था 'कहानी बुनने के लिए मेरे जैसी कोई जिसे इश्क़ और ज़िंदगी को धागे धागे में पिरोना आता है।' जॉब डिस्क्रिप्शन सुन कर ही जी खुश हो गया था। हलके आसमानी रंग की साड़ी बांधते हुए पहली बार महसूस हुआ कि आईने का देखना काफी नहीं आज। मुझे जे की निगाहों में कुछ खास देखना है अपने लिए।

लॉन्ग ड्राइव थी। अकेले जाने का मन नहीं था। फेसबुक के क्लोज़्ड ग्रुप में स्टेटस डाला। ड्राइविंग टु चेन्नई, एनीबॉडी इंटरेस्टेड? दिल सिर्फ उसका जवाब चाह रहा था मगर बेशर्म होकर उससे बोल तो नहीं सकती थी कि मंडे को सब कुछ छोड़ कर मेरा साथ देने के लिए चेन्नई चलो मेरे साथ। कितना सोचने लगी थी मैं आजकल उसे फोन करने के पहले। ऐसा किसी और के साथ तो नहीं किया था मैंने। मेरे रिश्ते सीधे साधे होते थे। जो दिल में आया कह दिया। खुद को देने के लिए कई और दलीलें थीं मेरे पास। चेन्नई मुझे बिल्कुल पसंद नहीं था। बेहद उमस भरा, बेहद गर्म, बेहद अजनबी शहर। अकेले चले जाओ तो काम के बाद बात करने को कोई नहीं। मैं सोच रही थी कि शायद तन्वी को फुर्सत हो तो उसे साथ चलने को कहूं। तन्वी की शादी के छह साल हो रहे थे। डेढ़ साल की छोटी बेटी थी उसकी। ऐसे अचानक बने प्लान्स पर अक्सर हम साथ निकल जाते थे। उसके साथ मेरी अच्छी जमती थी और इसी बहाने हमारा गर्ल्स डे आउट हो जाता था।

फोन उठाया तो जे का मेसेज पड़ा हुआ था 'डेट?'

फोन को चूम लेने का मन किया। फिर अपनी ही बेवकूफी पर हंसी आ गई। कलाइयों पर, गर्दन के पास और कानों के पीछे परफ्यूम स्प्रे हुए कोको शैनेल का कोट छेड़खानी कर गया 'इत्र लगाने की जगह कौन सी होनी चाहिए? उन जगहों पर जहां चूमे जाने की ख्वाहिश हो'। आईने में खुद को देखा तो

उस पार से दो बेहद शरारती और शर्मीली आंखों ने बेस्ट ऑफ लक कहा। कार में खाने पीने का सामान लोड किया और जे के घर की ओर कार मोड़ ली। उसकी पार्किंग में एंटर किया ही था कि वो सामने से आता दिखा। आज उसने हलके आसमानी रंग का कुर्ता पहना था। शर्म से गाल लाल हो गए, जाने कैसे तो हम एकदम नए शादीशुदा जोड़े की तरह लग रहे थे, मैचिंग कपड़ों के साथ। उसे कभी ट्रेडिशनल कुछ पहने देखा नहीं था। कमाल का हैंडसैम लग रहा था। दरवाज़ा खोल कर बाहर निकली। वो जहां था वहीं ठिठक गया, उसका चेहरा देख कर लगा कि हां, ठीक इसी के लिए इतनी तबियत से तैयार हुई थी मैं। सीने पर हाथ रखे उसने एकदम मर जाने की फिल्मी एक्टिंग की थी। एक गहरी सांस और एक ही शब्द 'उफ्फ्फ्फ'।

धूप थी उसकी आंखों में। खूबसूरती का अहसास आइना नहीं कराता, किसी की आंखें कराती हैं।

'तुम्हें पता है तुम कल्पेबल होमीसाइड में अंदर हो जाओगी। जानलेवा दिखना गैरकानूनी है', सच बताओ...कत्ल करने का इरादा लेकर आई हो?'

ब्लश करके गुलाबी हो गई या लाल, मालूम नहीं। कार में मुस्कुराते हुए दाखिल हुआ। एक्सप्रेसवे पर सिर्फ गाड़ी उड़ रही थी या मेरा मन भी कहीं उड़ने लगा था। कार परफ्यूम कल ही आया था घर के बाकी सामान के साथ तो कार एकदम प्यारी लैवेंडर की खुशबू में डूबी हुई थी। मुझे सब कुछ अच्छा लग रहा था। ट्रैफिक जाम। गलत साइड से ओवर्टेक करते ड्राइवर। धीमा चलता ट्रक जो पास करने नहीं दे रहा था।

'जे, आज कुछ सुनाओ न, कोई सा गीत जो तुम्हें पसंद हो और मुझे समझ न आए'।

सिफारिशी रेडियो। वैसे भी हम डेट पर आए थे, तो क्या हुआ अगर मैंने जे के मेसेज का जवाब नहीं दिया था। उसने पूछा तो था, कोई गलतफहमी कहां बचती थी। इतनी अनप्रेडिक्टेबल दुनिया में जाने दुबारा उसके साथ कभी इतना सारा वक़्त मिलेगा भी कि नहीं। मेरी खुशियों का कोटा तो वैसे भी ओवरफ्लो करता हुआ लग रहा था। उसके गुनगुनाने से अक्सर लगा था वो अच्छा गाता होगा मगर इतनी दिलकश, इतनी दिलफरेब होगी उसकी आवाज़ मैंने सपने में भी नहीं सोचा था।

'किसास...किसास किसास, इस शब्द का मतलब होता है। शायद, गीत में प्रेमी अपनी प्रेमिका से पूछता है कि वो उससे प्यार करती है या नहीं...मगर लड़की हां या ना में जवाब नहीं देती। कहती है 'शायद'। तुम ऐसी निर्दयी, निष्ठुर

तो नहीं होगी न?'

उससे कायदे से मिलते हुए कितना कम वक़्त हुआ था मगर लगता ऐसा था कि सालों से जानती हूं उसे। टाइम वाकई रिलेटिव चीज़ होती है। मेरे कितने दोस्त हैं जिन्हें अनगिन सालों से जानती हूं मगर उनके सामने खुलने में डर लगता है। वहीं जे के सामने कुछ कहते हुए कभी सोचना नहीं पड़ता। मुझे जे से मिलने के पहले शादी का कांसेप्ट कभी समझ नहीं आया था। कोई क्यूं किसी के साथ ज़िंदगी भर के बंधन में बंधना चाहेगा? मगर जे से मिलने के बाद बहुत कुछ बदलने लगा था मेरे अंदर। मैं जे को लेकर पज़ेसिव होना चाहती थी। उसके देर आने पर झगड़ा करना चाहती थी। लंच पर फोन करके पूछना चाहती थी कि खाना अच्छा बना था कि नहीं। अभी तक की सोच के बिलकुल विपरीत लगने लगा था कि हर औरत में एक गृहणी होती है जिसकी इच्छा घर बसाने की होती है। जिसका सुकून किसी की बांहों में सोने और जागने से होता है। मैं जे के साथ वैसी किसी जगह रहना चाहती थी।

सिर्फ उसके होने से ऐसा लगने लगा था कि हम बंजारे हैं और इस प्यारी सी कार से विश्वभ्रमण पर निकले हैं। गिनेचुने कपड़े हैं और थोड़ी सी रसद मगर प्यार बेइन्तहा है।

मुझे चेन्नई का मौसम कभी पसंद नहीं आया मगर इस बार बात कुछ खास थी। ये कुछ उन दिनों में होगा जब जानलेवा गर्मी और उमस नहीं थी। मौसम हल्का गर्म था। मीटिंग में जाते हुए जे को ताज में ड्रॉप किया। इस मीटिंग के लिए कितना उत्साह था, नॉर्मली कोई नया प्रोजेक्ट तभी लेती हूं जब दिल हां करे। इसके लिए पांच घंटे अकेली कार ड्राइव करके आने के लिए भी तैयार थी मगर अब मीटिंग में जाने का दिल ही नहीं कर रहा था। एक जे के साथ होने से सारी प्राथमिकताएं बदल रही थीं। सबसे ऊपर आता था उसके साथ वक़्त बिताना। मगर मैंने खुद को समझाया और मीटिंग के लिए जीपीएस को सेट कर दिया। जल्दी चली आउंगी। मीटिंग में खाक दिल लगना था मेरा। सारा ध्यान तो जे की ओर लगा रहेगा। कार में लारा थीम बज रहा था, डॉ. जिवागो से। 'गॉड स्पीड माय लव, टिल यु आर माईन अगेन'।

पब्लिशिंग एजेंट से पुरानी दोस्ती थी, कौलेज के हमारे कितने सारे किस्से थे। फ्रेंड्स कभी कभी चिढ़ाती भी थीं कि अर्जुन मरता था मुझ पर। मुझे उन दिनों जाने क्या करने की धुन थी, कभी ध्यान ही नहीं दिया। अर्जुन ने मम्मी पापा की मर्जी से शादी की। उसके बेटी के नामकरण पर आई थी तो मौसी वाली रस्म दी उसने, बुआ वाली नहीं। कितने रिश्ते, कितना सारा इश्क़ गुज़र कर भी

बाकी रहता है। उसके सामने साड़ी पहले बार पहनी थी। उसका रिऐक्शन भी सहेजने वाली चीज़ थी। कह रहा था कि मन डोल रहा है उसका कि भगा ले जाएगा मुझे ऐसे ही। मैं उससे क्या कहती कि मैं तो मन से किसी और की हो चुकी।

मीटिंग काफी अच्छी थी। उन लोगों के साथ सब कुछ सहज था, उन्होंने मेरा पहले का काम देखा था और उन्हें काफी पसंद आया था। वो इस बुक के बाद इसी विषय पर एक फिल्म भी बनाना चाहते थे। उनके लिए काफी ज़रूरी था कि मैं उनकी कहानी किसी और से सुनने के बजाए खुद लोकेशन पर जाऊं, चीज़ों को अपनी नज़र से देखूं और समझूं ताकि किताब में एक ओरिजिनल नज़रिया हो और मेरी अपनी शैली हो। एक पंद्रह दिन की वर्कशॉप थी कि साड़ियां कैसे बनती हैं, उनकी मार्केटिंग स्ट्रेटेजी वगैरह। पेपर्स साइन हो गए, अगले ही दिन मुझे ज्वाइन करना था। इतने में बैंगलोर वापस जा कर कपड़े वगैरह लाने थे। जे के साथ आज ही वापस लौटना होगा। समंदर किनारे बैठ कर गप्पें मारने का प्लान शायद कभी और बना लूं। किसी और जन्म में। उसे बताने की ज़रूरत भी पड़ेगी क्या कि मैं उससे प्यार करती हूं?

मीटिंग से निकलते ही जे को फोन किया। उसने कहा था वो ताज के कैफे में वेट करेगा मेरा। 'द नंबर यू आर डायलिंग इज़ आइदर स्विच्ड ऑफ और आउट ऑफ कवरेज एरिया'। चेन्नई का कोई ठिकाना नहीं। अचानक से शहर एकदम दुश्मन लगने लगा था। ट्रैफिक जानलेवा और हर देर करते हुए व्यक्ति को गालियां देती जा रही थी। मैंने यकीनन ज़िंदगी में उससे खराब और तेज़ गाड़ी कभी नहीं चलाई होगी। ताज में वैले में गाड़ी देते हुए चाभी लेने भर को भी नहीं रुकी मैं। तेज़ी से कैफे की तरफ बढ़ ही रही थी कि अचानक किसी से टकराई और फिर तन्वी ने एकदम मुझे बांहों में भर लिया।

'तू कब चेन्नई आई...और अकेले, मुझे बताया भी नहीं, कैसी है, कितने दिन हो गए, इस वीकेंड पर क्या किया, शौपिंग करनी थी तुझे, बुक वाले प्रोजेक्ट का क्या हुआ?'

तन्वी ने सवालों की झड़ी लगा दी थी। जब तक एक एक का जवाब नहीं देती, वो मेरा पीछा नहीं छोड़ती। उसे घसीटती हुए कैफे ले गई और रस्ते में ही उसे इधर उधर के जवाबों से बहलाती रही। सोचा जब जे दिखेगा तो उससे कहूंगी, ये रहा तेरे सारे सवालों का जवाब, जल्दी से इसे अपनी तरफ से अप्रूव कर दे ताकि मैं इससे शादी कर सकूं।

मगर कैफे में जे का कोई अता पता नहीं था। मैंने वहां के बैरे को जे

का डिस्क्रिप्शन दिया तो उसने कहा कि ऐसा कोई शख्स उसने कैफे में नहीं देखा, मगर उसकी शिफ्ट थोड़ी लेट शुरू हुई हो तो हो सकता है जे उसके आने से पहले वहां से जा चुका हो। जे का फोन लग नहीं रहा था, दो आयरिश कॉफी आर्डर की और तन्वी को लॉन्ग स्टोरी का लंबा वर्शन सुनाने बैठ गई। जे से मिलना, दो दिन उसके साथ बिताना, लॉन्ग ड्राइव, उसके कपड़ों का सेन्स, उसकी परफ्यूम, सब कुछ जैसे फिल्म की रील जैसा आंखों के सामने चल रहा था। उसके बारे में सोचते हुए अजीब सा दर्द और खुशी एक साथ होती थी। कहानी के दरमियान दो लॉन्ग आइलैंड आइस टी और खत्म हो गए और अब विस्की पीने का मूड बन रहा था। जे की बातें कर रही थी इसलिए थोड़ी देर के लिए बात से ध्यान हट गया कि जे को इतनी देर में कैफे में आ जाना चाहिए या कमसे कम फोन तो कर देना चाहिए था। उसी शाम वापस भी जाना था। मैं अपनी दुनिया में खोई हुई थी। ऐसा प्यार कभी पहले नहीं हुआ था। दो दिन जैसे दो युग जैसे बीते थे।

यहां तन्वी का मिल जाना भी परफेक्ट था। उसे मेरे सारे पुराने अफेयर्स मालूम थे, सिर्फ वो समझ सकती थी कि जे बाकियों से कितना अलग है मेरे लिए, कितना खास, कितना अपना। बहुत दिनों बाद ज़िंदगी में ऐसा सुकून था। कैफे से समंदर दिखता था और माहौल में एसी की खुशबूदार ठंडक थी, जैसे सदियों की भाग-दौड़ के बाद ये आसमान भर खुशी मेरे हिस्से लिखी गई थी। जे की बातें करते पता ही नहीं चला कितनी देर हो गई। तन्वी में गज़ब का धैर्य था...घंटों मेरी उलूल जुलूल बातों को सुन सकती थी। कहानी चेन्नई की मीटिंग तक पहुंच गई थी और अब मेरी बेचैन आंखें कैफे के दरवाज़े पर अधीर हो कर दस्तक दे रही थीं। तन्वी चुप थी, मगर ऐसा अक्सर होता था...वो सोच समझ कर ही कोई बात करती थी, खास तौर से जब ऐसी नाज़ुक बात हो।

तन्वी अपनी सीट से उठ कर मेरे सोफे पर मेरे बगल ही आ कर बैठ गई और मेरा हाथ अपने हाथ में लिया। फिर उसने कुछ सवाल शुरू कर दिए... जे से पहली बार कब मिली, दोस्त की पार्टी में वो आया था या नहीं। फिल्म देखते वक़्त टिकट ऑनलाइन कटाई थी या काउंटर पर। जाने कितने सारे बेसिर पैर के सवाल।

'तू कुछ कह न जे के बारे में...क्या लगता है? वो भी इतना ही प्यार करता होगा न मुझसे? मुझे मालूम है, अभी दो ही दिन हुए हैं, तू कहेगी कि ज़िंदगी भर के फैसले इतनी जल्दी में नहीं लिए जाते मगर ऐसा कभी कुछ हुआ भी तो नहीं है कभी। आखिर पहली नज़र में प्यार होता है...और पता है रिसर्च में आया

है कि हम अपने जीवनसाथी का चुनाव उससे मिलने के पहले 2 मिनट में कर लेते हैं।'

तन्वी का चेहरा सर्द पड़ा हुआ था। मुझे याद नहीं मैंने उसे आखिरी बार इतना सीरियस कब देखा था। मेरे थोड़ा और करीब खिसक कर आई। मुझे घबराहट होने लगी थी अब। तन्वी मेरी बेस्ट फ्रेंड थी, किसी भी तरह उसे मनाना ही होगा। अगर उसे यकीन हो जाए कि मैं कितना प्यार करती हूं जे से तो वो समझ जाएगी।

'तू मज़ाक कर रही है है न?'

उसका सवाल एकदम बेतुका लगा मुझे, बेवजह। मैं मज़ाक क्यूं करूंगी। यहां मैं उसे उस लड़के के बारे में बता रही हूं जिसके साथ मैं अपनी पूरी ज़िंदगी बिताना चाहती हूं, जिसके आने से अचानक ज़िंदगी मुकम्मल लगने लगी है और उसे जाने क्यूं सब मज़ाक लग रहा है।

तन्वी झटके से उठी और दरवाज़े से बाहर निकल गई। मुझे कुछ समझ ही नहीं आ रहा था कि क्या हो गया। बात तो की जा सकती है, वो मुझे लेकर थोड़ा पज़ेसिव है मगर मैं कोई बच्ची तो नहीं। अगर मुझे कोई अच्छा लगा है तो एक बार उसे मिल तो ले, मैंने कभी उसकी बात नज़रअंदाज़ नहीं की है। जे की चिंता भी हो रही थी, उसने अभी तक फोन क्यूं नहीं किया है। अब वहां बैठ कर अकेले इंतज़ार करना अजीब लग रहा था। मैं दरवाज़ा खोल कर बालकनी में निकल आई। अचानक से याद आया कि मैंने इतनी देर में एक भी सिगरेट नहीं पी है, ये स्मोकिंग एरिया था। समंदर की हवा का नमक जैसे आंखों में घुलने लगा था। अभी कुछ देर पहले तक तो सब अपनी जगह था और अभी लगता हैं किसी चीज़ का सिरा नहीं मिल रहा। जे से कुछ देर की दूरी ऐसी लगने लगी थी जैसे कभी लौट कर नहीं आएगा और जिस दोस्त के कांधे पर सर रख कर मैं रोना चाहती थी उसे ये सब कुछ मज़ाक लग रहा था। ज्वारभाटा सा कुछ उठ रहा था। दर्द सा कुछ रिस रहा था। लगता था गुरुत्वाकर्षण इतना बढ़ गया है कि मर जाउंगी। खुद को इतना तनहा, इतना परेशान, इतना उलझा हुआ कभी नहीं पाया था।

दिस वर्ल्ड शुड नॉट एक्जिस्ट

समंदर का नीला रंग देख कर उसका कुर्ता याद आ रहा था। जे ने मुझे फोन क्यूं नहीं किया है अब तक और तन्वी कहां गायब हो गई है? सांस लेने में तकलीफ हो रही थी। चक्कर से आ रहे थे तो सोचा कैफे में ही बैठती हूं थोड़ी देर, फिर तन्वी से बात कर के वापस बैंगलोर निकल जाउंगी। प्रोजेक्ट तो पूरा

करना ही है। अकेले बैंगलोर ड्राइव करने की इच्छा नहीं थी। प्लेन ओरेंज जूस मंगवाया कि थोड़ा खुद को शांत कर लूं।

सुबह बेहद शौक से साड़ी पहनी थी मगर अभी जैसे दम घुट रहा था उसमें। शौपिंग सेंटर जा कर खुद के लिए एक जींस और एक स्लीवलेस टी शर्ट खरीदी। ताज में रूम बुक किया और तन्वी को रूम नंबर मेसेज कर दिया। मूड खराब होता है तो शौपिंग अक्सर काम आती है। एक महंगा परफ्यूम भी खरीदा। बाथ टब में देर तक जे के बारे में सोचती रही। उसकी आंखें, उसकी बातें और अचानक से उसका कहीं चले जाना। कपड़े पहन कर नया परफ्यूम स्प्रे कर रही थी कि डोर बेल बजी। सामने तन्वी खड़ी थी, हाथ में कोई बीस पन्नों का पुलिंदा लिए।

'कमरे में विस्की है?'

'हां'

'दो पैग बना, दोनों को ज़रूरत पड़ेगी, मेरे में आइस मत डालना'।

पहले पन्ने पर मेरे पसंदीदा लेखक कीट्स का कोट लिखा था: I almost wish we were butterflies and liv'd but three summer days।

अगले पन्ने पर शीर्षक लिखा था 'थ्री डेज़ ऑफ समर'। कहानी एक लड़के से शुरू होती है जो ब्लू डनहिल्स सिगरेट पीता था। शुरू का एक पैराग्राफ पढ़ते अपना दस साल पुराना कॉलेज का फिल्म फेस्टिवल याद आ गया जिसमें मैंने तन्वी और क्लास के कुछ लोगों के साथ मिल कर एक शॉर्ट फिल्म बनाने के लिए ग्रुप बनाया था। लेकिन बीस पन्नों की कहानी पढ़ने का मन इस वक़्त तो बिलकुल ही नहीं था।

'क्या है तन्वी, यहां मैं परेशान हो रही हूं कि जे किधर गया और तुम हो कि ये हज़ार साल पुरानी कहानी उठा लाई हो, मुझे इसे पढ़ने में कोई इंटरेस्ट नहीं है'

'तुमने मुझे जितनी बातें जे के बारे में बताई हैं, सब तुमने इसी कहानी में लिखा है'

'तुम पागल हो गई हो तन्वी!'

अब तन्वी ने कागज़ फिर से मेरे सामने कर दिए। लोग कहते थे कि मेरी लिखी कहानियां ऐसी होती हैं कि किरदार जीवंत लगता है, जैसे हंसता, चलता, बोलता सामने खड़ा हो। मैंने कभी ज़्यादा ध्यान नहीं दिया मगर अब अपनी लिखी कहानी को गैर की नज़र से पढ़ रही थी तो यकीन नहीं हो रहा था कि वाकई पिछले दो दिन जैसे बीते थे मैंने पूरी डिटेल में लिख रखी थी। डॉक्टर ज़िवागो से लेकर मशरूम स्पिनैच पास्ता तक। ओलिव किस, आंद्रे इवानाविच

की कहानी। सब कुछ। इस सबसे से अलग था जे का डिस्क्रिप्शन। आंखों के रंग से लेकर सिर्फ ब्लू जींस और लिनन की सफेद शर्ट पहनने की आदत। उसकी खुशबू, उसका पसंदीदा परफ्यूम...सब कुछ मेरे सामने था। डॉक्यूमेंट पढ़ते हुए सांसें इतनी तेज़ चल रही थीं जैसे पढ़ नहीं पाउंगी आगे। बीच में ही तन्वी से पूछा कि अंत में क्या है तो वो सिर्फ सर हिला कर आगे पढ़ने के लिए इशारा करती रही।

चेन्नई के समंदर किनारे लॉन्ग ड्राइव पर खत्म होती थी कहानी और अंत में फुटनोट था—

लौटना किरदार तक...बार बार...चाहना...कहना विदा।

फिर उसका पुकारना कि सर्द जनवरियों की याद...जाने न दे, कोहरे के पार बुलाए...रंग, दृश्य, देश, खुलता जाए हर तिलिस्म...इश्क़ करना...किरदार से...फिर सुबह का कॉलेज...फुर्सत चाहिए...थोड़ी इत्मीनान वाली फुर्सत...थोड़ी सुकून वाली फुर्सत...

आज के लिए इतना। बस। शेष फिर।

इस शेष फिर का मैं क्या करूं अब? तन्वी मुझे ऐसे देख रही थी जैसे मैं मर चुकी हूं और उसके सामने मेरा भूत बैठा है।

'क्या लगता है, कितना सच है इसमें?'

'देख जे एक्जिस्ट नहीं करता, तेरी इमैजिनेशन है, तूने जितना लिखा था किरदार, वैसा का वैसा उठ कर आ गया ज़िंदगी में। तुझे उससे प्यार तो होना ही था। आखिर वो एक्जैक्टली वैसा है जैसा तुझे चाहिए। शक्ल, सूरत, सीरत से। मगर वो एक्ज़िस्ट नहीं करता। तूने वो फिल्म देखी है न, अ ब्यूटीफुल माइंड। वैसा ही। देख, बात सीरियस हो सकती है, मेरे ख्याल से तुझे किसी साइकेट्रिस्ट से मिलना चाहिए।'

'और अगर जे सच में हुआ तो?'

'जे सच में होता तो आज यहां होता न। देख कहानी लिखनी जहां से छोड़ी है तूने वहीं से गायब है। वरना कॉल कर उसको और बुला यहां पर। मैं मिल के तसल्ली कर लेती हूं'।

'यार कोई शैतानी भी तो कर सकता है मेरे साथ, ये कहानी और कितने लोगों के पास है?'

'मेरे अलावा सिर्फ सोनाली मैम के पास है। उन्होंने कितने दिन तुझे बोला कहानी खत्म क़रके दे दो। फिल्म न सही, एक उपन्यास तो छप ही सकता था। मगर तुझे न खत्म करना था, न किया'।

'ऐसा भी तो हो सकता है कि किसी ने पढ़ लिया हो और मुझे परेशान करने के लिए सब कुछ वैसा ही कर रहा हो?'

'मगर इसके लिए किसी का होना तो ज़रूरी है। हवा में तो नहीं उड़ जाएगा न वो? देख तू इतने दिन से अकेली रह रही है। पहले भी तेरा लिखना ऐसा होता था कि किरदार में एकदम ही खो जाती थी। कई बार तो उनके हिस्से के डायलॉग भी बोल जाती थी असल लाइफ में। मैं तेरे साथ रही हूं इसलिए जानती हूं। हो सकता है जे का किरदार रचते हुए तू उसमें कहीं इतना इन्वोल्व हो गई थी कि उसे जीने की इच्छा होने लगी। रियलिटी और कल्पना में वैसे भी बहुत ज़्यादा फर्क तो नहीं होता।'

'नहीं तन्वी, जे था। मैंने उसके साथ इतना कुछ जिया है जो किसी के साथ नहीं। वो दो दिन मेरी ज़िंदगी के सबसे खूबसूरत दिन थे, आज भी लॉन्ग ड्राइव पर जे था मेरे साथ। ये सब इत्तिफाक भी तो हो सकता है, जे से मिलूंगी जल्दी और तुझे भी मिलवा दूंगी।'

'मुझे लगता है तुझे एक बार किसी डॉक्टर से मिल लेना चाहिए। ये कुछ तो सिज़ोफ्रेनिया या स्प्लिट पर्सनालिटी डिसऑर्डर जैसा कुछ है। मुझे नहीं मालूम तेरी बीमारी किस एडवांस्ड स्टेट में हो। इसमें लोग खतरनाक काम भी कर सकते हैं। तुम्हें सच और कहानी में अंतर नहीं पता चल रहा है'।

तन्वी परेशान भी दिख रही थी और फिक्रमंद भी। मगर वो ये नहीं समझ पा रही थी कि ऐसा कुछ मान लेने का अर्थ है मैं ज़िंदगी की हर खूबसूरत याद और घटना को सवालों के कटघरे में खड़ा कर दूंगी। जाने कितना कुछ मेरा सच में जिया हुआ है और कितना कुछ सिर्फ मेरी सोच में। बचपन से कहानियां लिखने वाली मैं कितने लोगों से वाकई मिली थी और कितने लोग सिर्फ मेरी कलम से होकर गुजरे थे।

'तन्वी, मैं जे से प्यार करती हूं...ऐसा प्यार जो मैंने किसी से पहले कभी भी नहीं किया', इतना कहते कहते फूट फूट कर रो पड़ी थी मैं। पूरी दुनिया ही बिखरी दिख रही थी। यहां से लौट कर जे के नहीं होने के पुख्ता सबूत देखने की इच्छा नहीं थी। उसके साथ जीने के सारे कच्चे ख्वाब टूट टूट कर आंखों में चुभ रहे थे और समझ नहीं आ रहा था कि कैसे खुद को समझा लूं कि वो कभी था ही नहीं। उसके जाने का अफसोस कैसे मनाऊं जिसके होने का कोई सबूत ही नहीं है। खुद के हाथों ऐसा धोखा किसी ने खाया हो ऐसा कोई मुझे मालूम नहीं था। वो तो तन्वी ही थी जो ऐसे में भी मुझे सम्हाले हुए थी। खुद पर से भरोसा इस तरह उठ रहा था कि लगने लगा कि तन्वी भी शायद मेरी

कल्पना से उभरी हो, एक ऐसी सखी जिसकी मुझे ज़िंदगी के हर मोड़ पर ज़रूरत रही हो। वरना यूं अचानक से वो चेन्नई में मुझे कैसे मिल जाती? वो भी ठीक उस समय जब मेरी कहानी में ऐसा मोड़ आने वाला था। तन्वी के जाने के बहुत बाद तक मुझे नींद नहीं आई। बालकनी में समंदर की आवाज़ आ रही थी। लहरों का शोर। क्या करूं? लिखना छोड़ दूं? लिखी हुई कहानियों में आग लगा दूं या कि लिखा हुआ सारा कुछ फिर से पढ़ कर देखूं कि कितना सच है इसमें। कहानियां लिखना बंद कर दूं?

नींद की नीम बेहोशी में भी जे की खुशबू महसूस हो रही थी। जे जो कभी था ही नहीं।

यू आर अ हैंगोवर दैट लास्ट्स फॉरएवर

आंख खुली तो पूरा समंदर कमरे में उतरा हुआ था, नमक की गंध से भीगी हुई आंखें। दीवारें और रूह का पोर पोर। धूप म्यूटेड थी। उजले पर्दों से से छन कर आती धीमी धीमी। शफ्फाक सफेद चादरों को बेतरतीब देख कर इतना भर ही लग रहा था कि कोई तूफान गुज़रा है रात इधर से। मगर मेरी आंखों में देख कर कोई कहां कह सकता था कि क्या कुछ बीत गया पिछली शाम।

आईने में खुद को देखा। तबाही से गुज़री हुई थी आंखें। कितनी हलचल। दिल की धड़कन कितनी तेज़। ज़िंदगी ऐसे तो नहीं बिताई जा सकती है। कुछ करना होगा। कमरे पर बैठ कर रोने वालियों से तो मैं कभी नहीं रही थी। अकेले रहना मेरा निर्णय था, मजबूरी नहीं, कभी कोई ऐसा मिला ही नहीं था जिसके साथ ज़िंदगी बिताई जा सके। इस शांत जीवन में जे के आने से हलचल मच गई थी और पहली बार ऐसा लगा था कि वो मेरा सोलमेट है। इन्टरनेट से सोनाली मैम का एड्रेस और फोन नंबर ढूंढ़ा। उन्हें फोन किया और मिलने का वक़्त तय किया ठीक दो हफ्ते बाद, फिर तन्वी को फोन करके उसे भी उसी मीटिंग के लिए बुलाया। तब तक मेरी ट्रेनिंग भी खत्म हो जाएगी और मुझे सोचने का थोड़ा वक़्त भी मिल जाएगा। जे को मेसेज भेजा कि मैं एक ट्रेनिंग पर जा रही हूं, 15 दिन तक मेरा फोन नहीं लगेगा। जिस गांव जा रही थी उसका एड्रेस भी लिखा और सबसे ज़रूरी, उसी मीटिंग के लिए उसे कहा, हां उसे बाकी दोनों से आधे घंटे बाद बुलाया। इतना वक़्त काफी होगा तन्वी और मैम को पूरी कहानी बताने के लिए।

दिल के किसी कोने में अब भी उम्मीद थी कि एड्रेस देखता ही जे मुझे मिलने उस सुदूर गांव पहुंच जाएगा। ज़रूरत के सारे सामान की शौपिंग की और

शाम तक क्लाइंट के पास पहुंच गई। सोनजुही जैसा गांव था, नीरपट्टी, मुझे शायद ऐसे ही किसी मरहम की ज़रूरत थी। बहुत सारे कच्चे रास्तों से गुज़र कर एक छोटी सी नदी किनारे पहुंचे। आगे का रास्ता नाव से था। नारियल के हरे पेड़ों के बीच झूमता गांव वाकई इस दुनिया का था या कि मेरी कहानियों से ही निकल कर कोई लोकेशन था? परेशानी ये थी कि मुझे कहानियां लिखने के अलावा कुछ और आता नहीं था। कहानियों में मेरे हिस्से की ज़िंदगी थी, मेरे जैसी, सारे नियम मेरे। पन्नों पर सही, मैं खुदा हुआ करती थी। इस बीमारी का मतलब ज़िंदगी भर जूझना, कहानी लिखने से डरना। हर लिखी हुई कहानी के किरदार मेरा पीछा कर रहे थे। लिखने में सच तो होता ही था। दोस्तों, रिश्तेदारों या फिर अजनबियों जैसे किरदार भी रचती थी। तो ये क्या उन्ही किरदारों का बदला था? अधूरी लिखी कहानी का नायक सामने है कि मेरी कहानी पूरी करो। ऐसे और कितने किरदार अपना अपना हक मांगने आने बाकी हैं?

देखी हुई फिल्मों या पढ़ी हुई कहानियों से भी कोई मदद नहीं मिल रही थी। सारे किरदारों का पेशा कुछ और रहा था। मेरी तरह कहानी लिखने वाला कोई किरदार नहीं मिला। मैं भी एक्ज़िस्ट करती हूं या कि किसी कहानी का हिस्सा हूं? ऐसा भी तो हो सकता है कि जे सच में एक्जिस्ट करता हो और मैं कहानी का किरदार कोई। सारे पन्नों का प्रिंट साथ में था। जाने क्या सोच कर मैंने पैकिंग के सामान में एक जिस्ता नए कागज़ भी रख लिए थे।

दिन का सारा काम बंधा हुआ था। शुरुआत में नाश्ता साधारण सा होता था। कई बार तो सिर्फ फल होते थे, खास तौर से केला और ढेर सारा नारियल पानी। रिसर्च के लिए दिन भर में बहुत सारे लोगों से बात करनी होती थी। डर इस बात का भी लगता था कि ये ज़िंदगी का गलत फेज़ है इस वक़्त यहां आने के लिए। पता नहीं इसमें कितने लोगों से वाकई मिल रही हूं और कितने लोग सिर्फ कहानियों से उभर कर आ गए हैं। कौन जाने वर्कशॉप कितनी देर का होता है और वापसी में कितने लोगों से मैंने बात की है। वैसे तो नोट्स हमेशा बनाती थी मगर पन्नों पर लिखे मेरे शब्द किसी के होने का सबूत नहीं हो सकते।

दिल हर दूसरे दिन डोल जाता था कि जे वाकई है बैंगलोर में। कोई दुर्घटना आ गई होगी तो अचानक से जाना पड़ा होगा। कुछ दिनों बाद एक नए ख्याल ने परेशान करना शुरू कर दिया। अगर मेरे लिखे के कारण जे है तो अगर मैं कहानी पूरा कर लेती हूं तो जे मेरे साथ ठहर जाएगा। अगर जे साथ रहता है तो इस बात से क्या फर्क पड़ता है कि तन्वी और बाकी लोग उसे देख नहीं

पाते हैं। मेरे लिए तो उसका होना सच है। यही होगा न कि मैं बाकी लोगों से थोड़ा कम मिल पाउंगी, जे के बारे में उनसे बात नहीं कर पाउंगी। मुश्किल तो है मगर नामुमकिन तो नहीं है न।

दूसरा ख्याल ये कि अगर मेरे लिखने से वाकई चीज़ें होती हैं तो ये कहानी पूरी कर देना क्या बुरा है। नए पन्नों का जिस्ता निकाला और लिखना शुरू किया। अभी की वर्कशॉप का पूरा ब्यौरा और कैसे मैंने जे को हर पल मिस किया वो भी लिखती गई। इस बीच जे के यहां नहीं होने की कहानी भी लिखी। उसके घर से कॉल आ गया था। उसकी नानी की तबियत खराब थी और उसे अचानक से जाना पड़ा था। जे का फोन डिस्चार्ज था इसलिए उस वक़्त मुझे फोन नहीं कर पाया और फिर मैं ऐसी जगह आ गई जहां फोन नहीं है। वापस बैंगलोर जाते ही तन्वी और सोनाली मैम से बात कर रही होती हूं जब जे वहां आता है। आखिरी लाइन अधूरी ही लिख रखी थी।

ऐंड दे लिव्ड...

बैंगलोर आते हुए बहुत दिल कर रहा था कि सीधे जे के घर जाऊं और देख लूं कि वो सच में है भी या नहीं मगर ऐसा कुछ मैंने कहानी में नहीं लिखा था और आज मैं अपनी कहानी के हिसाब से जीना चाहती थी। काले बॉर्डर वाली गहरे लाल रंग की साड़ी पहनी और छोटी सी बिंदी लगाई। मुझे पूरा यकीन था कि जे मिलने आएगा। कैफे का माहौल शांत था एकदम। ये तूफान के आने के पहले की शांति थी। सोनाली मैम को इतने साल बाद मिली थी, उनकी आंखों में वही पुरानी चमक और अपनापन देख कर बहुत अच्छा लगा, मैं हमेशा से उनकी फेवरिट स्टूडेंट रही थी। तन्वी भी आ गई थी। उन्हें पूरा ब्यौरा देते हुए सोच रही थी वो मुझे खतरनाक किस्म की पागल समझ कर जल्दी एडमिट करा देने की ज़िद न बांध लें। मगर उन्होंने बहुत धीरज से सारा माज़रा सुना। उन्होंने भी तन्वी जैसी ही राय दी कि कहानी जैसी ज़िंदगी हो मुमकिन नहीं है। मुझे किसी अच्छे साइकेट्रिस्ट से अपना इलाज करवाना चाहिए इससे पहले कि कोई बड़ा हादसा हो जाए।

मैंने तन्वी और मैम को नए लिखे हुए पन्ने दिखाए। ठीक जैसे ही मैं जे की एंट्री पढ़ रही थी वो सामने से आता हुआ दिखा। आज के स्पेशल ओकेजन के लिए ड्रेस्ड अप था। ठीक वैसा जैसा मैंने लिखा था, चारकोल ग्रे कलर का क्रिस्प सूट और लैवेंडर कलर की शर्ट। इतना खूबसूरत कि कैफे की हर लड़की ने उसे नोटिस किया। टेबल पर बैठते हुए तन्वी की ओर हाथ बढ़ाया मिलाने के लिए।

'मिस तन्वी, प्लेज़र टु मीट यू, मायसेल्फ तुषार। एंड बिफोर यू आस्क मेरा पूरा नाम तुषार जेनिफर सान्याल है। जेनिफर मेरी मां का नाम है। इन्हें इसलिए मुझे जे बुलाना अच्छा लगता है'

'तन्वी घड़ियों की दीवानी थी, उसके हाथ में लिमिटेड एडिशन घड़ी देख कर वहीं अटक गई'

'ले पेटीट प्रिंस?'

'येस मदाम, द लिटिल प्रिंस, आखिर छोटा सा राजकुमार तो मैं हूं'

'स्टेनलेस स्टील बैक पर नाम लिखा होगा, पता है जे, इसकी सिर्फ 1000 पीस दुनिया में बिकी हैं...वैसे तुम घड़ी दाएं हाथ में क्यूं पहनते हो?' ये हिस्सा मैंने लिखा था इसलिए जवाब के पहले मुस्कुरा रही थी।

'सो दैट आई एम ऑलवेज़ ऐट राईट टाइम, मिस तन्वी'

ठहाकों की आवाज़ में सारी परेशानियां घुल गईं। ज़िंदगी जैसे कोई बहता हुआ बेहतरीन इंस्ट्रुमेंटल पीस हो गई थी फिर से। मैम से भी इतनी तमीज़ से मिला कि उफ। दिलफरेब। चार्मिंग एकदम। मेरा जे। अब तुरुप का पत्ता फेंकने की बारी मेरी थी। मैंने तन्वी और मैम को लिखा हुआ हिस्सा दिखाया। दोनों के चेहरों पर विस्मय का भाव देख कर जे की उत्सुकता भी बढ़ती जा रही थी।

'जे तुम कहां चले गए थे?' मैंने वो सवाल पूछा जिसका जवाब मैं लिख चुकी थी।

'नानी की तबियत खराब हो गई थी उसपर फोन डेड हो गया, हड़बड़ी में तुम्हें बताने की सोच भी नहीं पाया। अगली शाम तुम्हें फोन करने का होश आया तो तुम्हारा फोन ही आउट ऑफ कवरेज था। मैं तो घबरा ही गया था कि तुम्हें खो न दूं, तुम्हारे बिना ये दो हफ्ते कैसे बीते हैं क्या बताऊं। आई कान्ट लिव विदाउट यू एनीमोर माय लव'। उसने बड़ी नज़ाकत से मेरा हाथ अपने हाथ में ले कर चूम लिया। ये आखिरी हिस्सा मैंने नहीं लिखा था। शायद आखिर भगवान कहीं नींद से जागा था और जे की किस्मत के कुछ पन्ने काले करने की ड्यूटी पर लगा था।

अब बारी थी जे को पूरी कहानी सुनाने की। उसका रिएक्शन लाजवाब था। कुछ देर तो स्तब्ध बैठा रहा। थोड़ी थोड़ी देर में इंकार में सर हिलाता 'इट्स इम्पॉसिबल' फिर थोड़ी देर को चुप।

'कहां मैं खुद को खुदा का बनाया अजूबा मानता था और यहां तुम अपने पन्नों में इतनी डिटेल में मुझे उतार चुकी हो। तुम लड़की ही हो न? इतना सब

लिखा, एक आध लाटरी भी लगवा देती'

मैंने उसे ढूंढ़ ढूंढ़ के वो सारे हिस्से पढ़ाए जैसे कि डॉक्टर जिवागो...चेन्नई वाली ड्राइव...मशरूम स्पिनैच पास्ता। हर हिस्से के साथ उसे गंभीरता समझ आ रही थी। तन्वी ने बताना शुरू किया कि कैसे उसे फिक्र हो रही थी कि मुझे सिज़ोफ्रेनिया है और मेरा जल्दी इलाज कराना ज़रूरी है।

'तुमने और कितनी ऐसी कहानियां लिखी हैं?', जे की परेशानी साफ दिख रही थी।

'बहुत सारी, पर ऐसी सच एक भी नहीं हुई। तुम सबमें स्पेशल हो। मेरी जान। माय लव'

'अच्छा बताओ, शादी के बाद एक्स्ट्रा मैरिटल अफेयर पर कहानी तो नहीं लिखोगी न?'

ये तो मैंने नहीं लिखा था कहानी में। ये तो जे के हिस्से की कहानी थी और वो अब अपने डायलॉग बोल रहा है। मैंने राहत की सांस ली। सोनाली मैम की नज़र मेरी स्क्रिप्ट पर थी। आखिरी पन्ने पर अधूरी लाइन लिखी थी। उन्होंने अपनी लाल कलम खोली और उसमें आखिरी पंक्ति को कम्प्लीट कर दिया,

'एंड दे लिव्ड हैप्पिली एवर आफ्टर।'

पुनःश्च

उसके पढ़ने के कमरे में अनगिन किताबें थीं। उसकी बनाईं फिल्मों के पोस्टर। ट्रॉफियां और सर्टिफिकेट। लड़की ने लिखना बंद कर दिया था और फिल्में डायरेक्ट करती थी। उसने हर लम्हा सावधानी रखी कि नए और बेहतर स्क्रिप्टराइटरों को मौका दिया।

इस कमरे में उसकी पुरानी डायरियों को भी पनाह मिली थी। एक रैक पर बहुत सारा संगीत करीने से लगा था। एक बेहतरीन रौकिंग चेयर। एक बड़ी सी लकड़ी की मेज़ जो खिड़की पर खुलती थी। खिड़की के बाहर झील दिखती थी। झील के चारो ओर अमलतास लगे हुए थे, ये उनका मौसम था। ये उसका भी मौसम था जिसने कलम को उसी दिन परे रख दिया था जिस दिन अपने बाएं हाथ में उसके नाम की अंगूठी पहनी थी।

कुर्सी पर बैठी। मेज़ से सादा कागज़ निकाला। ऊंगली से अंगूठी उतारी, कलम के पीछे के हिस्से में पहनाई जैसे कि जन्मों के रिश्ते को कुबूल रही है और बहुत सालों बाद कहानी का पहला वाक्य लिखा।

'तुम्हें देखा तो इतने सालों बाद किसी को अलविदा कहने को जी चाहा। काश कि तुम किसी दूर के शहर में पोस्ट हो जाओ और मैं सिर्फ बदलते मौसमों से तुम्हारी आंखों का रंग जान सकूं।

तुमने कीट्स को पढ़ा है कभी? उसने लिखा था...

> Almost wish we were butterflies and liv'd but three summer days & three such days with you I could fill with more delight than fifty common years could ever contain.

काश कि हम तितलियां होते, जिनकी उम्र गर्मियों के सिर्फ तीन दिन होती है...तुम्हारे साथ बिताए ऐसे तीन दिनों की खुशी पचास साधारण सालों से कहीं बढ़ के होती।